Über die Autorin:

Niku Masbough (geb. 1992) entwickelte bereits als Kind ein großes Interesse an Büchern. Während ihrer Schulzeit schrieb sie kleine Artikel für die Lokalzeitung. Im Jahr 2018 veröffentlichte Niku gemeinsam mit ihrem Professor ihre Bachelorthesis. Diese erschien unter anderem in der Online- Bibliothek diverser Universitäten.

Neben ihrer regulären Tätigkeit widmet Niku sich ihrer großen Leidenschaft, das Schreiben, zu.

Niku Masbough

Mira

Auf der Suche nach der Wahrheit

Roman

Bibliografische Information der Deutschen Nationalbibliothek:
Die Deutsche Nationalbibliothek verzeichnet diese Publikation in der Deutschen Nationalbibliografie; detaillierte bibliografische Daten sind im Internet über http://dnb.dnb.de abrufbar.

TWENTYSIX – Der Self-Publishing-Verlag
Eine Kooperation zwischen der Verlagsgruppe Random House und BoD – Books on Demand

Herstellung und Verlag:
BoD – Books on Demand, Norderstedt

ISBN: 978-3-740-75412-9

Illustration: Johannes Plenio, Pixabay
Lektorat: Bjela Schwenk (https://www.bjelaschwenk.de/)

Für meine Mutter.
Danke für Deine Unterstützung!

1. Kapitel

Es fängt langsam an zu dunkeln, doch das fällt Mira kaum auf. Denn, seit sie Hals über Kopf das Haus verlassen hat, rennt sie blindlings durch den Wald. Der Wald. Das ist der Ort, an dem alles begann und nun endet. Das ist also das Ende, denkt Mira. Sie ist immer noch schockiert. Seit ihre Mutter ihr vorhin die schreckliche Nachricht übermittelt hat, ist es, als ob Mira die Welt durch einen Schleier wahrnehmen würde. Alles erscheint so unwirklich.

Zuerst dachte sie, dass alles nur ein Witz war. Bestimmt hat eine Verwechslung vorgelegen, redete sie sich, immer wieder, ein. Er kann doch nicht tot sein! Unmöglich! Erst nachdem einige Minuten vergingen und ihre Mutter, immer noch, mit blassem Gesicht zitternd vor ihr saß, dämmerte Mira langsam, dass es wirklich war. Es war kein Witz. Niemand würde kommen und ihr sagen, dass das nur ein blöder Scherz gewesen sei und sie wieder aufatmen könne. Niemand konnte sie vor der schrecklichen Wahrheit beschützen.

Oh, Finn! Warum hast du das getan?, denkt Mira. *Finn.* Der Gedanke an seinem Namen löst in ihr eine große Welle von Emotionen aus. Und obwohl sie schon außer Atem ist, rennt sie immer tiefer in den Wald hinein.

Es ist Sommer und Mira trägt dünne Sandalen. Im Halbdunkeln kann sie kaum sehen, wohin sie tritt. Der Waldboden ist übersät mit dünnen, spitzen Ästen und Stöcken, die sich in ihre Füße bohren. Die Haut ist an einigen Stellen schon aufgerissen und Blut sickert durch die Wunden. Hier und da verfärben sich ihre braunen Sandalen dunkel, durch das Blut.

Endlich bleibt sie erschöpft stehen und schnappt nach Luft. Nachdem ihr Atem etwas gleichmäßiger geht, löst sich, wie von selbst, die erste Träne von ihrem Auge, vermischt sich mit ihrem Schweiß und fällt zu Boden. Mira lehnt sich gegen einen Baumstamm. Vor ihrem geistigen Auge sieht sie jetzt deutlich sein Bild vor sich. Finn.

Es ist eine schwüle Sommernacht. Die Blätter an den Bäumen rascheln leise im Wind. Langsam hebt Mira den Kopf und sieht zum Himmel hinauf. Die hohen Baumkronen im Wald heben sich rabenschwarz vom dunklen Nachthimmel ab. Hier und da kann man die Sterne funkeln sehen. Es ist so still, dass man sogar den, am Wald angrenzenden, Fluss hören kann. Ab und an weht ein lauer Wind leise durch die Nacht. Eigentlich ist es ein wunderschöner Sommerabend. Doch Mira wird sich noch oft an diesem Abend zurückerinnern und sich wünschen, sie hätte ihn nie erlebt.

Alles woran sie, in diesem Moment, denken kann, ist Finn. FINN!

Plötzlich weht eine kühle Brise durch den Wald. Sofort fängt Mira an zu frösteln. Dennoch kann sie sich nicht bewegen. Sie fühlt sich wie versteinert. Denn, man hat sie vor vollendete Tatsachen gestellt. Finn ist tot. Es war Selbstmord. Und er ist genau in diesem Wald gestorben. Das war's! Als ob diese Worte nichts verändern würden. Als ob sich ihre ganze Welt nicht verändern würde! Die Grausamkeit der Realität trifft sie nun mit voller Wucht.

Da spürt Mira, wie ihre Beine anfangen zu zittern und drohen nachzugeben. Sie lässt sich an dem Baum zu Boden sinken. Plötzlich kommt ihr das letzte Treffen mit Finn in den Sinn. Sie runzelt die Stirn. Finn und Mira hatten sich gestritten und sie hatte ihn nicht mal zu Wort kommen lassen. Ihre Wut war so groß, dass sie die Kontrolle übernahm.

Mira schlägt die Hände vors Gesicht. Sie bereut es, verdammt nochmal! Sie bereut den blöden Streit. Hätte sie doch nur den Mund gehalten. Dann wäre das letzte Treffen anders verlaufen ...

Ihr Gesicht verzerrt sich vor Schmerz. Oh Finn! Warum? Warum hast du das getan?
Wenn sie ihn nur noch ein letztes Mal sehen könnte. Ihn, ein letztes Mal, in den Arm nehmen könnte. Nur noch ein letztes Mal. Eine letzte Chance ... Doch das geht nicht mehr. Es ist vorbei! Mira wird schlagartig bewusst, dass sie Finn nie wiedersehen wird. Nie wieder kann sie mit ihm reden und ihm diese eine Frage stellen, die ihr auf der Seele brennt: Warum?
Nie wieder werden Finn und Mira gemeinsam lachen, sich einander anvertrauen, füreinander da sein und die Abende gemeinsam verbringen. Nie wieder. Niemals! Finn ist tot. Es gibt kein gemeinsam mehr. Und es gibt auch kein miteinander mehr.

Zum ersten Mal wird ihr richtig bewusst, was sein Verlust bedeutet. Und Mira fühlt sich, mit einem Mal, verdammt einsam.

Und plötzlich ist es, als ob eine große Welle über sie schwappt und der schreckliche Schmerz bricht aus ihr hervor. Ihr Mund öffnet sich und sie schreit wie ein verwundetes Tier. Ein Schrei aus der Tiefe ihrer Seele - so laut und herzzerreißend. Mira hört sich selber schreien und sie kann nicht mehr aufhören. Schließlich kann sie nicht mehr. Ihr Schrei geht in ein lautes Schluchzen über. Alles schmerzt. Es ist ein Schmerz, wie sie ihn bisher noch nicht kannte. Ein Schmerz, der ihre Seele zerreißt und ihr den Glauben an alles Gute im Leben nimmt.
Sie bleibt noch sehr lange dort sitzen und weint, bis sie keine Tränen mehr hat.

2. Kapitel

Alles fing an einem kalten Wintertag im Januar an. Es war ein ganz normaler Montagvormittag. Mira saß neben ihrer besten Freundin Sam, in der Schule. Sie kannte Samantha, die immer nur „Sam“ genannt wurde, schon seit dem Kindergarten.

Die beiden waren damals schnell Freundinnen geworden und die Freundschaft hielt an. Sie sind beide auf die gleiche Grundschule gegangen. Und später besuchten die beiden Mädchen auch dasselbe Gymnasium. Nun war das Abitur auch schon in absehbarer Nähe.

Was die beiden schon gemeinsam alles erlebt hatten! Sam und Mira waren zusammen durch dick und dünn gegangen. Mehr als einmal hatten sie sich schon gegenseitig aus der Patsche geholfen. Mira wusste, dass, wenn es darauf ankam, sie sich immer auf Sam verlassen konnte. Und sie war sehr froh darüber, Sam als beste Freundin zu haben.

Wenn die beiden sich die anderen Mädchen aus ihrem Jahrgang ansahen, die alles dafür taten um akzeptiert zu werden und sich einer Clique anschließen zu können, konnten sie nur darüber lachen. Manche Mädels gingen sogar so weit, sich selbst aufzugeben, um dazuzugehören. Sie wollten, um jeden Preis, geachtet und akzeptiert werden, in der Schule. Doch für Mira und Sam war es ganz anders. Denn, sie verbogen sich nicht für andere. Die beiden hatten einander und damit hatten sie es schlichtweg nicht nötig, um die Gunst ihrer Mitschülerinnen und Mitschüler zu kämpfen. Ihre Freundschaft war etwas ganz Besonderes. Und im Laufe der Jahre hatte sich die Freundschaft mehr und mehr gefestigt.

Mira war schlank gebaut und sportlich. Sie hatte lange, dunkle Haare, die im Kontrast zu ihren blauen Augen standen. Ihre Augen waren groß, fast schon puppenhaft. Manche würden die Farbe ihrer Augen sogar als stechend blau bezeichnen. Wenn man jedoch genauer hinsah, konnte man die Wärme und die Gutmütigkeit, ihrer Wesensart, in ihren Augen spiegeln sehen. Aber Mira war nicht nur äußerlich eine schöne Erscheinung. Darüber hinaus, war sie intelligent und sehr gut in der Schule. Dies lag, zum einen, daran, dass Mira fleißig war und viel lernte. Zum anderen, aber, besaß sie auch eine schnelle Auffassungsgabe. Insgesamt war sie eher ein nachdenklicher Mensch. Oft versank Mira, regelrecht, in ihrer Gedankenwelt, so, dass es teilweise schwierig war, an sie heranzukommen.

In ihrer Freizeit spielte sie Badminton in einem Verein. Zwei Mal in der Woche stand dafür das Training an. An den Wochenenden fanden zusätzlich Wettkämpfe und Badmintonspiele statt. Doch da es für Mira auf das Abitur zuging und sie weniger Freizeit hatte, als jemals zuvor, spielte sie nur noch einmal in der Woche Badminton. Das war an den Freitagabende. Denn, dann trafen sich sämtliche Mitglieder des Vereins, freiwillig, um spaßeshalber gemeinsam zu spielen. Das kam Mira zeitlich sehr gelegen. Sie war froh, auf diese Weise, ihr Hobby doch noch beibehalten zu können.

Während Mira durch ihr tolles Aussehen auffiel und viele Blicke auf sich zog, wirkte Sam neben ihr eher unauffällig. Sie hatte eine sehr helle Haut, die mit Sommersprossen übersät war. Ihre Haare waren rot-blond und ihre Augen hatten eher einen blassen Blauton. Außerdem war Sam kräftig gebaut und längst nicht so sportlich wie ihre beste Freundin. Ihre Stärke lag darin, gut malen und zeichnen zu können, was ihr, vor allem, im Kunstunterricht zu Gute kam. So hatte Sam in Kunst, Deutsch und Englisch ganz gute Noten, während es bei den übrigen Schulfächern eher mau aussah. Mira war einfach besser. Deshalb kam es manchmal zu Neid und Missgunst zwischen den besten Freundinnen. Doch das nahm nie die Überhand. Die Streitigkeiten und kleineren Zickenkriege waren meistens schnell wieder vergessen. Denn, für Sam und Mira stand ihre Freundschaft über solchen Geschichten.

An jenem Montagmorgen warteten also die Schülerinnen und Schüler darauf, dass der Unterricht begann. Es standen zwei Schulstunden Deutsch an. Da ging, auf einmal, die Tür auf und ihre Lehrerin, Frau Wiemers platzte, mit ein paar Minuten Verspätung, in den Deutschkurs. Sie betrat den Raum aber nicht alleine. Neben ihr ging ein großer, schlanker Junge. Frau Wiemers legte hastig ihre Tasche auf dem Lehrerpult ab, bevor sie sich vor ihren Schülerinnen und Schülern hinstellte. Dann setzte sie ein freundliches Lächeln auf.

„Guten Morgen, ihr Lieben. Ab heute haben wir einen neuen Mitschüler an unserer Schule."

Sie machte eine theatralische Pause, bevor sie weitersprach.

„Das ist Finn. Er ist neu hierhergezogen. Bitte nehmt ihn gut bei euch auf."

In verschwörerischem Ton ergänzte sie: „Wir wissen ja alle, wie es sich anfühlt, irgendwo neu zu sein."

Schließlich wandte sich Frau Wiemers Finn zu.

„Setz dich doch bitte auf den freien Platz neben Max."

Max nahm daraufhin demonstrativ nacheinander seinen Rucksack, seine Jacke und eine Flasche Apfelschorle vom Tisch, um so Platz für seinen neuen Sitznachbarn zu schaffen. Ein paar Mitschüler fingen an zu kichern.

„Ruhe bitte!", rief Frau Wiemers.

Da gab sich Finn einen Ruck und lief zu dem freien Platz, der ihm zugeteilt worden war. Alle starrten ihn dabei neugierig an. Einige Mädels stießen sich gegenseitig an und warfen sich bedeutungsvolle Blicke zu. Sie fanden ihn attraktiv und gutaussehend.

Völlig überraschend spürte Mira, wie Sam auch sie unter dem Tisch anstieß. Verwundert blickte sie ihre beste Freundin an. Mit einer Geste gab Sam ihr zu verstehen, dass sie Finn toll fand. Als Antwort verdrehte Mira nur die Augen. Meine Güte, was soll dieser Aufstand, dachte sie. Doch dann musterte sie den Neuen genauer. Finn war recht schlank gebaut, aber nicht auf schmächtige Art und Weise. Im Gegenteil. Er hatte einen kräftigen, aber schmalen Körperbau. Obwohl es mitten im Winter war, trug er nur ein weißes T-Shirt. Darunter hoben sich seine Armmuskeln ab. Dann ließ Mira ihren Blick höher wandern. Seine glatten, blonden Haare hatten die perfekte Länge. Sie waren nicht zu lang, als dass sie ungepflegt wirkten, noch zu kurz. Außerdem war da noch die Farbe seiner Augen. Als er vorhin so vor der Klasse gestanden hatte, hätte Mira schwören können, dass er klare blauen Augen hatte. Doch nun merkte sie, dass sich in den Blauton auch Grün mischte. Und da war noch etwas. Die Art und Weise, wie Finn sich bewegte und verhielt, ließ vermuten, dass er ein stolzer und selbstbewusster Mensch war. Dennoch wirkte er keineswegs arrogant auf Mira.

Unwillkürlich verglich sie ihn mit den anderen Mitschülern aus ihrer Stufe. Meistens neigten die Jungs, die sich ihres guten Aussehens bewusst waren, dazu, überheblich zu sein und protzten damit, die Mädchen um den kleinen Finger zu wickeln. Sie waren vollkommen rücksichtslos jeglichen Gefühlen gegenüber, die ihnen entgegengebracht wurden. Es ging nur darum, den eigenen Ehrgeiz aufzupolieren, Sex zu haben und Achtung und Respekt der Kumpels zu erlangen. Zu allem Überfluss verbreiteten sich solche Geschichten wie ein Lauffeuer in der Schule. Am Ende wussten alle Bescheid, was sich zugetragen hatte und es wurde getuschelt und gelästert. Für die betroffenen Mädchen war es der reinste Horror und sie wussten nicht, wie sie damit umgehen sollten. Ganz abgesehen davon, dass es nichts gab, was sie dagegen hätten tun können.
Diejenigen, die nicht persönlich davon betroffen waren oder als „Verlierer“ hervorgingen, erfreuten sich an solchen Geschichten. Für sie war es reine Unterhaltung.

Aber nicht nur Jungs waren gemein zu den Mädchen. Auch umgekehrt hatte es schon ein paar üble Geschichten gegeben, die in der Schule herumkursiert waren.

Mira schaute Finn immer noch gedankenverloren an, als er plötzlich den Kopf drehte und ihr direkt in die Augen sah. Da schreckte sie hoch und wandte den Blick schnell ab. Dann spürte Mira, wie ihr die Röte ins Gesicht schoss und ärgerte sich darüber. Diese verräterische Geste! Finn betrachtete sie noch kurz, bevor er wieder den Blick nach vorne zur Tafel richtete.

Sie waren gerade dabei die Hausaufgaben gemeinsam im Kurs zu besprechen. Auch Mira konzentrierte sich vollkommen auf den Unterricht. Nicht umsonst hatte sie jede Seite von der Lektüre, die sie als Hausaufgabe aufhatten, sorgfältig durchgelesen und ihre eigene Interpretation dazu aufgeschrieben. Sie war eine sehr ehrgeizige Schülerin und trug hilfreich zum Unterricht bei.

Für Finn war es die erste Unterrichtsstunde an der neuen Schule. Anfangs hielt er sich zurück und versuchte zu verstehen, worum es ging. Immer wieder warf er dabei einen Blick in Max' Lektüre, die in der Mitte des Tisches lag. Mira beobachtete, wie Finn sich fleißig Notizen machte. Als er schließlich die Hand hob, um etwas zu sagen und im Unterricht mitzumachen, staunte sie nicht schlecht. Er ist gut!, dachte Mira. Denn, Finn hatte einfallsreiche Ideen und betrachtete die Sätze aus einem Blickwinkel, die sehr interessant war. Auch Frau Wiemers nickte anerkennend, als ihr klar wurde, dass er eine philosophische Ader besaß.

Manchmal blickt Mira zurück auf diesen kalten Montagmorgen im Januar. Und sie kann kaum glauben, wie sehr sich ihr Leben seitdem verändert hat. Was hätte sie anders gemacht, wenn sie die Chance gehabt hätte, in die Zeit zurückzureisen?

3. Kapitel

Mira schaut auf die Handyuhr. Eigentlich ist es das Handy ihrer Mutter. Doch nachdem sie, schon zum zweiten Mal, ihr Eigenes verloren hat, hat sie das ihrer Mutter aufgezwungen bekommen. Mira ist zwar nicht begeistert davon, aber es ist besser, als gar kein Handy zu haben.

Es ist sieben Uhr morgens und sie hat die ganze Nacht kein Auge zumachen können. Alles erscheint ihr so unwirklich: Der gestrige Abend, die plötzliche Nachricht von Finns Tod, ihr Zusammenbruch im Wald und die darauffolgende Nacht, in der an Schlaf nicht einmal zu denken war. Es ist wie ein schrecklicher Alptraum, aus dem es kein Erwachen gibt.

Gestern Abend war noch alles wie immer. Mira, ihre Mutter, Katja und ihre Schwester, Lynn, saßen zu dritt beim Abend-essen. Später verkroch sich Lynn in ihr Zimmer, Mira schaute im Wohnzimmer fern, während ihre Mutter in der Kühe herumhantierte. Da klingelte, auf einmal, das Telefon.
Katja trocknete sich die Hände am Geschirrtuch ab, lief in den Flur und griff nach dem Hörer. Mira konnte im Wohnzimmer Bruchteile des Telefonats verstehen. Sie hörte, wie ihre Mutter rief: „Oh... wirklich? Das ist ja schrecklich ... Wie konnte das passieren?! ... furchtbar! ..."
Doch da Katja einen Drang hatte, Sachen zu übertreiben, dachte sich Mira nichts weiter dabei.

Nachdem ihre Mutter aufgelegt hatte, kam sie zu ihr ins Wohnzimmer herüber. Mira saß wie gebangt vor dem Fernseher und schaute eine Talkshow. Sie beachtete Katja nicht weiter, bis sie sich neben ihr, auf dem Sofa, setzte und sie eindringlich betrachtete.

„Mum? Was ist denn los?", fragte Mira, den Blick fest auf dem Flachbildschirm geheftet.

Da griff Katja nach der Fernbedienung und schaltete den Fernseher aus.

„Ich muss mit dir reden, Mira."

Jetzt hatte sie die volle Aufmerksamkeit ihrer Tochter. Mira fiel auf, dass ihre Mutter blass war und leicht zitterte. Verwundert runzelte sie die Stirn.

„Mira, das war der Elternbeirat am Telefon. Ich weiß nicht, wie ich es sagen soll ... etwas Schreckliches ist vorgefallen."

Da richtete sich Mira kerzengerade auf. Sie spürte, wie ihr Herz schneller pochte.

„Einer deiner Mitschüler ist gestorben. Er ... er hat Selbstmord begangen. Im Wald."

Erschrocken riss Mira den Mund auf.

„Er hieß Finn."

Nein!, dachte Mira mit weit aufgerissenen Augen. Nein, das konnte nicht wahr sein! In ihr Kopf drängten sich tausende Gedanken gleichzeitig. Sie konnte ihren eigenen Gedankengängen kaum noch folgen. Dann kamen ihr die ersten Zweifel. Ein kleiner Hoffnungsschimmer flammte auf.

„Bist du dir sicher? Also ich meine, vielleicht hast du dich verhört?"

Katja musterte sie einen Moment lang schweigend.

„Nein, ich habe mich leider nicht verhört. Der Elternbeirat ruft gerade alle Eltern aus deinem Jahrgang an, um ihnen auch Bescheid zu geben. Ihr sollt es von uns hören und nicht durch die Medien erfahren. Die Schulleitung ist, übrigens, am Überlegen, was sie am besten tun soll."

Mira saß nur wie erschlagen da. Sie konnte immer noch nicht glauben, was sie gerade gehört hatte. Es ist nicht wahr, dachte sie. Es durfte nicht wahr sein! Dann nahm Katja vorsichtig ihre Hand.

„Geht es dir gut, Liebling? Wenn du reden willst, bin ich für dich da ... Kanntest du Finn eigentlich näher?"

„Nein!", log Mira wie aus der Pistole geschossen.

Sie verleugnete ihre Freundschaft zu Finn. Verräterin!, raunte Mira, in Gedanken, zu sich selbst.

Doch sie konnte ihrer Mutter jetzt unmöglich die Wahrheit sagen. Das ging nicht.
„Nein, ich kannte ihn nicht näher.“, wiederholte Mira mit Nachdruck.
Ihre Mutter schien etwas erleichtert. Dennoch war Katja überfordert mit der Situation. Wie konnte sie ihrer Tochter am besten helfen?

„Ich mache uns einen Tee, dann können wir darüber reden.“, schlug sie vor.
Bloß nicht, dachte Mira. Aber da entfernte sich ihre Mutter schon. Während sie in die Küche ging und heißes Wasser aufsetzte, saß Mira wie versteinert auf dem Sofa. Sie versuchte zu verstehen - wirklich zu begreifen - was vorgefallen war. Finn ist tot, dachte sie immer wieder, wie im Trance. Dennoch blieben ihre Augen trocken. Mira *konnte* nicht weinen.

Dann kam ihre Mutter, mit zwei dampfenden Tassen Tee, wieder zurück ins Wohnzimmer.

„Vorsicht, es ist heiß.“, murmelte sie während sie ihrer Tochter eine Tasse in die Hand drückte. So saßen Mira und Katja, jeweils ihren eigenen Gedanken nachhängend, schweigend nebeneinander auf dem Sofa. Katja warf einen besorgten Seitenblick auf ihre Tochter. Mira schien nur körperlich da zu sein. Ihre Schultern hingen nach vorne und sie hielt sich merkwürdig gekrümmt. Sie war generell ein nachdenkliches Mädchen, aber vielleicht steckte mehr hinter ihrer niedergeschlagenen Haltung. Einen Moment lang wurde Katja stutzig. Hat Mira etwa gelogen, was Finn betraf? Doch dann verwarf sie den Gedanken wieder. Warum hätte ihre Tochter lügen sollen? Außerdem hörte Katja den Namen Finn zum ersten Mal. Sie fragte sich, warum er Selbstmord begangen hatte. Wurde er in der Schule gemobbt? Hatte Finn zu Hause Probleme gehabt? Doch ihr war klar, dass es nicht der richtige Zeitpunkt war, um dieses Thema anzuschneiden. Sie wollte Mira vorerst nicht danach fragen.

Nachdem sie beide eine gefühlte Ewigkeit nebeneinander auf dem Sofa gesessen hatten, beschloss Katja das Teegeschirr aufzuräumen. Mira hatte ihren Tee kaum angerührt.

„Mira, es ist schon spät. Und du musst morgen in die Schule gehen. Ich weiß, dass der Tod deines Mitschülers dich mitnimmt. Deshalb bitte ich dich, zu mir zu kommen, falls es sehr schlimm wird. Wir alle, Eltern und Lehrer, sind für dich und deine Mitschüler da."

Sie packte ihre Tochter liebevoll an den Schultern.

„Für heute ist es genug."

Sie sagte das freundlich, aber bestimmt. Wie im Trance erhob sich Mira daraufhin vom Sofa, wünschte ihrer Mutter eine gute Nacht und gab vor, bald schlafen gehen zu wollen. Doch sobald Katja mit der Arbeit in der Küche fertig war und in ihr Zimmer ging, schlüpfte Mira leise aus dem Haus. Dann rannte sie gedankenverloren in den Wald. Es war die pure Verzweiflung, die sie dorthin trieb. Mira hatte das Gefühl zu platzen, wenn sie sich noch länger im Haus aufhielt. Vor den Blicken ihrer Mutter musste sie die Ruhe bewahren, während sie innerlich vor Verzweiflung schrie und das Gefühl hatte, verrückt zu werden.

Der Wald lag nur wenige hundert Meter von ihrem Haus entfernt. Täglich liefen dort Jogger und Spaziergänger mit ihren Hunden entlang. Es war ein recht großes Gebiet, das direkt an der Kleinstadt und an einem Fluss grenzte. Außerdem gab es dort verschiedene, ausgeschilderte Wanderwege.

Die Bewohner waren sich einig, dass der Wald das Herzstück ihrer kleinen Stadt darstellte. Dort konnten sie frische Luft tanken, die Natur bewundern, auf andere Gedanken kommen und vom Alltag abschalten.

Auch Mira war froh, so einen ruhigen und schönen Ort in ihrer Nähe zu wissen. Sie kannte den Wald in- und auswendig, da sie schon als Kind viel Zeit dort verbracht hatte.

Mira kann sich nicht mehr erinnern, wie sie vom Wald wieder nach Hause gelaufen war. Sobald sie daheim ankam, schlich sie sich, auf Zehenspitzen, in ihr Zimmer und warf sich aufs Bett. Sie machte sich nicht einmal die Mühe, sich umzuziehen und ihre dreckigen, blutverschmierten Sandalen auszuziehen. Ihr fehlte die Kraft dazu. Und so lag Mira, vollständig angezogen, im Bett, wo sie sich die ganze Nacht lang umher wälzte.

Wieder schaut sie auf die Uhr. Inzwischen ist es Viertel vor acht. Ihre Mutter ist schon längst zur Arbeit aufgebrochen. Katja verlässt das Haus, jeden Morgen, noch vor ihren Kindern. So sieht sie Lynn und Mira, unter der Woche, erst am späten Nachmittag oder frühen Abend.

Katja hat einen Vollzeitjob in einer Firma. Als Unternehmensleiterin ist sie oft gezwungen, noch Überstunden zu machen. Denn, durch ihre höher gestellte Position trägt sie viel Verantwortung.

Vor zwölf Jahren fing sie in der Firma, als Teilzeitkraft an, zu arbeiten. Doch durch jahrelange, zuverlässige und gute Arbeit, schaffte es Katja, sich hochzuarbeiten. Jetzt ist sie die einzige, alleinerziehende Mutter, die Unternehmensleiterin ist. Damit hat sie nicht nur den Respekt ihres Chefs, sondern auch die, ihrer Kollegen erlangt.

Katja ist mehr als zufrieden mit ihrer Arbeit, denn sie gibt ihr das Gefühl, gebraucht zu werden und verleiht ihrem Leben Struktur.

Gerade in der schlimmen Zeit, in der ihr Ex-Mann sie, von einem Tag auf den anderen verließ, war ihre Arbeit die einzige Konstante in ihrem Leben. Mira und Lynn kennen ihren Vater kaum. Denn, er verließ die Familie, als Mira drei, und ihre kleine Schwester ein Jahr alt waren. Er verliebte sich damals in eine andere Frau und entschied, seine Familie für sie aufzugeben. Das kam unerwartet und Katja hatte das Gefühl, dass ihr der Boden unter den Füßen weggerissen wurde.

Wenn sie heute auf diese dunkle Zeit zurückblickt, kann sie darüber lachen. Denn, sie hat aus ihren Fehlern gelernt und ist gestärkt daraus hervorgegangen.

Nach außen hin, wirkt Katja stark und gilt als erfolgreich in ihrer Familie, Freundes- und Bekanntenkreis. Doch für ihren Erfolg zahlt sie einen recht hohen Preis. So hat sie kaum Zeit für ihre Kinder. Wenn Katja mal daheim ist, hat sie alle Hände mit den liegengebliebenen Haushaltsarbeiten zu tun.

Obwohl Mira und Lynn es nie laut aussprechen, wünschen sie sich oft, dass ihre Mutter mehr Zeit für sie hätte. Es gibt viele Situationen, in der die beiden Mädchen Katja, zu Hause bräuchten: Angefangen bei den Hausaufgaben, bis hin zu, zum Sportverein hinzukommen, wenn sie mal den Bus verpasst haben, oder wenn sie einfach einen guten Ratschlag gebrauchen könnten.

Das Familienleben funktioniert so einigermaßen. Gemeinsame Unternehmungen zu dritt sind zwar nur auf Mahlzeiten und die obligatorischen Besuche bei den Verwandten beschränkt. Doch das kommt den beiden Schwestern ganz gelegen da sie sich ohnehin nicht gut verstehen. Als Kinder waren die beiden unzertrennlich. Mira war stolz, die große Schwester zu sein und sie sah es als ihre Aufgabe an, Lynn zu beschützen. Daher opferte sie viel für ihre kleine Schwester und übernahm in Situationen Verantwortung, die sie gar nicht hätte übernehmen dürfen, da sie dafür noch zu klein war.

Doch Mira findet, dass Lynn undankbar ist und nie begriff, was sie für sie getan hat. Sie ist enttäuscht von ihrer kleinen Schwester. Aber zum Glück hat sie Sam, die für sie wie eine Schwester ist.

Rums! Mira hört, wie die Haustür ins Schloss fällt. Das Geräusch lässt sie unwillkürlich zusammenzucken und ihre Gedanken kehren wieder in die Gegenwart zurück. Lynn hat

soeben das Haus verlassen, um zur Schule zu aufzubrechen. Die beiden Mädchen gehen auf zwei verschiedenen Gymnasien.
Da nimmt Mira die pochenden Kopfschmerzen und ihre schmerzenden Füßen wahr. Auch ihr Hals fühlt sich merkwürdig trocken an und ihr ist ein wenig übel.

Im Bett liegend, fasst sie sich an die Stirn und schließt die Augen. Eine Weile später zwingt sich Mira schließlich, doch aufzustehen. Wie in Zeitlupe setzt sie sich im Bett auf und starrt vor sich hin. Dann schlägt sie die Decke zur Seite und erschrickt. Ihr Bett ist ganz schmutzig wegen den dreckigen Sandalen und ihrer Kleidung. Jetzt, bei Tageslicht, entdeckt Mira auch die Wunden an ihren Füßen. Plötzlich wird ihr speiübel beim Anblick ihres getrockneten Blutes. Wie ein Reflex hält sie die Hand vor dem Mund und rennt ins Bad. Gerade noch rechtzeitig schafft sie es, sich über die Kloschüssel zu beugen. Dann würgt sie ein paar Mal, bevor sie sich übergeben muss. Dabei laufen ihr die Tränen über das Gesicht.
Sie bleibt so lange über die Kloschüssel gebeugt, bis sie sich sicher ist, dass sie sich nicht mehr übergeben muss. Dann schließt Mira langsam den Deckel und bleibt noch einen Moment lang, mit geschlossenen Augen, auf dem Boden sitzen. Irgendwo in ihrem Kopf kommt ihr Gedanke, dass sie ganz alleine zu Hause ist und niemand ahnt, wie schlecht es ihr geht. *Finn!* ...

Mira spürt ein unangenehmes Kribbeln in den Beinen und steht mühselig auf. Als sie ihre Hände und das Gesicht waschen will, fällt ihr Blick plötzlich in den Spiegel, der über dem Waschbecken hängt. Da schreckt Mira über ihr eigenes Spiegelbild zusammen. Es ist, als ob sie einen schwerkranken Menschen ansehen würde. Ihre Haare stehen wirr vom Kopf ab und ihre großen, blauen Augen sind geschwollen und blutunterlaufen. Unter ihren Augen hat Mira dicke Ringe. Außerdem sind ihre Lippen spröde und ein wenig geschwollen. Doch am schlimmsten ist ihre leichenblasse Haut, die sie fast

geisterhaft wirken lässt. Miras dunkle Haare heben die Blässe nochmals hervor. Sie kann ihr eigenes Spiegelbild kaum ertragen. Andererseits fällt es ihr schwer, den Blick abzuwenden. Mira findet ihr Anblick so schrecklich, dass sie, wiederum, fasziniert ist davon.
Langsam dreht sie den Hahn auf und klatscht sich kaltes Wasser ins Gesicht. Danach streift sie ihre blutverschmierten Sandalen und ihre Kleidung ab.

Als sie unter der Dusche steht und spürt, wie das warme Wasser ihren nackten Körper herunterfließt, fühlt sie sich, merkwürdig zum Leben erwacht. Die Wunden an ihren Füßen beginnen zu brennen. Zuerst seift sich Mira die Haare, und dann den Körper mit Shampoo ein. Danach spült sie alles wieder gründlich aus.

Nachdem sie fertig geduscht hat, versorgt sie ihre Wunden mit Pflaster und schlüpft in saubere Kleidung.

Gedankenverloren betritt Mira dann die Küche und öffnet den Kühlschrank. Es ist das übliche da: Brot- Aufschnitt, Joghurt, Tomaten, Paprika, Butter, Käse, Milch, Eier und Essen vom Vortag. Doch sie kann jetzt unmöglich etwas essen. Stattdessen schnappt sich Mira ein Glas und schenkt sich Wasser ein.
Als sie sich an dem Küchentisch setzt, um Wasser zu trinken, fällt ihr ein, dass sie die Schule schwänzt. Das lässt sie in ihrer Bewegung inne halten. Doch bevor Mira anfangen kann, sich darüber weiter Gedanken zu machen, breitet sich, mit einem Mal, die Müdigkeit in ihr aus. Nachdem sie ihren Durst gelöscht hat, legt sie sich wieder ins Bett zurück. Sie ist so schrecklich müde, dass sie, sofort in einem erschöpften Schlaf fällt.

4. Kapitel

Finn war schon ein paar Wochen auf der neuen Schule. Mit seinen Mitschülern verstand er sich gut und eckte nirgends an. Aber feste Freundschaften hat Finn noch nicht geschlossen. Das lag vielleicht daran, weil sich die anderen schon lange kannten und es hatten sich bereits feste Cliquen gebildet. Möglicherweise lag das aber auch an seiner verschlossen Art. Er war zwar nett und höflich, doch sobald man ihn genauer über sein Leben befragte, gebot er Einhalt. Finn gab dann ausweichende Antworten und wechselte schnell das Thema. Das hinterließ einen komischen Geschmack bei seinen Mitschülern und sorgte für Distanz.

Doch den Lehrern fiel das nicht auf. Für sie war Finn ein guter Schüler, der sich stets am Unterricht beteiligte und sogar sehr gute Noten schrieb. Außerdem gehörte Finn gehörte zu den Wenigen, die schon volljährig waren.

Mira und Finn waren in der Oberstufe und blickten dem Abitur entgegen. Es gab keine Klassengemeinschaft mehr, sondern das sogenannte Kurssystem. Das bedeutete, die Schülerinnen und Schüler hatten bestimmte Vorgaben, nachdem sie ihre Kurse selber wählen mussten.

Die Zuteilung der Schülerinnen und Schülern in die Kurse war aber der Schulleitung vorbehalten. Sie legte den Stundenplan für jeden einzelnen Schüler fest.

Sam und Mira waren in Deutsch, Kunst, Englisch und Geschichte den gleichen Kursen zugeteilt.

Doch gerade in Sport wünschte sich Mira manchmal, dass ihre beste Freundin im selben Kurs wäre wie sie. An sich war sie begeistert von Sport. Doch sie verabscheute den Sportunterricht. Denn, ihr Lehrer Herr John war einfallslos und wusste nicht so recht, was er mit dem Kurs machen sollte. Außerdem fand sie, dass Sport eine Freizeitbeschäftigung war und nur aus Spaß betrieben werden sollte.

An einem Donnerstagabend entschied ihr Sportlehrer, zu Miras Freude, dass im Unterricht Basketball gespielt werden sollte. Mira hatte jahrelang Basketball im Verein gespielt und freute sich, zeigen zu können, was sie so drauf hatte.

Nach der Aufwärmphase wurden alle in zwei Teams eingeteilt, die dann gegeneinander spielten. Finn und Mira waren in unterschiedlichen Gruppen.

Ihr Sportlehrer, Herr John, pfiff ab und das Basketballspiel startete. Bereits nach wenigen Minuten Spielzeit war klar, dass Mira eine der besten Spieler war. Sie erzielte viele Punkte für ihre Mannschaft. Mit ihrem Team hatte Mira vereinbart, dass sie sich die ganze Zeit in der Nähe des gegnerischen Korbes aufhielt, sodass ihre Teamkollegen ihr den Ball zupassen konnten. Doch damit die gegnerischen Spieler nicht nur Mira deckten und ihre Taktik gefährdet wurde, entwickelte das Team, während des Spiels, eine neue Strategie. So passte Mira, ab und an, den Ball, kurz vor dem Abwurf, einem ihrer Teamspieler zu, damit dieser den Punkt für die Gruppe holte. Auf diese Weise konnte die gegnerische Mannschaft nie wissen, wer als nächstes einen Korb erzielen würde.

Hinzu kam, dass Mira recht klein war, sodass sie manchmal gar nichts sehen konnte, wenn man sie deckte. Das ärgerte sie sehr. Doch auch hier konnte sie sich auf ihre Teamkollegen verlassen, die versuchten, die Verteidigung der Gegenspieler so gut wie möglich abzuwenden, damit Mira freie Hand hatte beim Abwurf. Zusammen waren sie eine starke Mannschaft.

Aber auch die andere Gruppe war nicht zu unterschätzen. Vor allem Finn stellte sich als hervorragender Basketballspieler heraus. Er hatte eine beinahe hundert prozentige Trefferquote und holte ebenfalls viele Punkte für sein Team.

Es war ein spannendes Basketballspiel. Als es Halbzeit wurde, hatte Finns Team sogar einen kleinen Vorsprung. Obwohl sich in Miras Mannschaft die stärkeren Spieler befanden, konnte Finn das, durch seine sichere Trefferquote, kontern.

Herr John war sehr beeindruckt vom Teamgeist und Hingabe seiner Schülerinnen und Schüler.

Die Halbzeit nutzen beide Mannschaften um sich zu erholen und zu besprechen, wie sie ihre Spieltaktik weiter ausbauen konnten.

Mira hat schon lange nicht mehr mit so viel Begeisterung am Sportunterricht teilgenommen. Jetzt war ihr Kampfgeist geweckt worden und sie wollte dieses Spiel unbedingt gewinnen.

Unwillkürlich fiel ihr Blick auf ihren stärksten Gegner. Finn. Mira bemerkte, dass er total verschwitzt war. Auf seinem T-Shirt hatte sich ein kreisförmiger Schweißfleck gebildet und seine Haare waren, am Ansatz, ganz nass. Trotzdem sah er gut aus. Mira blieb nicht verborgen, dass viele Mädchen verstohlen ein Blick auf Finn erhaschten, wenn sie glaubten, dass er nicht hinsah. Sie fand das ziemlich peinlich und wandte etwas verächtlich den Blick ab.

Als Mira ihren Teamspielern beitrat, um die weitere Strategie mit ihnen abzusprechen, bemerkte sie nicht, dass Finn ihr einen neugierigen Blick zuwarf. Er musterte sie von Kopf bis Fuß: Mira trug hautenge Leggins, in der die Form ihrer Beine gut zur Geltung kam. Auch ihr Sporttop war enganliegend und figurbetont. Ihre dunklen Haare hatte sie zu einem strengen Pferdeschwanz zusammen gebunden. Angestrengt durch den Sport glühten ihre Wangen leicht rötlich. Diese Kleinigkeit machte Mira, in seinen Augen, sympathischer und ließ sie niedlich wirken. Mit einem Lächeln auf den Lippen wandte Finn schließlich den Blick ab.

Da ging die zweite Halbzeit los und Mira legte sich mächtig ins Zeug. Sie tat alles, um den Vorsprung der gegnerischen Mannschaft abzubauen. Gemeinsam mit ihrem Team setzten sie ihre neue Spieltaktik um.

Das Spiel blieb spannend bis zum Schluss. Denn, beide Teams schienen gleich gut zu sein. Mal hatte die eine Mannschaft einen kleinen Vorsprung, dann die Andere. Bis zum Schluss ließ sich nicht vorhersagen, welches Team gewinnen würde.

Als Herr John schließlich laut in seine Pfeife blies, herrschte Gleichstand zwischen den beiden Mannschaften und die letzten dreißig Sekunden Spielzeit brachen an.

„Der nächste Korb wird entscheiden!", rief Herr John. „Falls kein Korb mehr fällt, bleibt es unentschieden."

Dann wurde der Ball, vom Rand des Spielfelds aus, eingeworfen und zu Mira gepasst. Doch sobald sie den Ball abfing, wurde sie plötzlich von drei der gegnerischen Spielern gedeckt, sodass sie nichts sehen konnte. Als sie dann kurz zögerte, wurde ihr der Ball aus der Hand geschlagen. Nun hatte die Gegenmannschaft den Ball und er wurde zu Finn gepasst.

„Das ist nicht fair!", schrie jemand und Mira riss fluchend die Arme über den Kopf. Sie hatte ihre Chance verpasst. Jetzt lag das Ende des Spiels in Finns Händen. Er warf den Ball ab und verpasste knapp den Korb. Genau in diesem Moment pfiff der Sportlehrer ab. Die Zeit war vorbei und das Spiel endete unentschieden.

Finns Teamspieler schienen etwas verärgert, über die verpasste Chance, das Spiel für sich zu entscheiden. Doch sie machten Finn keinen Vorwurf, da er sein Bestes gegeben hatte. Mira, aber, wurde stutzig. Denn, Finn hatte, während des Spiels, mehrmals bewiesen, dass seine Trefferquote sehr sicher war. Das was sie gesehen hatte, ließ sie den leisen Verdacht schöpfen, dass er absichtlich daneben geworfen hatte. Aber warum sollte Finn das tun?, fragte sie sich verwundert und betrachtete ihn eindringlich.

„Hey, ist alles okay?“

Mira zuckte erschrocken zusammen. Beate, eine ihrer Teamspieler stand plötzlich neben ihr und schaute sie komisch an. Mira überlegte, ob sie ihr von ihrem Verdacht erzählen sollte. Sie entschied sich dann aber schnell dagegen.

„Ja, alles gut.“, lächelte Mira. Doch die Frage, ob Finn absichtlich daneben geworfen hatte, ließ sie den Rest der Stunde nicht mehr los.

Als der Unterricht schließlich endete und sie die Sporthalle verließ, um zu ihrem Fahrrad zu gehen, entdeckte sie ihn auf einmal. Finn lehnte an der Wand, vor der Halle und unterhielt sich mit einem Mitschüler. Sein Gesicht war aber Mira zugewandt. Sobald ihre Blicke sich kreuzten, lächelte er ihr zu. Mira blieb verdutzt stehen. Sein Blick traf sie wie ein kleiner Blitz. Für einen Moment war sie leicht verunsichert.

Da folgte der Mitschüler, mit dem sich mit Finn unterhielt, seinen Blick und drehte sich nach Mira um. Sie wandte sich schnell ab und ging zu ihrem Fahrrad. Wie merkwürdig!, dachte Mira während sie in die Pedale trat.

Wenige Tage später saßen Mira und Sam im Kunstunterricht, als Miras Blick auf Finn fiel. Ihr war bisher gar nicht aufgefallen, dass er im selben Kurs war.

Ihr Kunstlehrer gab ihnen die Aufgabe ein Porträt von einer berühmten Persönlichkeit anzufertigen. Dabei war es vollkommen ihnen überlassen, wen sie zeichnen wollten. Sie durften als Hilfsmittel Bilder für ihr Porträt hinzuziehen. Nur das Abpausen war nicht erlaubt.

Mira entschied sich, ein Porträt von Robbie Williams zu zeichnen. Sie liebte seine Musik und er war die Person, die ihr als erstes in den Sinn kam. Sam, die neben ihr saß, war gerade dabei Lady Gaga zu zeichnen. Mira sah, wie Sams Bleistift gekonnt über ihr Zeichenblock schwebte und wusste, dass ihre

Freundin vollkommen in ihrer Zeichnung vertieft war. Vor Sam lag ihr Smartphone mit einem Bild von Lady Gaga. Auf dem Bild trug sie einen, für sie typischen, extravaganten Kopfschmuck und schaute lasziv in die Kamera.

Da schnappte sich auch Mira sich ihr Handy und tippte *Robbie Williams* in die Google- Suche ein. Sie fand ein tolles Bild von ihm online, in der auch seine Persönlichkeit zum Vorschein kam. Sie hätte das Bild stundenlang betrachten können.

Doch Mira stellte schnell fest, dass es schwieriger war als gedacht, ein Porträt von ihrem Idol anzufertigen. Sie radierte immer wieder alles weg und musste mehrmals neu ansetzen. Hin und wieder warf sie einen Seitenblick auf Sam, die eine erfolgreiche Vorskizze angefertigt hatte und anfing die Details zu verfeinern. Aber ganz egal wie sehr sich Mira auch bemühte, sich die Zeichenstrategie ihrer Freundin abzuschauen, es gelang ihr nicht. Das frustrierte sie nur noch mehr. Mira war fast schon den Tränen nahe, als Sam ihre Verzweiflung zu bemerken schien. Sie redete ihr gut zu und gab ihr Tipps wie sie am besten vorgehen sollte. Doch das half wenig, da Mira sich schon zu stark hineingesteigert hatte.

Als ihr Kunstlehrer plötzlich verkündete, dass sie sich auch nach draußen, im Schulgebäude, setzen dürfen, um dort an ihrem Porträt weiterzuarbeiten, wunderte das Mira nicht weiter. Denn, er war uninteressiert und pflegte zu essen und Bücher zu lesen, während des Unterrichts. Er schaute nicht mal hoch, als ein paar Schülerinnen und Schüler daraufhin den Kunstraum verließen.

Mira seufzte. Sie wusste, dass sie erst mal den Kopf frei bekommen musste, bevor sie weitermachen konnte. Da beschloss Mira spontan, sich auch nach draußen in den Flur zu setzen. Sie wollte ihre Zeichnung lieber von vorn anfangen.

„Ja, das ist eine gute Idee.“, pflichtete Sam ihrer besten Freundin bei. Sie selbst, aber, wollte nicht mit ihr mitkommen, da sie schon in ihre Arbeit vertieft war und gut voran kam.

So ging Mira alleine nach draußen. In dem geräumigen Schulgebäude schaute sie sich um. Wo sollte sie sich am besten hinsetzen, um ihre Zeichnung neu anzufangen? Gedankenverloren lief Mira den Schulkorridor entlang. Hier und da entdeckte sie ein paar ihrer Mitschüler, die dabei waren zu plaudern und an ihrem Porträt arbeiteten. Als Mira den Kopf nach rechts drehte, entdeckte sie einen kleinen Gang, der vom Korridor abführte. In dem Gang befanden sich zwei große Tische und auf einem der Stühle saß Finn. Mira runzelte leicht die Stirn. Sie hatte gar nicht bemerkt, dass er auch den Raum verlassen hatte.

Ein Lächeln erschien auf Finns Lippen. Dann hob er die Hand und machte ihr, durch eine Geste klar, dass sie zu ihm kommen sollte. Langsam schritt sie langsam auf Finn zu.

„Hi.“, sagte er, als sie neben ihm stand.

„Hey.“

Mira senkte leicht den Kopf. Mit einem Mal war sie etwas verlegen. Dann fiel ihr Blick auf seine Zeichnung. Wow! Mira konnte ihr Staunen kaum verbergen. Finn hatte sich offensichtlich entschieden, ein Porträt von Amy Winehouse zu zeichnen. Und was für eins! Es war, dass mit Abstand, detailgetreuste und beste Porträt, das sie bisher gesehen hatte. Nicht mal Sam konnte so gut zeichnen. Mira fiel es schwer den Blick von seinem Porträt abzuwenden. Das blieb auch Finn nicht verborgen.

„Gefällt es dir?“

Mira nickte überschwänglich. Er schien sich sehr über ihren Lob zu freuen.

„Und du?“, fragte Finn kurz angebunden.

Mira verstand zunächst nicht, was er meinte. Sie war so beeindruckt von seinem Porträt, dass sie ganz vergessen hatte, weshalb sie hier war. Doch dann dämmerte ihr, dass er sie nach ihrem Porträt fragte. Sie seufzte und drückte ihr

Zeichenblock unwillkürlich an ihren Busen. Irgendwie war es Mira peinlich, zugeben zu müssen, dass sie eigentlich noch kein Porträt hatte, weil sie von vorne anfangen wollte. Viel zu oft hatte sie radiert und das Papier war an einigen Stellen fusselig, sodass sie darauf nicht mehr zeichnen konnte.

„Hier.“, klopfte Finn auf den freien Platz neben sich. „Setz dich doch.“

„Mira, ich helfe dir.“, fuhr er fort, als er Miras Zögern bemerkte.

Er sagte ihren Namen zum ersten Mal. Irgendetwas in seiner Stimme ließ Mira aufhorchen. Finn meinte es ernst. Er *wollte* ihr helfen. Wortlos überreichte Mira ihm ihr Zeichenblock. Er nahm es entgegen und musterte ihr Porträt.

„Ich werde von vorne anfangen. Denn, das hier ist nichts geworden.“, erklärte Mira, als sie sich auf den freien Platz neben ihm, niederließ.

„Wen möchtest du denn zeichnen?“

„Robbie Williams.“, seufzte Mira. „Aber jetzt denke ich, dass ich vielleicht doch jemand anderes nehmen sollte.“

Finn schwieg nachdenklich, während er ihr Zeichenblock umklammert hielt. Mira betrachtete ihn von der Seite. Seine blonden Haare fielen ihm strähnenweise ins Gesicht. Da fiel ihr ein, dass Finn hilfsbereit war und oft auch anderen half.

„Ich verstehe, ehrlich gesagt, nicht, warum Sam dir nicht hilft.“, riss er sie aus ihren Gedanken. „Ich meine, ihr seid doch Freundinnen. Und sie kann gut zeichnen, soweit ich weiß.“

Sein Blick war immer noch auf ihren Zeichenblock geheftet. Mira spürte, wie, unwillkürlich, Wut in ihr aufkam. Genau genommen, kannte er weder Sam noch sie. Und es ärgerte sie, dass Finn solche Mutmaßungen anstellte.

Da hatte Mira genug. Sie erhob sich von ihrem Platz.

„Danke für deine Hilfe!“

Dann riss sie ihm den Zeichenblock, aus der Hand und wandte sich zum Gehen. In diesem Moment erklang die Schulglocke. Ding, dang, dong! Der Kunstunterricht war beendet und sie hatte nichts geschafft. Mit ihrem

Zeichenblock unter dem Arm und ihren Bleistiften in der Hand, steuerte sie auf dem Kunstraum zu. Unbewusst hielt Mira hielt die Stifte so fest umklammert, dass ihre Knöchel weiß hervortraten. Dann hörte sie, wie jemand hinter ihr rief: „Warte!"

Sie vernahm, wie Finn, hinter ihr her rannte. Dennoch blieb sie nicht stehen. Ihr dunkles Haar wippte beim Laufen auf und ab.

„Mira."

Schließlich holte Finn sie ein und packte sie an die Schulter. Da drehte Mira sich, in einem Ruck, um und befreite sich aus seinem Griff.

„Was ist?!"

Unbewusst schob sie ihm die Schuld an allem, was schief gelaufen war, zu.

„Es tut mir leid, wirklich. Was ist gesagt habe, war unüberlegt von mir."

Finn sah niedergeschlagen aus. Das ließ sie etwas weicher werden und sie besänftigte sich. Trotzdem ärgerte es sie, dass sie nicht mal eine gescheite Vorskizze hinbekommen hatte. Mira seufzte innerlich auf.

„Ich helfe dir gerne mit deinem Porträt."

Einen kurzen Moment lang, blickten sie sich schweigend in die Augen. Mira sah Finn an, dass er hoffte, er könne es wieder gut machen.

„Danke, Finn."

Ein dünnes Lächeln erschien auf ihren Lippen und Finn entspannte sich sichtlich. Dann drehte Mira sich um und sie liefen gemeinsam zum Kunstraum zurück.

5. Kapitel

Es ist früher Mittag, als Mira plötzlich die Augen aufschlägt. Sie hat es geschafft sich, für wenige Stunden, in einem unruhigen Schlaf zu wälzen. Einen Moment lang ist sie verwirrt, da sie nicht weiß, was Traum und was Realität ist. Doch dann fällt es ihr wieder ein: Finn ist tot! Die schreckliche Wahrheit prasselt auf sie runter.

Jetzt bemerkt Mira auch, dass ihr Gesicht ganz nass ist. Sie hat im Schlaf geweint. Nach und nach kann sie sich wieder an den schlimmen Albtraum, den sie hatte, erinnern. Zunächst sind es nur Bruchstücke. Doch dann fügen sich die Bilder zu einer ganzen Szene zusammen:

Im Traum ging Mira an einem weißen Sandstrand spazieren und betrachtete den Sonnenuntergang. Es war der schönste Sonnenuntergang, den sie je gesehen hatte. Am Horizont erstrahlte der Himmel in warmen Rot-, Gold- und Orange-Tönen. Ließ man den Blick zum Himmel hinaufgleiten, so konnte man sogar ganz leicht vereinzelte Sterne glitzern sehen. Der Anblick war fesselnd!

Mira kommt die Szene so verdammt real vor. Sie kann sogar das glückliche Gefühl nachempfinden, dass sie am Strand verspürt hat.

Als Mira dann, im Traum, ihr Blick am Strand umherschweifen ließ, entdeckte sie Finn in einiger Entfernung. Er war barfuß und seine blonden Haare schimmerten golden in den letzten, hellen Sonnenstrahlen. Sie waren die einzigen Menschen am Strand.

„Finn!“, rief Mira.

Doch er schien sie nicht zu hören. Da rannte Mira los, um ihn einzuholen.

„Finn, warte!“

Sie versuchte schneller zu laufen. Doch ihre Füße versanken im weichen Sand, sodass sie nur schwer vorankam.

Außerdem trat Mira, hin und wieder, auf spitze Steine und Muscheln, die am Strand herumlagen.

Dann wurde es plötzlich ganz dunkel. Die Sonne war, auf einmal, untergegangen und Mira konnte kaum noch etwas erkennen. Sie blieb stehen und versuchte angestrengt Finn zu finden.

„Mira, ich bin hier.“, hörte sie ihn plötzlich rufen.

Mira drehte ruckartig den Kopf in die Richtung, aus der die wohlbekannte Stimme ertönte. Da entdeckte sie ihn! Finn! Ein glückliches Lächeln erschien auf Miras Lippen. Er befand nur wenige Meter von ihr entfernt, im Meer. Bis zu den Knien stand er im Wasser.

Mira spürte einen Kloß im Hals. Wie sehr sie ihn vermisst hatte! Da musste Mira anfangen zu weinen.

„Finn, warum hast du das getan?!“, fragte sie verzweifelt. „Warum nur?“

Doch statt einer Antwort drehte Finn ihr den Rücken zu. Er lief immer tiefer in das Meer hinein. Plötzlich zog ein Sturm auf und innerhalb weniger Sekunden bestand das Meer nur noch aus hohen Wellen. Miras Haare wurden vom Wind vollkommen zerzaust. Meerwasser peitschte ihr ins Gesicht und sie spürte einen salzigen Geschmack im Mund.

Da schrie sie aus Leibeskräften: „FINN! Finn, komm da raus! Sofort! Es ist gefährlich.“

Doch der Sturm übertönte ihre Rufe. Und dann konnte Mira nur noch Finns blonden Hinterkopf sehen, der von den Wellen hin - und hergerissen wurde.

„Fiiinnnn!“

Ohne nachzudenken, rannte Mira blindlings ins Meer, denn sie war fest davon überzeugt, ihn noch retten zu können. Sie *musste* Finn retten. Doch die hohen Wellen hinderten sie, schon nach einigen Metern, daran, weiter voranzukommen. Sie war umhüllt von ihnen und wurde vor- und zurückgeworfen. Als Finn auch noch von den hohen Wellen komplett verschlungen worden zu sein schien, musste sich Mira eingestehen, dass es keinen Sinn mehr machte, ihn retten zu wollen. Sie musste ihn aufgeben, um selber am Leben zu bleiben. Mira *wollte* diese Entscheidung gar nicht treffen. Doch ihr blieb, angesichts der gefährlichen Situation, keine andere Wahl. Ihre Tränen vermischten sich mit dem salzigen Meerwasser, als sie versuchte zum Strand zurückzuschwimmen. Dazu nahm Mira all ihre Konzentration zusammen und kämpfte mit aller Kraft gegen die Wellen an. Finn konnte sie nicht mehr retten. Doch sie hatte immer noch die Möglichkeit ihr eigenes Leben zu retten.

Immer wieder wurde Mira von hinten, von kräftigen Wellen überrascht und schluckte salziges Wasser. Ihr wurde übel davon. Aber sie gab nicht auf, denn sie hatte noch so viel vor im Leben. Mira wollte studieren, ferne Länder bereisen, andere Kulturen kennen lernen, heiraten und eine eigene Familie haben. Und dafür lohnte es sich mit aller Kraft zu kämpfen.

Sie wusste, wenn sie jetzt anfangen würde, zu zögern oder unachtsam zu werden, bedeutete das ihren sicheren Tod. Mira ließ sich von ihrem Überlebensinstinkt leiten und nutze die Wucht der Wellen, zu ihrem eigenen Vorteil, um Richtung Strand vorwärtszukommen.

Immer wenn sie ihrem Ziel fünf Meter näher kam, wurde sie wieder drei Meter zurückgestoßen, von den Wellen. Es war ein zähneknirschender Kampf.

Endlich, nach einer gefühlten Ewigkeit, gelang es ihr den Strand zu erreichen. Völlig erschöpft und außer Atem lag sie regungslos auf dem Bauch. Ich habs geschafft!, dachte Mira keuchend. Ihr eigenes Leben hatte sie retten können. Doch alles woran sie denken konnte, war, dass sie Finn für immer verloren hatte. Mira kam sich schwach und nutzlos vor.

Da durchfuhr sie ein Schmerz wie ein Messerstich. Sie öffnete den Mund zu einem stummen Schrei. Plötzlich schlug sie die Augen auf...

Mira ist froh, dass sie in ihrem Bett liegt und nicht den heftigen Sturm am Strand ausgesetzt ist. Doch der Traum hat sie, bis ins Mark erschüttert und die Angst sitzt ihr noch tief in den Knochen, sodass sie auch jetzt noch am ganzen Körper zittert. Außerdem könnte Mira schwören, dass ein salziger Geschmack auf ihrer Zunge liegt. Langsam setzt sie sich im Bett auf. Was hat der Traum zu bedeuten? Hätte sie Finn davon abhalten können ins Meer zu gehen und zu sterben? Ist sie Mitschuld an seinem Tod?

Die Fragen fressen sie innerlich auf. Als Mira eine halbe Stunde lang im Bett sitzt und sich darüber den Kopf zerbricht, überschlagen sich ihre Gedanken beinahe.

Da wird sie vom Vibrieren ihres Handys aus ihrer Gedankenwelt gerissen. Mira schaut auf das Display. Sie hat mehrere Nachrichten erhalten. Katja hat sie schon zwei Mal angerufen und ihr eine Nachricht über Whatsapp gerschickt:

Hallo Liebes, ist alles in Ordnung? Bitte melde dich kurz, damit ich mir keine Sorgen machen muss. Kuss Mama

Die Nachricht ist mit etlichen Emojis verziert. Typisch Mama, denkt Mira schmunzelnd. Sie schnappt sich ihr Handy und tippt eine Antwort.

Ja, Mama, alles in Ordnung. Mach dir keine Sorgen.

Hoffentlich lässt ihre Mutter sie dann in Ruhe. Mira will für sich sein.

Dann steht sie auf und geht in die Küche. Während sie ein Fruchtjoghurt löffelt, wächst ein Gedanke in ihrem Kopf heran. Kurz entschlossen, beschließt Mira zu Finns Wohnung zu gehen. Sie lässt den halbvollen Joghurtbecher auf dem Küchentisch stehen, schnappt sie sich eine dünne Sommerjacke und schlüpft in ihre Turnschuhe, bevor sie das Haus verlässt. Draußen, auf der Straße, kommt ihr alles schrecklich grell und unwirklich vor. Es ist, als ob sich die Welt über Nacht plötzlich verändert hat.

Während um sie herum, alles den normalen Alltag nachgeht, verspürt Mira das Gefühl, nicht dazu zu gehören. Sie lebt in ihrer eigenen Welt. Eine Welt, in der sie von Betäubung umhüllt wird, wie ein Kokon.

Vollkommen in Gedanken versunken, steht sie unvermittelt vor dem Mehrfamilienhaus stehen, in der Finn, bis vor Kurzem, lebte. Fast hätte Mira die Hand ausgestreckt um an seinem Namensschild zu klingeln. *Lammert.* Finn Lammert, flüstert sie lautlos.

Da ist es, als ob sie zum ersten Mal anfängt, die schreckliche Wahrheit zu begreifen: Es wird keinen Finn geben, der ihr die Tür öffnet. Er wird sie nicht mit einem Lächeln willkommen heißen, wie er es sonst immer tat.

Die Realität ist so grausam, dass ihre Welt Risse bekommt und die Betäubung, die sie einlullt und schützt, nachlässt. Da werden Miras Augen feucht.

„Willst du reingehen?“, hört sie auf einmal jemanden fragen.

Mira schreckt zusammen. Eine ältere Frau steht neben ihr und sieht sie argwöhnisch an.

„Ja, bitte.“

Sie dreht ihr Gesicht etwas zur Seite, um ihre Tränen vor der Frau zu verbergen. Sie will ihre Verletzlichkeit nicht offen zur Schau stellen, und schon gar nicht vor einer Fremden. Die ältere Frau schließt die Eingangstür auf und hält sie offen. Mira murmelt ein Dankeschön und steigt die Treppen hinauf, in den zweiten Stock, wo sich Finns Wohnung befindet.

6. Kapitel

Es war einer dieser Tage, an denen alles blöd lief. Am liebsten wäre Mira einfach den ganzen Tag im Bett geblieben und hätte kein Fuß vor die Tür gesetzt. Doch das ging nicht, denn sie musste zur Schule.

Der Tag fing schon morgens beschissen an: Zuerst konnte Mira ihren Lieblingspullover, den sie unbedingt anziehen wollte, nicht finden. Dadurch verlor sie wertvolle Zeit am Morgen, weshalb sie zu spät in den Unterricht hereinplatzte. Frau Meier machte Mira daraufhin, vor dem Kurs, zur Schnecke. Mira ließ das über sich ergehen und murmelte dann eine Entschuldigung.

Später bekamen sie ihre Chemie Klausuren zurück. Mira war enttäuscht von ihrer Note. Zwei Wochen lang hatte sie für die Klausur gebüffelt und es gerade noch so zu einem *ausreichend* gebracht. Das war nicht die Note, die sie sich erhofft hatte.

Dann, in der Pause, stritt sich Mira mit einem Mitschüler wegen etwas Belanglosem. Als der Streit zu eskalieren drohte, schritt ihre beste Freundin ein. Da hatte Mira das Gefühl, dass Sam sich nicht auf ihre Seite schlagen würde und wurde auch noch auf sie sauer.

Als sie schließlich die letzte Unterrichtsstunde hinter sich gebracht hatte, war sie heilfroh nach Hause zu können.

Doch daheim ging der Tag genauso blöd weiter. Erst stellte Mira enttäuscht fest, dass ihre Mutter es verpeilt hatte, das Mittagessen vorzubereiten. Sie seufzte genervt. Konnte es noch beschissener werden?

Schließlich schob sie eine Fertigpizza in den Backofen. Während sie am Küchentisch saß und auf die Pizza wartete, fiel ihr wieder ihr Lieblingspullover ein. Er war ihr direkt ins Auge gesprungen, als sie mit Sam shoppen gewesen war. Der Pullover war nicht ganz günstig gewesen, weshalb sie extra dafür gespart hatte.

Wie ein Blitz kam ihr da ein Gedanke: Mira sprang daraufhin vom Küchentisch auf, ging in das Zimmer ihrer Schwester und durchwühlte Lynns Kleiderschrank. Denn, sie neigte dazu, sich Sachen von Mira „auszuleihen", ohne um Erlaubnis zu fragen. Und tatsächlich! Irgendwo mitten im Chaos fand sie *ihren* Lieblingspullover. Mira kochte vor Wut. Wie viel hatte sie schon für ihre kleine Schwester getan! Und das war der Dank dafür.

Wie oft hatte Mira Lynn darum gebeten, sie zu fragen, wenn sie etwas von ihr haben wollte? Ihretwegen war sie heute zu spät zum Unterricht erschienen.

Als dann eine Stunde später Lynn zu Hause ankam, durchforstete sie sofort den Kühlschrank nach Essen.

„Hi, was gibt's denn zu Mittagessen?", fragte Lynn, sobald Mira die Küche betrat. Sie ignorierte die Frage.

„Kannst du mir erklären, warum du dir schon wieder Sachen von mir genommen hast, ohne mich vorher zu fragen?"

Lynn blickte sie fragend an. Dann schien es ihr langsam zu dämmern.

„Oh, das meinst du.", sagte sie, in einem unschuldigen Ton, der Mira noch wütender werden ließ.

„Ja, *das* meine ich. Ich habe heute Morgen nach meinem Pullover gesucht und bin deinetwegen zu spät zur Schule gekommen!"

„Reg dich mal nicht so auf."

Lynn tat das einfach ab. Sie machte nicht mal Anstalten sich zu entschuldigen. Stattdessen drehte sie Mira den Rücken zu und wühlte im Kühlschrank weiter.

Das brachte das Fass zum Überlaufen. Mira platzte aus allen Nähten.

„Weißt du, dass du die asozialste Person bist, die ich kenne?"

Jetzt erhob auch Lynn ihre Stimme: „Ich bin gerade von der Schule nach Hause gekommen und du nervst mich wegen so einem blöden Pullover? Dann nimm doch deine bescheuerten Sachen und lass mich in Ruhe!"

„Das werde ich tun, sobald du dich bei mir entschuldigt hast."

Mira blieb stur. Sie war der Meinung, dass ihr Unrecht getan wurde und sie wollte nicht klein beigeben. Nicht dieses Mal!

„*Du* solltest dich bei *mir* entschuldigen, dafür, dass du mich nervst seit ich von der Schule gekommen bin."

Die beiden stritten sich noch eine Weile, bis Mira schließlich einsah, dass es keinen Sinn machte, mit Lynn weiter zu diskutieren. Ihre Schwester würde sich nicht dafür entschuldigen.

Da war eine unüberbrückbare Lücke zwischen ihnen. Seit ein paar Jahren schon trug Mira die Enttäuschung von ihrer Schwester, im Herzen. Doch Lynn schien nicht zu verstehen, was in Mira vorging und wie sehr sie sie verletzt hatte. Sie waren nie auf einer Wellenlänge. Während Mira sich aufregte, nahm Lynn die Sachen viel lockerer und verstand nicht, warum ihre Schwester so einen Aufstand veranstaltete.

Der Streit endete damit, dass Mira Lynn als „blöde Kuh" beschimpfte und auf ihr Zimmer rannte.

Später, am Abend, als Mira gerade dabei war mit Sam zu telefonieren, platzte ihre Mutter, auf einmal, in ihr Zimmer herein. Sie sah Katja verärgert an, entschuldigte sich bei Sam und legte auf.

„Kannst du nicht wenigstens anklopfen?"

Mira war sauer. Der ganze Tag lief beschissen und jetzt störte ihre Mutter auch noch ihre Privatsphäre.

„Also erstens, will ich keine lauten und erhobenen Stimmen in *meinem* Haus haben."

Meinem Haus. Wie sie das betonte! Mira schnappte nach Luft und wollte etwas erwidern, als ihre Mutter fortfuhr: „Und zweitens, was fällt dir ein, deine Schwester zu anzuschreien und sie zu beleidigen? Kaum bin ich von der Arbeit da, muss ich meinen Feierabend noch damit verbringen, euren Streit zu schlichten. Ihr seid doch keine Kinder mehr! Ist das zu viel verlangt, dass ihr euren Mist selber klärt? Oder soll ich noch einen Babysitter für euch einstellen?!“

Katja war gestresst. Denn, bei der Arbeit stand jede Menge an und sie musste demnächst viele Überstunden machen. In ihren Augen war Mira schuld. Sie war die Ältere und Katja erwartete von ihr, rücksichtsvoller zu sein.

„Mum, Lynn hat meinen Pullover geklau...“

„Ich weiß, Mira.“, unterbrach Katja sie. „Aber trotzdem: Du bist älter als Lynn und du hättest besser mit der Situation umgehen können. Ich möchte da auch nicht weiter drüber diskutieren. In Zukunft wäre es toll, wenn ihr mir keinen zusätzlichen Stress macht, wenn ich von der Arbeit heimkomme.“

In ihren Augen konnte man die Müdigkeit sehen. Katja war vieles im Leben leid. Dann stand sie einfach auf und verließ das Zimmer. Ende der Diskussion!

Mira saß wie erschlagen da und starrte ihre Zimmertür an. Niemand in diesem Haus interessiert es, wie es mir geht oder wie mein Tag heute war, dachte sie niedergeschlagen und kämpfte gegen die aufsteigenden Tränen an. Da beschloss sie, raus zu gehen. Diesem Haus und den Leuten, die darin wohnten und sich ihre Familie nannten, für eine Weile zu entfliehen.

Wütend knallte Mira die Haustür hinter sich zu und lief durch den naheliegenden Wohnblock, der sie umgab. Mit Kopfhörern im Ohr ging Mira gedankenverloren durch die Straßen. Sie kannte jedes Haus hier und die Nachbarn. Der Umgang untereinander war freundlich. Aber Mira wusste, dass auch viel getuschelt und gelästert wurde. Ereignisse sprachen sich hier sehr schnell herum und man hatte wenig Privatsphäre.

Ihre Mutter war, kurz nach der Hochzeit, hierher gezogen. Das Haus, in dem sie jetzt wohnten, konnten Miras Eltern damals für einen guten Preis ergattern.

Mira, Lynn und ihre Mutter haben sich, an diesem Ort, gut einleben können. Katja wusste, wie sie sich nach außen geben musste, damit kein blödes Gerede entstand. Als geschiedene Ehefrau, die von einem Tag auf den anderen sitzen gelassen wurde, hatte sie so einige bittere Erfahrungen machen müssen. Doch davon hatte sie sich nicht unter kriegen lassen. Und so verwandelte sich das anfängliche Mitleid der Nachbarn in Bewunderung.

Das letzte Reihenhaus kam in Sicht. Danach endete der Wohnblock und man gelangte in den Wald.

Mira war immer noch in Gedanken versunken, als sie den, am Wald angrenzenden, Fluss erreichte. Dort gab es, an einer Stelle, einen kurzen Steg. Das letzte Mal hatte Mira diesen Steg als Kind betreten.

Sie kann nicht genau sagen, warum sie sich, an dem Tag dazu entschloss, ihn wieder zu beschreiten. Es war, als ob ihre Füße sie dahin trugen.

Mira setzte sich am Ende des Stegs hin, verschränkte die Beine unter sich, nahm die Kopfhörer aus den Ohren und ließ ihr Blick umherschweifen.

Es war ein milder Wintertag. Der Fluss war mit lauter kahlen Bäumen und Büschen gesäumt. Hier und da konnte man kleine, rote Fische im Wasser schwimmen sehen. Der Himmel schimmerte hellblau. Es waren nur wenige Wolken zu sehen und die schwache Wintersonne schien. Hin und wieder pfiff der Wind, sodass Mira den Mantel fester um sich schlang. Hinter sich hörte sie die Spaziergänger und Jogger laufen. Da stellte sie fest, dass ihre Wut inzwischen ein wenig verflogen war.

Plötzlich waren Schritte hinter ihr. Jemand kam auf sie zu. Erschrocken drehte Mira sich um. Sie erwartete einen

Fremden, der mit ihr Smalltalk führen wollte. Doch es stand jemand ganz anderes auf dem Steg. Für einen Moment verschlug es ihr die Sprache.

„Hallo", begrüßte sie Finn.

Er war der Letzte, mit dem Mira gerechnet hatte.

„Hi", erwiderte sie perplex.

„Darf ich mich dazu setzen?"

Eigentlich wollte Mira lieber alleine sein. Aber bevor sie etwas erwidern konnte, setzte Finn sich neben ihr. So saßen sie schweigend nebeneinander auf dem Steg und betrachteten den Fluss.

„Was machst du hier eigentlich? Wolltest du spazieren gehen?", fragte Mira neugierig.

„Ja, so ähnlich.", druckste Finn.

Dann sah er sie von der Seite an.

„Und du?"

Mira zögerte, als sie überlegte, was sie ihm sagen sollte.

„Du musst es mir nicht sagen, wenn du nicht willst. Aber wenn du etwas auf dem Herzen hast, dann ist es besser darüber zu reden, anstatt es in dich hineinzufressen."

Damit traf er ins Schwarze! Es war, als ob Finn ihre Gedanken lesen konnte. Bin ich so leicht zu durchschauen?, dachte Mira besorgt.

„Immer wenn ich versuche abzuschalten, komme ich hierher.", begann sie langsam.

Mira spürte seinen durchdringenden Blick auf sich.

„Wovon willst du abschalten?", hackte Finn nach.

Mira zuckte mit den Schultern.

„Vom Alltag, von der Schule, vom Stress ... von zu Hause."

Obwohl sie das Letzte wie beiläufig erwähnte, horchte Finn auf. Er war verdammt gut darin, hinter die Fassade der Menschen zu blicken. Mira fühlte sich, unter seinen Blicken, wie geröntgt. Es war, als ob seine Blicke bis zu ihrer Seele durchdrangen. Doch, merkwürdigerweise, hatte sie nicht das Gefühl, sich vor ihm in Acht nehmen zu müssen. Irgendetwas, vermutlich ihr sechster Sinn, sagte ihr, dass Finn vertrauenswürdig sei.

Während Mira schweigend auf das Wasser im Fluss schaute, ließ sie den Tag Revue passieren:

Zuerst konnte sie ihren Lieblingspullover nicht finden, dann kam sie zu spät zur Schule und wurde ausgeschimpft. Später geriet sie in einem Streit mit einem Mitschüler, die Klausurnote in Chemie war eine Enttäuschung, in Deutsch - ihr Lieblingsfach - konnte sie nicht mithalten und zu Hause stritt sie sich mit Lynn und ihrer Mutter.

Mira seufzte. Fast hätte sie all das vergessen. Aber nur fast.

„Irgendwie war heute nicht mein Tag.“, murmelte Mira nach einer Weile.

„Das tut mir leid.“

Finn wartete darauf, dass sie von selbst anfing zu erzählen. Er wollte sie nicht drängen.

,,Ich weiß nicht. Erst lief in der Schule alles blöd und dann zu Hause.“, fuhr Mira fort.

Sie zuckte wieder mit den Schultern, um es so wirken zu lassen, als ob ihr das alles nicht nahe gehen würde. Doch Finn ließ sich nicht täuschen.

Und Mira kämpfte mit sich selbst. Denn, eigentlich steckte viel mehr dahinter, als sie sich selbst eingestehen wollte: Die Enttäuschung von ihrer Familie saß tief. Ihr fiel ein, wie sie als Kind in solchen schwachen Momenten immer an ihren Vater gedacht hatte. Damals hatte sie die kindische Vorstellung gehabt, dass er sie beschützen und sie lieb haben würde. Sie war doch sein kleines Mädchen, *Daddys girl!* Aber im Laufe der Jahre dämmerte ihr, dass *Daddy* nicht für sie da sein würde. Da platzte ihre Vorstellung von einem liebenden Vater wie eine Seifenblase. Es gab nur sie, ihre Mutter und ihre egoistische Schwester. Ihr Vater würde nie für sie da sein und damit musste sie sich abfinden.

Doch vor allem ist Mira von ihrer Schwester enttäuscht. Sie hatte Lynn immer beschützt. Stritt sich ihre kleine Schwester mit irgend jemanden, so war Mira sofort eingeschritten und hatte für sie Partei ergriffen. Dabei war es ganz egal, ob es Lynns Schuld war oder nicht. Für Mira stand immer fest, dass sie sich auf die Seite ihrer Schwester schlagen würde.

Da zwischen ihnen nur zwei Jahre Altersunterschied lagen, waren die beiden gemeinsam aufgewachsen und hatten viel erlebt.

Mira konnte sich erinnern, wie sie Lynn sogar das Lesen und Schreiben beigebracht hatte. Denn, ihre Schwester sollte nicht traurig sein, dass sie ohne einen Vater aufwachsen musste. Unbewusst hatte Mira immer versucht diese Lücke, in Lynns Leben, zu füllen. Sie wollte nicht, dass ihre Schwester, unter der Abwesenheit ihres Vaters genauso litt wie sie.

Und jetzt stahl Lynn einfach Sachen aus ihrem Kleiderschrank. Mira spürte, wie ihre Augen feucht wurden. Finn, der sie die ganze Zeit aufmerksam beobachtet hatte, legte vorsichtig den Arm um sie.

„Ich wollte doch nur, dass sie sich wenigstens entschuldigt. Mehr nicht.“, brach es aus Mira heraus. „Dass wer sich entschuldigt?“

„Meine Schwester.“, weinte Mira. Sie konnte nichts gegen ihre Tränen tun. Die Enttäuschung saß einfach zu tief.

„Sie nimmt sich immer Sachen aus meinem Zimmer, ohne mir Bescheid zu geben. Es ist für sie fast schon Normalität geworden. Und ich wollte ein Mal nicht nachgiebig sein und ihr alles durchgehen lassen.“, erklärte Mira.

Finn tätschelte langsam über ihren Rücken, bis sie sich etwas beruhigte.

„Ich kann verstehen, dass dich das wütend macht.“, sagte er nach einer Weile. Endlich jemand, der mich versteht, dachte Mira unter Tränen. Sie suchte in ihrer Manteltasche nach Taschentücher, bis ihr auffiel, dass Finn ihr schon eine Packung hinhielt.

„Danke“, kicherte sie.

„Gerne.“

Mira wischte sich ihre Tränen weg und schnäuzte sich.

„Weißt du, manchmal ist es gut, aus einer scheinbar schlechten Situation sich die positiven Sachen vor Augen zu führen. Du hast eine Schwester. Und auch wenn sie sich nicht immer zu benehmen weiß, gibt es bestimmt viele, gute Eigenschaften an ihr ... Ich hätte vieles dafür getan, einen Bruder oder Schwester zu haben.“, fügte er leise hinzu.

„Wieso denn das?“

„Weil es gut ist, nicht alleine durch das Leben gehen zu müssen.“

Mira überlegte.

„Hmm... ich weiß ja nicht. Meine Schwester und ich sind nicht gerade dicke. Außerdem verbringen wir nie Zeit miteinander.“

„Isst ihr nicht gemeinsam zu Frühstück, Mittag oder Abend?“

Mira blickte Finn verwundert an. Worauf wollte er hinaus? Auch wenn sie die Frage komisch fand, dachte sie darüber nach. Unter der Woche aßen sie immer zu dritt zu Abend. Und wenn Mira und Lynn zufällig zur gleichen Zeit von der Schule heimkamen, dann saßen sie in der Küche und wärmten das, von Katja zubereitete, Essen gemeinsam auf. An den Wochenenden wurde sogar zu dritt gefrühstückt, zu Mittag und Abend gegessen, denn ihre Mutter wollte das so. Trotzdem war Mira davon überzeugt, dass sie auch gut ohne Lynn klar kommen würde.

„Vielleicht sagst du das auch nur, weil du keine Geschwister hast und nicht weißt, wie nervig sie sein können.“, warf sie ein.

„Vielleicht.“ Jetzt war es Finn, der mit den Schultern zuckte. Doch dann fügte er schnell hinzu: „Aber vielleicht sage ich dir das auch, gerade *weil* ich keine Geschwister habe. Glaub mir, du solltest dankbar sein für sie.“

Finn blickte sie ernst an und Mira fragte sich, warum er so darauf bestand, dass sie Lynn wertschätzen sollte. Einen Moment lang betrachtete sie ihn nachdenklich.

„Wie läuft es eigentlich mit deinem Porträt?“, wechselte Finn plötzlich das Thema.

„Was?“, fragte Mira verdutzt. Sie brauchte einen Moment, um zu verstehen, was er meinte.

„Ach das! Na ja, um ehrlich zu sein, bin ich nicht mehr dazu gekommen, daran weiterzuarbeiten. Und du?“

In dem Augenblick, in dem Mira es aussprach, wusste sie schon, dass es eine dumme Frage war. Finn war klasse in Zeichnen.

„Ich bin fast fertig. Es fehlt nur noch der Feinschliff ... Soll ich dir denn wirklich nicht helfen?“, erkundigte sich Finn, den Blick auf sie gerichtet.

Da musste Mira plötzlich an ihre Unterhaltung im Kunstunterricht denken. Es war das erste Mal gewesen, dass sie ins Gespräch gekommen waren, und Mira war prompt sauer auf Finn geworden. Die Erinnerung daran ließ sie unwillkürlich schmunzeln.

Sie konnte seine Hilfe sehr gut gebrauchen. „Doch. Es wäre prima wenn du mir helfen könntest.“

„Gern. Wie passt es dir am Wochenende?“

Wochenende? Mira dachte eigentlich, dass er ihr in der Schule helfen würde. Andererseits hatte sie nicht wirklich was am Wochenende vor. Was soll's!, sage sie zu sich selbst.

„Ich denke am Samstag würde passen.“

„Okay, Samstag ist gut. Wie wär's mit 15 Uhr?“

Mira überlegte kurz. Dann nickte sie. „Samstag, um 15 Uhr.“

Da kramte Finn in seiner Tasche und nahm einen Kulli und ein Stück Papier heraus. Erst jetzt fiel Mira auf, dass er eine Schultertasche dabei hatte. Er kritzelte etwas auf das Papier und überreichte es Mira.

„Hier, das ist meine Adresse.“, erklärte er.

Dann stand Finn auf und legte sich die Tasche über die rechte Schulter.

„Ich muss leider los.“, sagte er entschuldigend.“ Ihm schien etwas einzufallen. „Und nimm das mit deiner Familie nicht so schwer. Das kommt schon wieder in Ordnung.“

Er zwinkerte ihr aufmunternd zu.

„Ja, ich hoffe.“, murmelte Mira.

„Ich freue mich auf Samstag. Wir sehen uns.“ Finn hob die Hand und winkte ihr zu Abschied.

„Bis dann!“, erwiderte Mira.

Sie wartete, bis er aus ihrer Sicht verschwunden war, bevor sie sich aufrichtete. Dann blickte sie auf das Stück Papier in ihrer Hand. Unwillkürlich spürte Mira ein Kribbeln im Bauch. Sie konnte den Samstag kaum abwarten. Ein Lächeln erschien auf ihren Lippen, als sie sich auf dem Weg nach Hause begab.

7. Kapitel

Der Nachmittag neigt sich langsam dem Ende zu. Mira weiß, dass ihre Mutter bald nach Hause kommen wird. Sie liegt im Bett und fühlt sich mental so krank, wie noch nie. Sie ist völlig unfähig sich zu irgendetwas aufzuraffen.

Noch gestern hat Mira in ihrem Zimmer gesessen und mit ihrer Freundin Betty telefoniert. Da war die Welt noch in Ordnung. Niemals hätte sie gedacht, dass sich so viel in nur einem einzigen Tag verändern kann.

Mira war da, vor Finns Wohnung. Sie hat das Absperrband der Polizei angestarrt, mit dem seine Wohnung versiegelt war. Was hat sie auch anderes erwartet? Hat sie wirklich gedacht, dass sie einfach in seine Wohnung spazieren kann? Die Polizei ist gerade dabei den Selbstmord zu untersuchen. Vielleicht gibt es einen Abschiedsbrief oder sonstige Hinweise, die seine Tat erklären.

Für Mira ist es schwer zu verstehen, dass Finn tot ist. Den Selbstmord hat sie erfolgreich verdrängt, denn sie ist noch nicht bereit, sich damit auseinander zu setzen.

Nur weil man etwas weiß, bedeutet das noch lange nicht, dass man das auch wirklich versteht. Es braucht Zeit, bis man wirklich begreift, was vorgefallen ist und sich dessen Ausmaß und Konsequenzen bewusst wird. Gleichzeitig wird man, während des Verarbeitungsprozesses gezwungen, weiter zu leben. Es ist eine Zwiespältigkeit, die Mira nur schwer beschreiben kann. Einerseits hängt sie mit den Gedanken ständig in der Vergangenheit und die Erinnerungen kommen unwillkürlich hoch. Andererseits, ist sie gezwungen weiterzuleben. Aber schon kleinste Dinge, wie ein bestimmter Geruch, Geräusche oder die Art und Weise wie jemand etwas bestimmtes macht, rufen Assoziationen hervor und werfen sie wieder in die Vergangenheit zurück. Es ist, als ob sich die Grausamkeit des Lebens, hier offenbart.

Während Mira also vor Finns Wohnung das rot- weiße Band, auf das *Polizeiabsperrung* stand, anstarrte, spürte sie wie ihre Beine zittrig wurden. Gerade noch rechtzeitig lehnte sie sich an die Wand im Hausflur.

Dann wurde ihr schwarz vor den Augen. Mira weiß gar nicht, wie lange sie zusammengekauert dort saß, bis sie jemanden sagen hörte: „Ist alles okay?"

Sie schreckte zusammen. Eine Frau mittleren Alters kniete sich zu ihr herunter, um ihr ins Gesicht zu blicken. Vermutlich war das eine Nachbarin. Ohne sie anzusehen, bejahte Mira die Frage.

„Soll ich einen Krankenwagen rufen?"

Die Frau ließ nicht locker. Bei der Wort *Krankenwagen* bekam Mira Panik. Bloß nicht!, dachte sie.

„Mir geht es gut!", stammelte sie, während sie sich aufrappelte.

Dann drehte Mira sich um und lief die Treppen herunter. Ihr war so schwindelig dabei, dass sie sich, im Treppenhaus, am Geländer festhalten muss.

Sie hat keine Erinnerungen mehr an den Heimweg. Mira weiß nur, dass sie sich, sobald sie zu Hause ankam, erschöpft ins Bett legte. Zwischendurch fielen ihr die Augen zu und sie fiel in einen kurzen Schlaf. Dann träumte sie meistens von Finn. Sie sah sein Lächeln, seinen aufmerksamen Blick, seine blonden Haare und wie er, zum Abschied, die Hand hob. In ihren Träumen erwachte er zum Leben und sie verbrachten eine glückliche Zeit miteinander. Mira freute sich, über jede Minute, die sie mit ihm verbringen konnte. Es war so, als ob Finn gar nicht weg gewesen wäre. Alles war beim Alten, bis sie die Augen aufschlug.

Ihre Träume verwirren sie. Sie sind so verdammt real, dass Mira das Gefühl hat, verrückt zu werden. Manchmal ist sie nicht in der Lage zwischen Realität und Traum zu unterscheiden.

Mira starrt ihre Zimmerdecke an. Sie ist müde und fühlt sich innerlich leer. Da klopft es an ihrer Tür.

„Mira, bist du da?“

Ach du Schreck! Ihre Mutter ist bereits daheim. Mira hat sie gar nicht ins Haus kommen hören.

„Jaa!“ Mira lässt ihre Stimme genervt klingen. „Was ist denn?“

Zum Glück hat sie ihre Zimmertür abgeschlossen.

„Geht es dir gut?“, fragt Katja, auf der anderen Seite der Tür.

Mira richtet sich im Bett auf.

„Ja, mir geht es gut, Mum.“ Dann wechselt sie schnell das Thema. „Was gibt’s denn zum Abendessen?“

„Kartoffelsalat mit Kräuterbaguette.“, antwortet Katja.

„Klingt lecker. Ich komme gleich runter.“, versucht Mira ihre Mutter abzuwimmeln.

„Oh, übrigens...“, setzt Katja an. Und Mira dreht genervt die Augen. Geh doch endlich!, denkt sie.

„ ... Ich habe deine Jeansjacke gebügelt. Du kannst sie dir später abholen.“

„Danke, Mum.“

„Okay. Dann bis gleich!“

Mira hört, wie Katja sich entfernt. Erleichtert lässt sie sich wieder ins Bett plumpsen. Doch der Gedanke an dem gemeinsamen Abendessen beunruhigt sie zutiefst. Wie soll sie das überstehen, ohne mit Fragen durchlöchert zu werden?

Da muss Mira plötzlich über das, was Wahrheit, und das, was Lüge ist, nachdenken. Sie hat ihre Mutter über so vieles angelogen.

Nach der ersten Lüge bleiben nur noch zwei Möglichkeiten. Entweder man korrigiert sich und erzählt die Wahrheit, oder aber man lügt weiter, damit die erste Lüge nicht auffliegt und das ganze wackelige Scheingebilde nicht zusammenbricht. Dann gibt es noch die Möglichkeit, einen Mix aus Wahrheit und Lüge zu erzählen. Aber dieser fällt trotzdem unter die Kategorie *Lüge*, da das Wort *Wahrheit* nichts außer die wahren Begebenheiten beinhaltet. Der Fall, in dem man die Wahrheit schildert, aber dennoch manches weglässt, ist grenzwertig. Es hängt ganz davon ab, wie wichtig die Begebenheiten sind, die man verschweigt.

Doch Mira findet, dass selbst das Wort *Wahrheit* nur relativ ist. Sowie ein und dieselbe Textstelle unterschiedlich ausgelegt werden kann, so können auch gleiche Situationen verschieden aufgefasst und empfunden werden. Das Ganze geht zurück auf Erziehung, persönliche Erlebnisse, Werte, Normen und Konventionen, die die Gesellschaft dem einzelnen Menschen vermittelt.

Für Mira beginnt eine Lüge dann, wenn man mit *voller Absicht* die eigene aufgefasste Wahrheit nicht richtig schildert.

Und sie hat ihre Mutter, von Anfang an, angelogen. Jetzt kommen die ersten Zweifel in ihr hoch. Soll sie Katja nicht doch die Wahrheit erzählen?

Unwillkürlich muss sie an das letzte Treffen mit Finn denken. *Feigling!* So hat Mira ihn genannt. Das Wort hallt in ihren Gedanken wider. *Feigling! Feigling! FEIGLING!*

Da springt sie mit einem Satz aus dem Bett, um nach unten zu laufen, wo Lynn und Katja mit dem Abendessen auf sie warten. Dieses Mal wird sie ihren eigenen Gedanken entkommen.

8. Kapitel

Mira erzählte Sam nichts von der Verabredung mit Finn am Samstag. Sie konnte nicht genau sagen, wieso, schließlich war das Treffen ja kein Date. Er sollte ihr nur mit dem Porträt helfen, das war alles. Es war nicht wichtig und daher brauchte Sam auch nichts davon zu wissen.

Und so fing ihre langjährige Freundschaft an, Risse zu bekommen. Ohne einen Grund nennen zu können, begann Mira, sich, langsam aber sicher, anders zu verhalten.

Der Mensch handelt nun mal nicht immer rational. Er ist unberechenbar. Nur weil alles bisher immer so war, muss das nichts heißen. Es kann sich von einem Tag auf den anderen, ohne einen ersichtlichen Grund, alles ändern. Vielleicht steht man morgens auf und hat plötzlich eine wichtige Entscheidung gefällt. Das kommt sogar öfter vor, als man denken mag. Denn, im Schlaf verarbeitet man alle bewusst und unbewusst wahrgenommenen Erlebnisse. Später beim Aufwachen hat man, auf einmal, eine veränderte Sicht auf manche Situationen oder Ereignisse.

Und so war es auch in Miras Fall. Sie entschied plötzlich, dass es besser war Sachen für sich zu behalten, anstatt sie, wie üblich, ihrer besten Freundin zu erzählen.

Seit dem Streit mit Lynn hatte Mira kein Wort mehr mit ihr geredet und war ihr, so gut es ging, aus dem Weg gegangen. Auch das Verhältnis zu ihrer Mutter war angespannt. Sie verblieben beim Smalltalk und Mira sah daher keinen Grund, ihrer Mutter von der Verabredung mit Finn erzählen. Stattdessen teilte sie ihr mit, dass sie am Samstag zum Shoppen verabredet sei. Und Katja hakte nicht weiter nach.

Das war das erste Mal, dass Mira ihre Mutter bezüglich Finn anlog.

Dann wurde es Samstag. Die obligatorischen Mahlzeiten verliefen ruhiger als sonst, da, vor allem Lynn und Mira sich gegenseitig ignorierten. Es ging sogar so weit, dass Mira eher bereit war, vom Stuhl aufzustehen, um nach dem Brot oder der Teekanne zu greifen, als dass sie Lynn danach gefragt hätte. Generell verspürte keiner von den dreien Lust, groß etwas zu erzählen. Auch Katja war sehr erschöpft und insgeheim froh, dass die Mahlzeiten so ruhig verliefen.

Pünktlich um drei stand Mira vor der besagten Adresse. Es handelte sich um ein Mehrfamilienhaus. Sie suchte die Klingeln am Haus nach Finns Nachnamen ab. Lammert. Da! Mira setzte ihr Finger an den Klingelknopf und drückte. Zu ihrer Überraschung erklang nicht der Türöffner, sondern Finn öffnete ihr persönlich die Eingangstür.

„Hallo, komm rein.“, empfing er sie mit einem warmen Lächeln.

Mira folgte Finn die Treppen hinauf, in den zweiten Stock. Dann betraten sie seine Wohnung und Mira sah sich neugierig um. Es war alles aufgeräumt, sauber und wirkte gemütlich auf sie.

Die Möbel im Wohnzimmer waren farblich aufeinander abgestimmt. Mehrere Bilder hingen an den Wänden. Mira trat näher an sie heran, um sie zu betrachten. Die Bilder waren alle mit Ölfarbe auf Leinwand gemalt.

„Gefallen sie dir?“, fragte Finn. Er stand plötzlich hinter ihr.

„Ja, Sie sind sehr schön. Hast du die Bilder selbst gemalt?“

„Ja.“, nickte er.

Mira konnte Finn ansehen, dass er stolz auf seine Bilder war. Da musste sie unwillkürlich schmunzeln. Sie drehte sich um und betrachtete das Bild vor sich genauer. Es war ein Sonnenuntergang. Ein paar Schwaben flogen über den leuchtenden Himmel, im Hintergrund waren kleine Wölkchen zu sehen und die Sonnenstrahlen schienen das Bild zu erwärmen. Es war sehr detailgetreu und erwachte dadurch regelrecht zum Leben. Mira fühlte sich von dem Bild magisch angezogen. Sie hätte es stundenlang betrachten können. Dann ging sie weiter zum nächsten Bild. Diesmal war es ein ganz anderes Motiv. Auf dem Bild war es Nacht. Ein paar Leute saßen draußen, vor einer Art Bar. Die Menschen waren ebenfalls sehr detailliert gezeichnet. Man konnte jedes einzelne Gesicht genau erkennen. Sie schienen fröhlich und ausgelassen zu sein. Eine blonde Kellnerin, mit einem Tablett auf dem Arm, ging gerade um den Tisch herum. Gleich würde sie fragen: „Darf es noch was sein?"

Im Hintergrund leuchteten die Lichter weiterer Läden und die eines Wohnblocks warm durch die Dunkelheit.

Auch dieses Bild enthielt unheimlich viele Details: Die Tische und Stühle vor der Bar, der unebene Boden darunter, die Ausdrücke in den Gesichtern, eine schwarze Katze, die umherlief.

Wow! Mira war hellauf begeistert. Finn war geradezu ein Künstler. Und zwar nicht nur, weil er gut malen konnte, sondern weil seine Bilder lebendig waren. Mira hatte das Gefühl, in die Szene vor der Bar mit eingebunden zu sein. Sie konnte sich gut vorstellen, wie die Leute vor der Bar Witze rissen und sie hatte fast ihr Gelächter hören können.

„Komm, lass uns in die Küche gehen.", riss Finn sie aus ihren Gedanken. Mit einem Zwinkern fügte er hinzu: „Da gibt es noch mehr Bilder."

Mira folgte ihm in die Küche. Auch hier war es aufgeräumt und peinlich sauber. Aber es war auch ziemlich eng, denn die Küche bestand nur aus einer Zeile und einem Küchentisch mit zwei Stühlen. Ihr Blick fiel auf seine selbstgemalten Bilder an der Wand. Es waren drei Stück. Mira war so fasziniert von ihnen, dass sie kurzzeitig sogar vergaß, weshalb sie eigentlich da war.

„Willst du was trinken?", riss Finn sie wieder aus ihren Gedanken.

„Äh, ja gerne. Was hast du denn da?"

„Orangensaft und Wasser. Oder willst du vielleicht ein Bier?“

„Hm ... ich nehme Orangensaft.“

„Kommt sofort!“, lächelte Finn.

Er öffnete den Kühlschrank, nahm eine Flasche heraus und stellte zwei Gläser dazu. Währenddessen setzte sich Mira auf einem der Stühle am Küchentisch. Sie fragte sich, wo Finns Eltern waren, da er offenbar alleine wohnte. Doch Mira traute sich nicht ihn nach seiner Familie zu fragen. Denn, sie wollte nicht neugierig herüberkommen.

Mira fühlte sich von der ersten Minute an in seiner Wohnung wohl. Das mochte einerseits an der Einrichtung und der Ordnung, die überall herrschte, liegen. Doch andererseits lag das an Finn selbst. Es klang verrückt und sie konnte es sich nicht näher erklären, aber für Mira wirkte es, als ob Finns ganzes Wesen einen Eindruck in der Wohnung hinterließ. Und da Finn auf sie einen ruhigen und innerlich ausgeglichenen Eindruck machte, wirkte auch seine Wohnung vom ersten Moment an gemütlich auf sie.

Finn schob ihr ein volles Glas Orangensaft hin und nahm ihr gegenüber am Küchentisch Platz.

„Und gefallen dir auch diese Bilder?“, fragte er und nickte mit den Kopf in Richtung der Bilder, die an der Wand hingen.

Mira hatte sie zwar nur flüchtig betrachtet. Dennoch gab sie sich enthusiastisch.

„Ja, sie sind wunderschön. Wer hätte gedacht, dass in dir ein kleiner Picasso steckt?“

Finn lachte und sie konnte ihm ansehen, dass er sich geschmeichelt fühlte.

„Oh, ich hab auch etwas dabei.“, sagte Mira spontan und kramte in ihrer Tasche nach der Packung Schokoladenkekse, die sie mitgebracht hatte.

„Das ist wirklich lieb von dir!“, erwiderte Finn.

So saßen sie eine Weile zusammen, aßen Kekse, tranken Orangensaft und plauderten über die Schule. Sie unterhielten sich über die Lektüre, die sie im Deutschunterricht durchnahmen, die weiteren Kurse, die sie zur Zeit belegten und über Mitschüler und Lehrer. Mira war erstaunt, wie ähnlich sie beide über viele Dinge dachten und oft waren sie einer Meinung.

Nicht mal mit Sam konnte Mira so ein tolles Gespräche führen. Finn war ein aufmerksamer Zuhörer, hatte außergewöhnliche Ideen und warf dabei manchmal völlig neue Perspektiven auf. Das machte das Gespräch so interessant und Mira unterhielt sich gerne mit ihm.

Dann kam das Gespräch auf den Kunstunterricht.

„Wie du weißt, bin ich künstlerisch nicht so begabt wie du.“, begann Mira etwas verlegen. Gleichzeitig holte sie ihr Zeichenblock und ihre Stifte hervor und legte sie auf den Küchentisch. Der Tisch war so klein, dass die Sachen gerade noch drauf passten.

Finn griff nach dem ausgedruckten Foto von Robbie Williams, dass Mira ebenfalls mitgenommen hatte.

„Klar, ich helfe gerne“, murmelte er, während er das Bild betrachtete.

„Warum eigentlich?“, hörte Mira sich plötzlich sagen.

Die Frage war ihr herausgerutscht, bevor sie darüber hatte nachdenken können. Finn sah sie etwas verwundert an.

„Warum was?“

„Na ja ...“ Mira druckste herum und wünschte sich, sie hätte einfach den Mund gehalten. Da griff Finn, auf einmal, über den Tisch und berührte ihre Hand. Mira zuckte unwillkürlich zusammen.

„Es muss dir nichts peinlich sein. Frag ruhig, was auch immer du fragen wolltest.“

Mira spürte ein Kribbeln im Bauch. Irgendwie hoffte sie, dass er seine Hand da liegen ließ.

„Warum hilfst du mir? Also, ich meine, es ist wirklich nett von dir und ich bin echt froh darum. Aber, wieso eigentlich?

Du hättest das Porträt auch gar nicht ansprechen können, als wir uns oben am Fluss getroffen haben. Ich meine, du ... hast ja nichts davon, wenn du mir hilfst."

Finn dachte einen Moment über ihre Frage nach.

„Muss es denn immer eine Begründung dafür geben, warum man hilft? Ich wusste doch, dass du Hilfe brauchst. Also umgekehrt gefragt: Warum soll man denn *nicht* helfen, wenn man doch helfen kann?"

Er hielt kurz inne, bevor er nachdenklich fortfuhr.

„Und was die Frage, was ich davon habe, angeht, mach dir darüber mal keine Sorgen."

Mit einem Zwinkern fügte er hinzu: „Ich bin mir sicher, du würdest das Gleiche für mich tun, wenn ich mal deine Hilfe brauchen sollte."

„Ja, das werde ich.", nickte Mira. „ ... tut mir leid.", murmelte sie dann leicht errötet.

Sie kam sich ziemlich dumm vor. Anstatt sich zu freuen, dass Finn ihr helfen wollte, fragte sie nach dem Grund.

„Quatsch, du musst dich nicht entschuldigen. Du darfst mich immer fragen, wenn du etwas wissen willst, auch wenn dir die Frage noch so blöd vorkommt."

Sie sahen sich in die Augen und mussten auf einmal laut auflachen. Mira atmete innerlich auf. Finn zog seine Hand zurück und begann zu zeichnen.

Der Stift flog regelrecht über den Zeichenblock. Mira sah fasziniert zu. Zuerst waren nur die Konturen erkennbar. Doch nach und nach begann das Gesicht markantere Formen anzunehmen und erwachte zum Leben. Finn zeichnete so konzentriert, dass er alles um sich herum vergessen zu haben schien.

Mira blickte verstohlen von der Zeichnung auf. Zum ersten Mal, seit sie seine Wohnung betreten hatte, hatte sie Gelegenheit Finn zu betrachten. Eine Haarsträhne fiel ihm ins Gesicht. Seine Stirn war vor Konzentration gekräuselt. Ihr Blick glitt weiter zu seiner Brust.

Ihr war bereits beim ersten Mal aufgefallen, dass Finn einen durchtrainierten Körper hatte. Die Konturen seiner Muskeln zeichneten sich durch das T-Shirt hindurch ab. Irgendwie überkam sie beim Anblick seiner Brustmuskeln der Wunsch, ihre Hände auf seine Brust zu legen. Sie wollte diese Muskeln spüren. Unwillkürlich biss sie auf ihre Unterlippe.

Es war so still in der Küche, dass Mira das Gefühl hatte, als ob die Zeit stehen geblieben wäre und sie die einzigen Menschen auf der Welt wären: Finn, der beim Zeichnen nicht sprach, da er zu konzentriert dafür war. Seine Leidenschaft zur Kunst ließ nicht zu, dass er sich ablenken ließ. Und Mira, die damit beschäftigt war, ihn zu mustern und fasziniert zusah, wie ihr Porträt zum Leben erwachte.

9. Kapitel

Es sind ein paar Tage seit Finns Tod vergangen. Zwei Mal musste Mira schon mit ihrer Mutter über Finn reden. Sie hielt ihre Antworten dabei kurz und knapp und achtete darauf, sich nicht zu verplappern. Mira hatte sich schon im Vorfeld ihre Worte zurechtgelegt: Sie kannte Finn nicht näher. Nein, sie weiß nicht, was der Auslöser für den Selbstmord war. Und nein, ihr war auch nichts merkwürdig an ihm erschienen.

Katja ist gekränkt. Sie hat bereits zum zweiten Mal versucht, das Gespräch auf Miras Klassenkameraden zu lenken, der sich selbst das Leben genommen hat, doch Mira ist nicht sonderlich gesprächig und jedes Mal, wenn sie auf dieses Thema zu sprechen kommt, wirkt sie genervt. Doch als sie ihr das mitteilt, springt Mira auf und sagt: „Mum, du musst lernen, dass ich erwachsen werde und du mich nicht immer löchern kannst, wann es dir passt. Ich habe dir alles, was ich dazu weiß, mehrmals gesagt. Ich habe keinen Bock mehr, mich ständig zu wiederholen. Such dir eine andere Beschäftigung!"

Daraufhin rennt sie aus dem Wohnzimmer und schlägt ihre Zimmertür zu. Katja bleibt alleine zurück und blickt auf das Teegeschirr vor ihr. Plötzlich hebt sie den Arm und fegt, mit einer Bewegung, das ganze, teure Geschirr vom Tablett. Porzellan kracht auf dem Boden und zerbricht. Auch sie hat vieles satt! Da ist ihre Arbeit, wo sie viel Verantwortung trägt. Und wenn sie nicht gerade Geld verdient, muss sie sich alleine um ihre Kinder kümmern, den Haushalt führen oder im Garten arbeiten. Ihr feiger Ex-Mann hat sich davongemacht und ihr die ganze Verantwortung überlassen.

Wenn Katja so überlegt, steht sie im Leben oft alleine da. Natürlich erhält sie ein wenig Unterstützung von ihrer Familie. Vor allem ihre Mutter steht immer hinter ihr und versucht, ihr zu helfen, so gut sie kann. Aber auch sie kann ihre Tochter nicht vor allem beschützen. So muss Katja alleine die

Behördengänge erledigen, alleine zum Elternabend ihrer Kinder gehen, alleine die Reparaturen im Haus vornehmen, alleine für die Sicherheit ihrer Kinder sorgen und auch auf Firmenfeiern und Hochzeiten erscheint sie meist ohne Begleitung. Denn, sie kann ja schlecht mit ihrer Mutter, Arm in Arm, auf einer Firmenfeier erscheinen.

Der Gedanke daran lässt sie bitterlich auflachen.

Egal, was sie tut oder wie viel Geld sie verdient; sie hat immer den Titel der *geschiedenen, alleinerziehenden Frau*. Er scheint an ihr zu haften wie Pech an Schwefel.

Scheiß drauf!, denkt Katja. Sie geht zum Wohnzimmerschrank, nimmt sich ein Glas heraus und schenkt sich etwas Cognac ein. Ihre Hände zittern. Das erste Glas schüttet sie in einem Zug herunter. Sofort brennt der Cognac in ihrem Hals. Sie schenkt sich noch ein Glas ein und lässt sich wieder aufs Sofa sinken.

Wie ist es nur so weit gekommen? Sie hatte eine schöne Kindheit. Katja ist wohlbehütet aufgewachsen. Alles war so leicht, die Dinge sind ihr einfach so zugefallen. Damals hat das Leben es noch gut mit ihr gemeint. Niemals hätte sie gedacht, dass sie einmal alleinerziehende Mutter von zwei Kindern sein würde und ihr ganzes Leben sich nur um ihre Arbeit und die mühsam aufrecht erhaltene Fassade drehen würde. So hat Katja sich ihr Leben sicherlich nicht vorgestellt.

Auch wenn sie es nie jemanden gegenüber zugeben würde: Es gibt Momente, in denen sie sich einen Ehemann an ihrer Seite wünscht. Es fängt ja schon bei Kleinigkeiten an. Spazieren gehen zum Beispiel. Sie beobachtet oft, wie Eheleute sonntags zusammen spazieren gehen. Sie scheinen so vertraut miteinander zu sein – eine Vertrautheit, die ihnen niemand nehmen kann.

Katja ist schon lange nicht mehr spazieren gegangen. Sie redet sich und allen anderen hartnäckig ein, dass sie keine Zeit dafür hat. Doch tief in ihrem Inneren weiß sie, dass das nicht der wahre Grund ist. Sie will nicht alleine spazieren gehen. Und sie hat niemandem, mit dem sie spazieren gehen kann. Ihre Kinder sind schon raus aus dem Alter, in dem sie mit ihrer Mutter sonntags rausgehen. Mira und Lynn verbringen viel Zeit mit ihren Freundinnen und auf ihren Zimmern. Das kann Katja ihnen nicht verübeln. Sie sind schließlich Jugendliche und es ist normal, dass sie sich von der Mutter etwas abschotten, um eigene Erfahrungen zu machen. Und Katjas Mutter ist sehr alt und kann nicht mehr so gut laufen.

Damit Katja also den Leuten, und vor allem, ihren Nachbarn, keinen Anlass gibt, über sie zu tuscheln, vermeidet sie bestimmte Dinge. Und spazieren gehen, ist eben einer dieser Punkte, auf der langen Liste der Dinge, um denen sie einen Bogen macht.

Während sie so dasitzt und über ihr Leben nachgrübelt, rollt eine Träne über ihre Wange. Ja, sie ist manchmal einsam, obwohl sie nie alleine ist und immer Menschen um sich herum hat: Ihre Arbeitskollegen, ihre Kinder und manchmal auch ihre Mutter. Aber im Laufe der Jahre hat sie sich ein solch professionelles Verhalten angeeignet, dass sie mit niemanden über ihre eigentlichen Gefühle spricht. Mit ihren Kollegen pflegt sie einen oberflächlich freundlichen Umgang. Und auch gegenüber ihren Kindern und ihrer Mutter hält sie ihre wahren Gefühle immer verborgen. Sie will keine Schwächen zeigen. Wenn sie schon die Geschiedene und Alleinerziehende sein muss, dann wird sie die perfekte geschiedene, alleinerziehende Mutter sein. Und genau das sorgt für Distanz zwischen ihr und ihrer Umwelt.

Katja ist sich bewusst, dass sie, selbst nach so vielen Jahren, immer noch nicht verkraften kann, eine geschiedene Frau zu sein. Denn, sie assoziiert damit nur Negatives: Verlassen worden zu sein, niemanden an der Seite zu haben und das blöde Gerede der anderen. Für sie widerspricht die Vorstellung von einem glücklichen Menschen dem einer Geschiedenen.

Wann war sie das letzte Mal richtig glücklich? Da fällt ihr der Urlaub vor drei Monaten ein. Katja reiste alleine nach Spanien und verbrachte dort zehn Tage in einem Hotel am Strand. Sie kannte niemanden und schreckte daher auch nicht davor zurück, ihr Bikini-Oberteil auszuziehen, wenn sie sich am Strand sonnte. Abends fuhr sie in die nächste Stadt und zog um die Clubs, wo sie unzählige Drinks bestellte und tanzte. Sie war regelrecht wieder zum Leben erwacht. Die Spanier waren ihr als sehr warmherzige und offene Menschen erschienen, die keine Gelegenheit ausgelassen hatten, das Leben zu genießen.

Und so kam es, dass sie manchmal nicht alleine zum Hotel zurückfuhr. Der Gedanke daran, was sie dann auf dem Zimmer erlebt hat, lässt sie unwillkürlich lächeln. In diesen Momenten fühlte Katja sich in ihre Jugend zurückversetzt. Doch das ist ihr Geheimnis und sie wird es niemandem erzählen.

Zwei Tage brachte Mira es nicht fertig, zur Schule zu gehen. Doch dann entschied sie, dass es zu auffällig werden würde und befürchtete, dass man ihre Mutter darüber in Kenntnis setzen würde. Zwar war sie schon in der Oberstufe, doch sie war immer noch minderjährig.

Dass Mira zwei Tage lang, unbehelligt von ihrer Mutter, nicht zur Schule ging, verdankte sie dem Kurssystem. Dadurch dass es keine festen Klassen mehr gab, war vieles gesplittet. Jeder Kurs hatte einen anderen Lehrer, sodass die einzelnen Lehrenden nicht wussten, welche Schüler welche Kurse besuchten und ob sie überhaupt anwesend waren.

Am dritten Tag, jedoch, schleppt sich Mira wieder in die Schule. Schon beim Aufstehen hat sie die ersten Schwierigkeiten. Sie ist bis tief in die Nacht wach geblieben, hat wieder mal über Finns Tod gegrübelt und sich dann in einen unruhigen Schlaf geweint. Jetzt hat sie pochende Kopfschmerzen und kämpft mit Übelkeit. Die alltägliche Prozedur, wie, sich waschen, anziehen und zur Schule fahren, verläuft schleppend und träge. Das Frühstück lässt Mira ausfallen, da sie ohnehin keinen Appetit verspürt und obendrein zu spät dran ist. Während sie mit dem Fahrrad zur Schule fährt, überlegt sie wieder umzukehren. Denn, sie fühlt sich noch nicht bereit für die Schule.

Ihr kommt alles so unwirklich vor als sie mit dem Fahrrad durch die Straßen fährt. Es ist, als ob jemand anderes in ihrem Körper steckt. Dieses Gefühl der Unwirklichkeit hat Mira noch nie zuvor erlebt. Es hüllt sie ein wie ein Kokon und beschützt sie vor der Außenwelt.

Gerade noch rechtzeitig kommt Mira im Deutschunterricht an. Sie läuft schnurstracks zu ihrem Platz und setzt sich, ohne einmal den Kopf zu heben. Sam ist nicht mehr ihre Sitznachbarin. Die beiden sitzen in keinem der Kurse nebeneinander und behandeln sich gegenseitig wie Luft. Doch das ist Mira egal, denn sie hat andere Probleme.

Nachdem sie Platz genommen hat, schaut Mira, zum ersten Mal seit Finns Tod, in die Gesichter ihrer Mitschüler. Ein paar scheinen immer noch tief betroffen zu sein und sind sogar schwarz gekleidet. Während anderen Finns Tod nichts auszumachen scheint. Dennoch ist die Stimmung in dem Kurs irgendwie bedrückt. Selbst die Witzbolde, die immer am Quatsch machen und Witze reißen waren, sind heute ruhiger als sonst.

Auch Betty, die neben Mira sitzt, ist befangen und hüllt sich in Schweigen.

Plötzlich fällt Miras Blick auf Finns Platz. Dort, wo er immer saß. Sein Stuhl ist leer, aber auf seinem Tisch liegt ein Stofftier. Da schießen ihr unwillkürlich die Tränen in die Augen und sie sieht alles verschwommen. Unter dem Tisch ballt Mira ihre Hände zu Fäusten zusammen. Sie will nicht vor der Klasse weinen. Auf keinen Fall! Das würde ihr ungewollte

Aufmerksamkeit einbringen. Mit aller Kraft kämpft sie gegen die aufsteigenden Tränen an und senkt dabei leicht den Kopf.

Als ihre Deutschlehrerin eintrudelt, schaut Mira wieder nach vorne zur Tafel. Einen Moment lang ist es so still im Raum, dass man sogar eine Stecknadel fallen hören könnte. Es herrscht unheimliches Schweigen. Denn, niemand weiß so recht, was er sagen soll.

Auch ihre Lehrerin, Frau Wiemers, scheint vollkommen durch den Wind zu sein und ihr Gesicht hat etwas Maskenhaftes an sich. Dann wendet sie sich an den Kurs und räuspert sich. „Guten Morgen. Wie ihr alle bereits wisst, ist einer eurer Mitschüler vor drei Tagen gestorben." Falsch, er hat sich umgebracht, denkt Mira, wie aus der Pistole geschossen.

„Wir alle bedauern den Verlust. Finn wird eine große Lücke hinterlassen.", fährt Frau Wiemers fort. Dann legt sie eine kurze Pause ein. Niemand wagt zu sprechen.

„Die Schulleitung hat gestern zusammen mit allen Lehrern gemeinsam die Entscheidung getroffen, eine offizielle Trauerfeier in der Schule abzuhalten. Die Trauerfeier wird in der Aula stattfinden. Das genaue Datum gebe ich euch dann bekannt. Jeder Schüler, der dann ein paar Worte sagen möchte, ist herzlich dazu aufgefordert dies zu tun."

Dann wird ihr Ton etwas schärfer.

„Was allerdings nicht erlaubt ist, sind Spekulationen zu äußern, oder irgendwelche Gerüchte in der Schule zu verbreiten. Das sollte eigentlich selbstverständlich sein. Aber die Schulleitung möchte, dass wir euch nochmals darauf hinweisen. Sollten wir mitbekommen, dass Gerüchte die Runde machen oder irgendwer sich respektlos den Trauernden gegenüber verhält, wird das Konsequenzen haben."

Ein Murmeln geht durch den Raum.

Da fährt Frau Wiemers mit erhobener Stimme fort: „Ruhe bitte! Ich bin noch nicht fertig. Die heutige Deutschstunde möchte ich dafür nutzen, eurer Trauer Luft zu machen. Jeder von euch soll einen Brief an Finn verfassen, in der ihr eure schönste Erinnerung an ihm aufschreibt.Vielleicht hat der ein oder andere auch ein schönes Erlebnis mit ihm gehabt, über das er gerne berichten möchte. Stellt euch vor, dass Finn diesen Brief dann lesen wird. Fangt bitte jetzt damit an."

Während Frau Wiemers sich an den Lehrerpult setzt, werden Mäppchen aufgemacht und Blöcke hervorgeholt. Mira muss nicht lange überlegen, was den Brief an Finn angeht. Ihr fallen unzählige schöne Momente mit Finn ein. Jede Nacht gehen ihr all die Erinnerungen und Bilder durch den Kopf. Sie schläft mit ihnen ein, träumt und wacht mit ihnen wieder auf. Jeden Tag und zu jeder Stunde erinnert Mira sich an seinen Tod.

Manchmal ist Mira ganz froh über ihre Träume. Denn, dann kann sie wieder bei Finn sein und sich mit ihm normal unterhalten. Es ist alles so wie immer, bis Mira auf seinen Tod zu sprechen kommt. Da blockt Finn ab und meistens endet der Traum dann abrupt. Jedes Mal wacht sie enttäuscht auf. So wird sie nie herausfinden, warum Finn sich umgebracht hat.

„Hey, ist alles in Ordnung?" Betty stoßt Mira von der Seite an. Da zuckt Mira erschrocken zusammen.

„Ja, alles gut. Ich war nur am Überlegen."

Betty wartet gespannt, bis sie weiterspricht. Doch Mira schweigt. Unwillkürlich fällt ihr Blick auf Sam. Sie bemerkt auf einmal, dass ihre ehemalige beste Freundin sie schon die ganze Zeit beobachtet. Ahnt sie irgendetwas von dem, was in Mira vorgeht? Doch Sam wendet schnell wieder den Blick ab und Mira verdreht die Augen.

Dann schaut sie zu Finns Platz hinüber. Vorhin hat sie nicht genauer hingeschaut, doch jetzt bemerkt Mira, dass das Stofftier auf seinem Tisch ein Bär ist, der in seinen Tatzen ein Herz umklammert hält. In das Herz ist ein Name gestickt: *Finn*.

Mira läuft es eiskalt den Rücken herunter. Sie weiß, wer das Stofftier dorthin gelegt hat.

10. Kapitel

Mira sah Finn immer noch fasziniert beim Zeichnen zu. Während sie ihn so ansah, schossen ihr viele Fragen durch den Kopf, die sie ihm gerne gestellt hätte. Denn, im Grunde genommen, wusste sie ja kaum etwas über ihn. Andererseits wollte Mira ihn nicht ablenken. Sie befürchtete, dass sie ihn beim Zeichnen nur mit ihrer Neugier stören würde.

Du darfst mich immer fragen, wenn du etwas wissen willst. Das hatte Finn vorhin zu ihr gesagt. Wenn er nur wüsste, dachte Mira.

Unwillkürlich fiel ihr auf einmal die Sportstunde ein, wo sie Basketball gespielt hatten. Sie hatte damals vermutet, dass er den Korb absichtlich versemmelt hatte. Daraufhin war das Spiel unentschieden geblieben ... Sollte sie ihn damit konfrontieren?

Mira rang mit sich selber. Schließlich gewann ihre Neugier die Oberhand. Sie räusperte sich.„Finn?“, begann Mira zögernd.

Er hob den Kopf. „Ja?“

,,Tut mir leid...“ Schon wieder kam sich Mira dumm vor. Was hatte sie nur, verdammt nochmal?!

Jetzt fehlten ihr auch noch die Worte. „Ich ...“

Sie fing an zu stottern und wandte den Blick ab. Bestimmt hält er mich für einen Idioten, dachte sie betrübt und verlegen zugleich.

„Mira, was ist denn?“

Da sammelte sie sich und holte dann tief Luft. „Ich wollte dich etwas fragen ... Kannst du dich an die Sportstunde erinnern, in der wir Basketball gespielt haben? Du warst da erst neu an unsere Schule gekommen.“

Finn setzte ein nachdenkliches Gesicht auf. „Ja, ich denke, ich erinnere mich."

„Wir wurden in zwei Teams eingeteilt und sollten gegeneinander Basketball spielen ... Du und ich, wir waren in unterschiedlichen Teams. Und es stand unentschieden, bis zur letzten Minute. Dann hattest du die Chance, mit dem letzten Korb das Spiel für dein Team zu entscheiden. Aber das hast du nicht getan."

Sie holte kurz Luft, bevor sie die nächsten Worte aussprach.

„Ich glaube, du hast den Korb mit Absicht verfehlt."

Jetzt ist es raus, dachte Mira. Die beiden saßen sich am Küchentisch gegenüber und starrten sich an. Mira wollte eigentlich nicht vorwurfsvoll klingen. Schließlich hatte sie ja keinen Nachteil erlangt. Aber trotzdem: Ihr Sinn für Teamgeist und ihr Verständnis von Fair Play beim Sport ließen ihre Stimme unwillkürlich anklagend klingen.

Mira fing an, auf ihrer Unterlippe herumzukauen. Irgendwie war sie der Meinung, dass Finn sich seinem Team gegenüber unfair verhalten hatte. Dadurch, dass sie jahrelang in verschiedenen Sportvereinen tätig gewesen war, war ihr Verständnis von Fair Play tief in ihr verankert. Mira wusste, wie wichtig Zusammenhalt und Vertrauen im Team war. Verlor man einmal den Respekt und das Vertrauen der eigenen Mannschaft, dann wurde es sehr schwer das Verhältnis wieder herzustellen.

„Was willst du von mir wissen?", hackte Finn nach.

„Hast du den letzten, entscheidenden Korb mit Absicht verfehlt?"

Jetzt waren die Rollen vertauscht. Mira war das selbstbewusste Mädchen, während Finn immer mehr in sich zusammensank. Er wich ihrem Blick aus.

Für einen Moment trat Stille ein. Dann wurde Mira weich ums Herz. Ihr tat es leid, ihn so verunsichert zu sehen. Finn hielt immer noch den Stift umklammert. Seine Knöchel traten dabei weiß hervor. Sein Blick war fest auf das halbfertige Porträt gerichtet.

„Ich bin nicht sauer auf dich, Finn“, sagte Mira sanft. „Ich bin einfach nur neugierig.“

Finn hob langsam den Kopf und sah sie an.

„Ja“, sagte er tonlos. „Ich fand, dass ihr den Sieg viel mehr verdient habt.“ Dann leckte er sich die Lippen. „Sie haben dir den Ball einfach aus der Hand geschlagen und dich umzingelt. Du hattest keine Chance gegen sie. Das war nicht fair.“

Mira betrachtete Finn aufmerksam während er sprach. Sein Gerechtigkeitssinn ist mindestens genauso stark ausgeprägt wie meiner, schoss es ihr durch den Kopf.

„Danke“, sagte sie. Es war eher ein Flüstern. Doch Finn verstand es trotzdem. Er schien erleichtert.

„Du brauchst mir nicht dafür zu danken.“ Dann richtete er sich plötzlich auf. „Wie spät ist es eigentlich?“, fragte er panisch.

Mira schaute auf das Display ihres Smartphones. „Viertel vor sechs.“

„Oh, verdammt! Ich muss um sechs bei der Arbeit sein.“

Er stand hektisch auf und verließ die Küche. Mira griff nach ihrem Zeichenblock. Das Porträt war nicht ganz fertig, doch sie hatte schon mal eine gute Skizze, mit der sie weiterarbeiten konnte. Sie packte Zeichenblock und Stifte in ihre Tasche, denn sie wollte nicht, dass Finn ihretwegen zu spät bei der Arbeit erschien.

In diesem Moment trat er wieder in die Küche. „Tut mir leid…“, murmelte er.

Miras Blick fiel auf sein Hemd. *La Casa* stand darauf. Da arbeitete er also.

„Es tut mir leid, dass ich so plötzlich los muss. Wenn du noch Hilfe brauchst mit der Zeichnung, können wir uns noch mal treffen."

„Danke", sagte Mira und lächelte. „Ich werde das schon irgendwie hinkriegen."

„Okay."

Als sie gemeinsam die Treppen herunterliefen, erzählte Finn ihr, dass er an den Wochenenden in *La Casa* kellnerte. Dann standen sie vor dem Haus und Mira hätte ihn zum Abschied gerne umarmt. Einfach so, zum Dank. Doch Finn wirkte gestresst.

„Wir sehen uns", sagte er. „Bis dann!"

Er winkte ihr kurz zum Abschied, bevor er loslief. Mira sah ihm nach. Dann drehte auch sie sich langsam um. Irgendwie ist er mysteriös, schoss es ihr, auf dem Weg nach Hause, durch den Kopf.

11. Kapitel

Trotz aller Warnungen und Strafandrohungen der Schulleitung keimen immer wieder die verrücktesten Gerüchte in der Schule auf.

An dem einen Tag heißt es, dass Finn nicht freiwillig Selbstmord begangen hat, sondern von irgend jemandem dazu gezwungen wurde, sein Leben zu beenden. An dem anderen Tag kursiert das Gerücht, dass er sich, vor lauter Liebeskummer, das Leben genommen hätte, dann wiederum, dass er sein Leben als Außenseiter satthatte.

Doch niemand kann sagen, wie die schwachsinnigen Geschichten zustande kommen.

Auch die örtliche Zeitung wühlt immer wieder den Selbstmord auf. Manche Eltern haben darin sogar Leserbriefe veröffentlichen lassen, in der sie die Schule kritisieren. Immer wieder werden Rufe laut, denn man sucht nach einem Schuldigen.

Auch im Internet wird heiß diskutiert und auf social media Seiten wie *facebook, Instagram* oder T*witter* gibt jeder seinen Senf hinzu.

Es scheint, als ob es keinen Weg zu gebe, um die nie enden wollende Gerüchteküche, zu stoppen.

Für Mira ist es die reinste Hölle. Seit Neustem wacht sie nicht nur geplagt von ihren Alpträumen auf, sondern hat auch schreckliche Bauchschmerzen bei dem Gedanken daran, in die Schule gehen zu müssen. Manchmal kann sie sich nicht dazu durchringen, aufzustehen. Dann verbringt sie den Tag im Bett. Denn, sie weiß nicht, wie sie mit den schrecklichen Gerüchten in der Schule umgehen soll. Am schlimmsten war für sie der Tag, an dem es von allen Seiten her hieß, Finn hätte Liebeskummer gehabt. Alle spekulierten wild, in wen Finn verliebt gewesen sein könnte. Auch Miras Name fiel. Äußerlich ließ sie sich zwar nichts anmerken. Doch innerlich wühlte sie das so sehr auf, dass Mira mitten im Mathematikunterricht auf die Toilette rennen musste, um sich dort zu übergeben. Dann klappte sie die Kloschüssel herunter, setzte sich drauf und weinte bitterlich. Noch nie war es ihr in der Schule so schlecht ergangen.

Inzwischen ist sie Meisterin darin, in der Schule auf die Toilette zu gehen, dort zu weinen und sich dann wieder zum Unterricht zurückzubegeben, ohne dass man ihr etwas anmerkt. Anders kann sie den Alltag in der Schule nicht überleben.

Zeitweise empfindet Mira eine ungeheure Wut. Es macht sie rasend, dass Finn sie ohne ein Wort der Erklärung zurückgelassen hat. Hat er überhaupt daran gedacht, was er damit anrichtet? Sie fühlt sich von ihm verraten und im Stich gelassen.

Aber ihre Wut richtet sich nicht nur gegen das, was Finn getan hat. Eigentlich ist Mira auf die ganze Welt sauer. Sie ist sauer auf alle, die seinen Tod mit Gerüchten verunglimpfen. Dieses ganze Gerede über einen toten Menschen versetzt sie in Rage, der sie sich ohnmächtig gegenüber sieht.

Einmal bekam Mira mit, wie ein Mitschüler lauthals im Kurs darüber spekulierte, ob Finns Tod wirklich Selbstmord war. In derselben Minute betrat ihre Deutschlehrerin, Frau Wiemers, den Raum. Und Mira könnte schwören, dass sie das genau gehört hatte. Doch, anstatt den besagten Mitschüler zurechtzuweisen, setzte Frau Wiemers sich an das Lehrerpult und tat so, als ob nichts wäre.

Am liebsten wäre Mira in dem Moment aufgesprungen und hätte sie alle angeschrien: „Sagt mal, seid ihr bekloppt, *so* über einen Toten herzuziehen? Jeden Tag verbreitet ihr irgendwelche Lügen in der Welt! Fühlt ihr euch dadurch besser, ihr Schweine?!“

In ihren Gedanken stellte sie sich die Szene vor und sah die verwunderten Gesichter ihrer Mitschüler. Doch in

Wirklichkeit blieb sie nur ganz still auf ihrem Platz sitzen und hielt den Mund.

Das waren die Momente, in denen sie sich fragte, ob sie auch Schuld trug an der Gerüchteküche, weil sie ruhig blieb und nichts sagte. Andererseits, wenn Mira anfangen würde, jedes Mal etwas dagegen zu sagen, würde sie gar nichts anderes mehr machen.

Die Betäubung, die Mira anfangs beschützt hat, lässt immer mehr nach, sodass die kalte Realität über sie einbricht. Es gibt keinen Rückzugsort mehr.

Zu allem Überfluss wird sie ständig und überall mit Finns Selbstmord konfrontiert: Egal ob in der Schule, im Internet oder zu Hause. Sie kann dem nicht entkommen.

So verstreichen die Tage langsam. Und Mira schleppt sich mühselig von einem Tag zum anderen. Jeder Tag ist für sie ein reiner Überlebenskampf geworden, denn sie muss die Hölle täglich aufs Neue durchleben. Dennoch gibt sie nicht auf. Sie hofft, dass wenn sie die Antwort auf die quälende Frage, warum Finn sich umgebracht hat, herausfindet, sie ihre innere Ruhe wiedererlangen kann. Denn, dann kann sie anfangen mit seinem Tod abzuschließen.

Die Trauerfeier in der Schule ist für den Nachmittag angesetzt, damit der Unterricht bis zum Mittag normal stattfinden kann. Die Schulleitung hat die Teilnahme daran freigestellt. Doch da ein paar Lehrende es sich zur Aufgabe gemacht haben, mit ihrem Kurs eine Rede oder ein Stück aus einer Lektüre einzustudieren, um es in der Trauerfeier vorzutragen, ist es für einige der Schülerinnen und Schüler, in gewisser Weise, doch Pflicht, anwesend zu sein.

Alle Schülerinnen und Schüler, die auf der Trauerfeier eine Rede halten wollen, müssen ihren Vortrag zuerst einem Lehrer vorlegen. Erst wenn die Rede genehmigt wird, kann der

Vortrag offiziell bei der Schulleitung angemeldet werden. Das soll, einerseits, dazu dienen, böse Überraschungen und respektloses Verhalten auf der Trauerfeier zu unterbinden. Andererseits kann die Schulleitung somit den genauen Zeitplan festlegen.

Der Nachmittag bricht an und das Lehrerkollegium, die Schulleitung, sämtliche Schülerinnen und Schüler sowie ein paar Eltern treffen in der Aula ein, wo die Trauerfeier stattfindet. Fast alle sind in Schwarz - oder zumindest dunkel - gekleidet.

Die Aula ist für die Trauerfeier entsprechend eingerichtet. Vorne gibt es eine kleine Bühne, Stühle sind in Reihen angeordnet und in der Mitte befindet sich ein schmaler Durchgang bis zur Bühne. Daneben ist eine Art Gedenktisch für Finn aufstellt. Auf einer schwarzen Tischdecke steht dort ein großes Bild von Finn. Rechts und links vom Bild stehen jeweils drei große Kerzen. Die Aula ähnelt jetzt mehr einer Kirche als einem Versammlungsraum in der Schule

Als Mira sie betritt, fällt ihr Blick als erstes auf den Schulleiter, Herr Scholz, der auf der Bühne steht. Dann entdeckt sie, direkt an der Tür, einen Tisch mit unzähligen Teelichtern darauf.

Sie greift nach einem Teelicht, geht nach vorne zum Gedenktisch, zündet es, mit eine der großen Kerzen neben Finns Bild, an und stellt es dann ab.

Als sie sich hinsetzt, fällt ihr auf, wie merkwürdig ruhig es in der Aula ist. Es ist beinah schon unheimlich. Aus irgendeinem Grund flüstern die Leute um sie herum. Da betritt plötzlich der Reporter, der örtlichen Zeitung, die Trauerfeier. Er geht nach vorne zum Gedenktisch und schießt ein paar Fotos, bevor er dann in der ersten Reihe Platz nimmt.

Der Schulleiter beobachtet ihn, von der Bühne aus, aus den Augenwinkeln, während er sich mit einer Lehrerin unterhält. Als sich die Blicke von dem Reporter und dem Schulleiter kreuzen, nicken sie sich gegenseitig zu.

Kurz darauf beendet Herr Scholz, die Unterhaltung und geht zur Mitte der Bühne, wo ein Mikrofonständer aufgebaut ist. Mit einem Finger tippt er gegen das Mikrofon, um zu prüfen, ob es funktioniert. Es ist totenstill in der Aula. Wie gebannt schauen jetzt alle nach vorne. Herr Scholz räuspert sich.

„Ich heiße euch alle herzlich zu unserer Trauerfeier willkommen. Danke, dass ihr euch die Zeit nehmt, damit wir gemeinsam trauern und einem Schüler gedenken können, der so plötzlich aus unserer Mitte gerissen wurde."

Er legt eine kurze Pause ein.

„Finn war nicht nur ein guter Schüler, sondern vor allem ein netter und hilfsbereiter junger Mann. Sein Tod erscheint sinnlos. Sein ganzes Leben lag noch vor ihm."

Herr Scholz betrachtet die Zuschauer in der Aula eindringlich. Mira beobachtet, wie der Reporter in der ersten Reihe fleißig mitschreibt.

„An dieser Stelle möchte ich auch auf das Tabuthema Selbstmord eingehen. Ich habe mich mit meinen Kolleginnen und Kollegen lange beraten und wir sind der Auffassung, dass wir dieses Thema nicht totschweigen sollten. Es ist wichtig, dass wir alle offen und ehrlich über diese traurige Angelegenheit reden. Denn, wie ihr bereits alle wisst, war Finns Tod kein Unfall. Es war Selbstmord. Und wir haben viele Anrufe und Mails von besorgten Eltern erhalten."

Sein Ton ändert sich leicht, als er weiterspricht.

„Ich, in meinem Amt als Schulleiter, kann dazu nur sagen, dass keinem unserer Lehrenden auch nur im Geringsten etwas aufgefallen ist, das auf den Selbstmord hinweist. Die Gründe für den Selbstmord sind sowohl der Polizei, als auch uns nach wie vor vollkommen schleierhaft."

Ein paar Eltern fangen an zu tuscheln. Ein Raunen geht durch die Aula. Herr Scholz fährt unbeirrt fort.

„An dieser Stelle möchte ich mich an die Schülerinnen und Schüler wenden, die Finn nahestanden und ihn persönlich gut kannten. Wenn euch irgendwelche Gründe für den Selbstmord bekannt sind, dann haltet diese Informationen bitte nicht zurück. Es ist wichtig, dass ihr uns darüber in Kenntnis setzt. Ihr braucht keine Angst zu haben, Ärger zu bekommen. Wir sichern jedem, der mit diesbezüglichen Informationen auf uns zukommt, vollkommene Anonymität zu. Nehmt euch meine Bitte zu Herzen und denkt nochmals in Ruhe darüber nach.“

Mira hat das Gefühl, als ob der Schulleiter sie bei seinen Worten geradewegs angeschaut hätte.

„Als Schule tragen wir Verantwortung für euch. Deshalb ist es wichtig, dass ihr zu uns kommt, wenn ihr Probleme habt oder jemanden kennt, der in Schwierigkeiten steckt und Hilfe braucht.

Wir haben einen Vertrauenslehrer an der Schule, der sich gerne die Zeit nimmt, für euch da zu sein. Außerdem haben wir, extra für die Schule, eine Hotline eingerichtet, an die ihr euch, auch anonym, wenden könnt. Die Hotline ist momentan nur an den Wochenenden erreichbar. Sollte sich das aber als gute Unterstützung herausstellen und es eine große Nachfrage geben, werden wir die Zeiten weiter ausbauen. Darüber hinaus habe ich veranlasst, dass zwei Mal in der Woche eine erfahrene Beraterin der örtlichen Diakonie hierher zu uns in die Schule kommt. Auch an sie könnt ihr euch wenden. Ich bin der Meinung, dass die Schule nicht nur ein Ort des Lehrens und Lernens sein sollte. Schule bedeutet, zusammen zu halten, sich füreinander einzusetzen, Freundschaften zu schließen, gemeinsam zu lachen, schöne Erlebnisse zu teilen und gemeinsam auch durch schwere Zeiten zu gehen. Für uns als Kollegium ist es am wichtigsten, dass es euch Schülern gut geht. Und das können wir nur dann erreichen, wenn ihr uns oder eine der genannten Anlaufstellen aufsucht und nach Hilfe fragt, wenn es euch nicht gut geht. Fürchtet euch nicht, nach Hilfe zu fragen, denn nur wer fragt, dem kann auch geholfen werden. Denkt daran, ihr seid nicht alleine. Genau deshalb sitzen wir auch alle hier, damit wir gemeinsam trauern und zusammen den schlimmen Verlust bewältigen, der uns alle getroffen hat. Ich möchte, dass wir nach diesem schweren Ereignis zusammenstehen."

Ein paar Zuschauer fangen an zu klatschen. Herr Scholz wartet, bis es ruhiger wird, bevor er seine Rede beendet.

„Finns Tod wird uns stets eine Mahnung sein. Und unsere Aufgabe ist es, daraus zu lernen und wieder nach vorne zu blicken, damit dieser Selbstmord ein Einzelfall bleibt. Nie wieder soll so etwas Schreckliches geschehen. Zum Schluss möchte ich euch noch eins mitgeben: Egal wie aussichtslos eine Situation erscheint, es gibt immer eine Lösung. *Immer!* Danke für eure Aufmerksamkeit!"

Herr Scholz verlässt das Podium unter tobendem Applaus.

Das Ansehen der Schule hat in letzter Zeit sehr gelitten. Von allen Seiten her, wurde der Vorwurf laut, dass die Schule versagt hat, weil ein Schüler Selbstmord begangen hatte. Manche Eltern drohten sogar, ihre Kinder von Miras Schule zu nehmen.

Mira wird klar, warum der Reporter zu der Trauerfeier eingeladen wurde. Er soll in der Zeitung berichten, wie sehr sich die Schule um das Wohlergehen ihrer Schülerinnen und Schülern bemüht.

Während der Applaus noch immer anhält, schaut der Schulleiter zu dem Reporter hinüber und lächelt ihm, kaum merklich, zu. Der Reporter nickt zurück.

12. Kapitel

Seit dem Treffen mit Finn waren etwa vier Wochen vergangen. Mira und Finn sahen sich zwar in der Schule, doch außer „Hallo" und „Tschüss" wechselten sie kein Wort miteinander.

Sam war nun mal Miras beste Freundin und die beiden Mädchen hingen in der Schule gemeinsam ab. Sie lachten, alberten herum, tauschten sich über Jungs aus und erzählten sich den neuesten Klatsch. Sie waren unbeschwerte Teenager.

Es hätte sich irgendwie falsch angefühlt, wenn Mira plötzlich zu Finn rübergegangen wäre, um mit ihm in der Schule Zeit zu verbringen. Außerdem machte auch Finn keinerlei Anstalten, auf Mira zuzugehen. Nur ab und zu schaute er zu ihr rüber und lächelte ihr zu, wenn sie seinen Blick auffing. Es war ein stilles und heimliches Lächeln, so, als ob irgendein Geheimnis zwischen ihnen existierte. Mira wurde dann ein wenig rot und wusste nicht so recht, wo sie hinsehen sollte. Sein Lächeln und seine Blicke gingen ihr unter die Haut. Doch irgendwie fand sie das angenehm. Manchmal schaute sie ganz bewusst zu Finn hinüber, damit er ihr einen seiner durchdringenden Blicke zuwarf.

Doch abgesehen davon gab es noch etwas, dass Mira daran hinderte, einfach auf Finn zuzugehen. Sie hatte die Befürchtung, dass Sam in Finn verliebt war. So wie sie von ihm schwärmte, deutete zumindest alles darauf hin. Mira wollte auf keinen Fall, dass ein Junge sich zwischen sie beide stellte und es zum Streit oder Eifersucht kam. Dafür waren sie schon viel zu lange befreundet, als dass sie das in Kauf nehmen würde. Egal wie gut sie Finn leiden konnte; Sam war ihr wichtiger.

Aber wie von selbst achtete sie in der Schule heimlich mehr auf Finn. Es schien, als ob ihre Augen ihn von alleine fanden. Ihr fiel auf, wie hilfsbereit er anderen gegenüber war.

Finn half jedem, so gut es ging. Dadurch wurde er schnell bei seinen Mitschülern beliebt. Doch es gab auch welche, die der Meinung waren, dass er sich nur einschleimen wolle.

Es wurde Freitag und Mira überredete Sam, abends gemeinsam zum Sport zu gehen. Denn, meistens trafen sich die Mitglieder des Badminton-Vereins, in dem auch Mira mitspielte, freitagabends, um zusammen zu spielen. Es war kein richtiges Training und es ging auch nicht darum, wer gewann, sondern nur darum, Spaß zu haben.

Der Verein hatte dafür die offizielle Erlaubnis der Sportstätte, eine der vier Hallen zu benutzen.

Mira freute sich unheimlich, wieder Badminton zu spielen. Meistens fehlte ihr die Zeit, um ihrer Liebe zum Sport nachzugehen. Dass Sam sie begleitete, machte es nur noch besser für sie.

Sam dagegen schien angespannt.

Sobald die beiden Mädchen die Halle betraten, wurde sie still und hing sich an Mira dran. Die anderen Mitglieder des Vereins begrüßten Sam herzlich. Dennoch konnte sie sich nicht entspannen.

Zuerst spielten sie nur zusammen Badminton. Mira achtete dabei darauf, Sam die Bälle gut zuzuspielen. Doch erst nach einem Doppel, mit zwei anderen Mitgliedern, traute sich Sam schließlich, auch alleine mit den anderen Badminton zu spielen. Mira freute sich für ihre beste Freundin. Sie beobachtete Sam aus den Augenwinkeln und bemerkte, wie sie sich mehr und mehr entspannte. Mira lächelte. Sie hoffte, dass Sam jetzt öfters mit zum Badminton kam.

Auf dem Heimweg erzählte Sam Mira von der Jahrgangsparty, die nächste Woche stattfinden sollte.

„Oh echt?", meinte Mira etwas überrascht, während sie ihr Fahrrad neben Sam herschob. „Davon habe ich noch gar nichts gehört."

„Na, weil das auch erst heute beschlossen wurde."

Sam nahm einen Schluck aus ihrer Wasserflasche, dann fuhr sie fort: „Jason hat die ganze nächste Woche sturmfreie Bude und er hat beschlossen, den ganzen Jahrgang zu sich nach Hause einzuladen."

Mira hob die Augenbrauen.

„Den ganzen Jahrgang?"

„Ja. Er meinte, sein Haus wäre groß genug. Außerdem hat er einen Swimmingpool im Keller ..." Sam blickte ihre Freundin bedeutungsvoll an.

„Na komm schon. Lass uns hingehen!"

„Wann findet die Party denn statt?"

„Nächsten Samstag."

„Okay, wieso nicht. Das wird bestimmt cool."

„Das wird suuuuper!", korrigierte Sam.

Die Mädchen sahen sich an und lachten.

In der darauffolgenden Woche gab es in der Schule nur ein Gesprächsthema: Jason's Jahrgangsparty. Jason erstellte eine Facebook-Gruppe, in der er den ganzen Jahrgang zu sich nach Hause einlud.

Überall tauschten Freundinnen sich darüber aus, was sie anziehen würden und spekulierten darüber, wer alles zu der Party kommen würde. Die Vorfreude war mit Händen greifbar.

Auch Sam und Mira gingen extra für die Jahrgangsparty shoppen. Sie kauften neue Kleider und Bikinis ein.

Zwei Mal fragte sich Sam laut, ob Finn wohl auch zu der Party kommen würde. Mira zuckte mit den Schultern.

„Ich weiß es nicht. Frag ihn doch einfach."

Ihr fiel ein, dass er samstagabends arbeiten musste. Vermutlich würde Finn danach nicht mehr feiern wollen. Doch Mira behielt ihre Gedanken für sich. Sie versuchte lieber, schnell das Thema zu wechseln, um sich und Sam auf andere Gedanken zu bringen.

Die Woche verging schnell. Und das Wochenende brach an. Mira hatte von Freitag auf Samstag bei Sam übernachtet. Die beiden Mädchen schliefen lange aus. Irgendwann am frühen Nachmittag kamen sie runter in die Küche, um ein paar belegte Sandwiches zu verschlingen. Danach verdrückten sie sich wieder mit einer Tüte Chips, Salzstangen, Keksen und Saft auf Sam's Zimmer, wo sie von dem Knabberzeug aßen, während sie ihre Lieblingsserie auf dem Laptop schauten.

Als es langsam auf den Abend zuging, machten sie sich für die Party fertig. Sie duschten und holten ihre neuen Bikinis und Kleider hervor. Dann halfen sie sich gegenseitig beim Schminken und Frisieren. Sam beschloss, ihre Haare zu glätten, während Mira sich mit dem Glätteisen geschickt Locken drehte. Sie betrachtete sich im Spiegel. Durch die Locken waren ihre Haare kürzer und ihr Gesicht wirkte rundlicher. In Kombination mit dem kurzen, weißen Kleid, das sie trug, wirkte sie etwas puppenhaft. Das Kleid war schlicht und wurde an der Taille mit einem goldenen Gürtel gehalten. Dazu trug sie passende hohe, weiße Schuhe. Ihr Make-up hatte sie dezent gehalten. Der dunkle Lidschatten hob ihre blauen Augen hervor und auf den Lippen trug sie etwas Lipgloss. Ihre glitzernden Ohrringe stachen sofort ins Auge.

„Wie findest du?“, fragte Sam. Mira drehte sich um.

Sam trug ein hellrotes Kleid, das gerade so das Nötigste bedeckte. Dazu trug sie rote Pumps. Ihre Lippen hatte sie ebenfalls rot angemalt.

Schon beim Shoppen hatte Mira ihr von dem Kleid abgeraten. Doch Sam hatte sich nicht beirren lassen. Sie hatte das Kleid unbedingt haben wollen.

„Ganz nett“, meinte Mira zögernd.

Eigentlich passte das Kleid nicht zu Sam. Zum einen hatte Sam nicht die Figur für so ein enganliegendes Kleid. Und zum anderen ließ das auffällige, helle Rot sie nur blass erscheinen. Doch Mira hielt den Mund. Sie wollte auf keinen Fall so kurz vor der Party, einen Streit heraufbeschwören.

Neben ihrer besten Freundin wirkte Mira fast schon unscheinbar, aber das machte ihr nichts aus.

Mira griff nach ihrer goldenen Clutch. Sie hatte darin das das Nötigste verstaut, das sie für den Abend brauchte: Ein wenig Geld, falls sie sich für den Heimweg ein Taxi nehmen würden, ihr Lipgloss, ein kleines Parfümfläschchen, ihr Handy, einen ausklappbaren Spiegel mit Haarbürste und Taschentücher. Sam griff nach ihrer großen, roten Handtasche und die beiden machten sich auf dem Weg. An der Haustür liefen sie beinahe in Sams Mutter hinein. Als sie ihre Tochter erblickte, weiteten sich ihre Augen und sie öffnete leicht den Mund. Doch sie sagte nichts. Stattdessen schob sie Sam noch ein paar Geldscheine zu, damit sie genug Geld dabei hatten. Dann wünschte sie ihnen einen tollen Abend und zog sich wieder ins Wohnzimmer zurück.

Auf dem Weg zur Bushaltestelle machten sie sich über Sams Mutter lustig. Sie fanden ihren Gesichtsausdruck, als sie Sam erblickt hatte, plötzlich urkomisch und mussten so heftig lachen, dass ihnen die Tränen kamen. Selbst als sie im Bus saßen, brachen sie hin und wieder in schallendes Gelächter aus, wenn sie daran dachten. Eine ältere Dame drehte sich leicht verärgert nach ihnen um. Doch das war Mira egal. Diese Nacht würde ihnen gehören. Das spürte sie einfach.

Eine Gruppe von drei Jungs saßen hinter ihnen im Bus und einer der Jungs zwinkerte Mira zu, als sie sich zu ihm umdrehte. Als die beiden aus dem Bus stiegen, pfiffen sie ihnen hinterher.

Sie hörten die Musik schon von weitem. Als Sam und Mira ankamen, war die Party schon in vollem Gange.

Zuerst kamen sich die beiden Mädchen ziemlich verloren vor. Sie standen in Jasons Garten und um sie herum tummelten sich jede Menge Leute. Die meisten Gesichter waren ihnen natürlich aus der Schule bekannt. Doch es gab auch so einige, die Mira und Sam noch nie zuvor gesehen hatten. Fast alle waren schon betrunken oder zumindest gut angetrunken. Die laute Musik, die aus dem Haus erklang, übertönte beinah alles. Es war kaum möglich, sich richtig zu unterhalten. Mira warf einen Blick zum Haus. Es war dreistöckig und die große Terrassentür stand offen, sodass die Partygäste rein und rausgehen konnten. Das Haus und der Garten boten genug Platz für die vielen Leute. Jason hatte Recht gehabt: Es war eine Riesenparty!

Eine Weile standen Sam und Mira nur da und wussten nicht so recht, wohin. Sie waren die Einzigen, die noch nüchtern waren. Dann hörte Mira neben sich plötzlich ein begeistertes Quieken:„Hiiii!“

Es war Betty, die in ein paar Kursen neben ihr saß. Betty legte ihren Arm um Mira. Sie trug eine auffällige Hochsteckfrisur.

„Cool, dass du auch da bist!“, schrie Betty Mira zu. Dann zeigte sie mit einem Finger in die Ecke des Gartens.

„Dort kannst du dir Getränke holen.“ Betty bewegte ihren Zeigefinger weiter. „Und der Swimmingpool liegt im Keller!“

„Danke!“, rief Mira.

Als sie sich umdrehte, musste sie feststellen, dass Sam nicht mehr neben ihr stand. Sie blickte sich um. Doch in dem Getümmel war es kaum möglich, jemanden zu finden. Mira zuckte mit den Schultern. Sie würde Sam bestimmt später noch auf der Party begegnen. Sie beschloss, erst mal ins Haus zu gehen. Mira trat durch die Terrassentür und stand in Jasons Wohnzimmer. Auch das war gestopft voller Gäste. Die Sofas waren alle belegt und in der Mitte des Wohnzimmers spielte eine Gruppe von etwa zehn Flaschendrehen. Mira beobachtete sie ein paar Momente, dann ging sie durch den Flur in den Keller. Der Swimmingpool war größer, als sie gedacht hatte. In dem Becken plantschten und alberten ein paar von Jasons Freunden herum; die „rich kids“.

Die meisten waren in Bikini und Shorts unterwegs, nur ein paar wenige hatten sich voll bekleidet ins Wasser gestürzt.

Etwas zögerlich lief sie in eine Ecke und zog sich langsam aus. Zuerst streifte sie ihre hohen Schuhe, dann das Kleid und zum Schluss die Ohrringe ab. Darunter trug sie ihren neuen Bikini. Sie zögerte, ihre Clutch ebenfalls in die Ecke abzulegen. Schließlich befand sich darin ihr Handy. Doch die anderen hatten alle ihre Sachen auch neben dem Swimmingpool abgelegt. Überall lagen Hosen, Kleider, T-Shirts, Handtaschen und Rucksäcke verstreut. Mira sah ein, dass sie ihre Clutch nicht mitnehmen konnte und stellte sie zu ihrem weißen Kleid.

Dann setzte sie sich an den Beckenrand und tauchte vorsichtig die Füße ins Wasser. Das Wasser war angenehm warm.

„Hey, willst du ein Bier?"

Sie drehte sich um. Hinter ihr stand Felix, der ihr eine Bierflasche hinhielt. Felix war auch im selben Jahrgang wie Mira. Doch die beiden hatten keine Kurse gemeinsam. Mira nahm die Flasche dankbar entgegen, während Felix sich neben sie setzte. Die beiden kamen ins Gespräch. Zuerst war Mira etwa verlegen. Doch mit der Zeit ließ sie sich von der heiteren Stimmung am Swimmingpool anstecken und wurde gelassener. Außerdem machte Felix ihr ständig Komplimente.

„Deine Haare sehen gut aus." Er lächelte und eine Reihe weißer und regelmäßiger Zähne blitzten auf. „Du solltest die Frisur öfters tragen."

Mira kicherte und griff mit einer Hand nach einer Locke.

„Wirklich?"

„Ja, das meine ich total ernst. Hast du dir die Locken selbst gemacht?"

Mira nickte und grinste breit. Da drückte Felix ihr einen Becher in die Hand und nahm ihr gleichzeitig die halbleere Bierflasche ab.

„Hier, trink das!"

Mira starrte auf die dunkle Flüssigkeit in dem Plastikbecher.

„Was ist das?"

„Wodka mit Cola. Na los, trink schon. Das ist besser als das Bier hier."

Mira nahm einen Schluck. Es war mehr Wodka als Cola. Eigentlich mochte sie das nicht, doch sie wollte nicht unhöflich sein. Währenddessen schaute Felix sie von der Seite an.

„Ist der Bikini neu?"

Mira sah an sich herab. „Ja. Wieso?"

„Sieht schön aus. Du solltest im Bikini zur Schule kommen." Er lachte.

„Du spinnst doch."

Mira gab sich entrüstet. Doch heimlich fühlte sie sich geschmeichelt. Es machte ihr Spaß, mit Felix zu flirten.

„Sag bloß, du hast ihn extra für heute Abend gekauft?"

Mira lachte und errötete leicht. Sie fühlte sich ertappt. Es war ein rosa Triangel-Bikini mit Push-up, der nur von dünnen Bändern zusammengehalten wurde.

„Hey, ihr beiden. Hört auf zu flirten und kommt ins Wasser!", rief ihnen jemand vom Pool aus zu.

Ein lautes Gelächter ertönte. Felix stürzte daraufhin den Inhalt seines Becher in einem Zug hinunter.

„Wir kommen schon", rief er.

Dann zerdrückte er den Plastikbecher mit einer Hand und ließ sich vom Beckenrand in den Pool gleiten. Er tauchte einmal komplett unter, bevor er prustend auftauchte und sich wieder Mira zuwandte.

„Na los, komm." Felix breitete die Arme aus, damit sie in seine Arme sprang. Doch Mira zögerte. Sie wollte nicht, dass ihre Haare nass wurden.

„Oder hast du etwa einen Freund?", fragte Felix mit hochgezogenen Augenbrauen. Mira schüttelte den Kopf.

„Dann komm."

Er nahm ihr zuerst den Plastikbecher aus der Hand, bevor er ihr um ihre Taille fasste. Dann zog er sie mit einem Ruck ins

Wasser. Bevor Mira noch protestieren konnte, war sie im Swimmingpool. Das Becken war so tief, dass Mira gerade noch so auf den Zehenspitzen stehen konnte. Auf einmal spürte sie wie starke Hände sich um ihre Knöchel schlossen und ihre Beine unter ihr wegzogen. Als Mira wieder mit dem Kopf aus dem Wasser kam, grinste Felix sie breit an.

„Na warte!“, rief sie.

Sie machte einen Satz in seine Richtung und Felix schwamm schnell davon. Die anderen lachten und feuerten sie an. Mira grinste. Sie hatte Spaß an dem Spiel. Nur noch einen Zug, dann hätte sie Felix eingeholt. Sie schlang ihre Arme um seinen Hals und versuchte, ihn mit ganzer Kraft unterzutauchen. Doch Felix war einfach viel stärker als sie. Mira gelang es einfach nicht ihn zu tunken. Stattdessen drückte er sie mehrmals, völlig unerwartet, unter Wasser. Da schnappte sie nach Luft und klammerte sich verzweifelt an ihn.

„Okay, ist ja gut. Lass uns Frieden schließen!“

Mira sah ein, dass sie keine Chance gegen Felix hatte. Er war gefühlt zehnmal so stark wie sie.

Felix hielt ihr die Hand hin. „Frieden?“

Sie nahm seine Hand. „Frieden!“

Ihr Atem beruhigte sich wieder und sie sah zu den anderen hinüber. Außer ihr und Felix waren da noch vier Leute im Pool. Es waren Ashley, Veronika, Jonas und Jason. Die „rich kids“ eben.

Plötzlich legten sich starke Arme um ihre Taille und Felix drückte sie von hinten an sich.

„Hey, was tust du da?!“ Sie schüttelte seine Arme ab und drehte sich wütend zu ihm um. Er sah sie mit halb geschlossenen Augen an.

„Du bist verdammt sexy!“

Er stand so nah, dass sie den Alkohol in seinem Atem riechen konnte. Mira war leicht angewidert. So gern sie vorher mit ihm geflirtet hatte, jetzt konnte sie gar nicht schnell genug von ihm wegkommen. Felix war betrunken und gerade hatte er ihr bewiesen, wie stark er war. Sämtliche Alarmglocken schrillten in ihrem Kopf. Sie bezweifelte zwar, dass er ihr irgendetwas vor den anderen anhaben konnte, doch sie wollte nicht mehr länger bei ihm stehen.

Mit einem Ruck drehte sie sich um und schwamm zu den anderen Vier. Sie wollte gerade den Mund öffnen, um sie zu begrüßen, als sie erstarrte. Jason war dabei, Ashleys Bikini-Oberteil zu öffnen. Veronika und Jonas pfiffen und jubelten. Anscheinend hatte Ashley eine Wette verloren. Sie tat so, als ob sie sich darüber ärgerte. Doch Mira konnte ihr ansehen, dass sie die Situation genoss.

Als Jason ihr Bikini-Oberteil triumphierend in der Hand hielt, starrten alle wie gebannt auf Ashleys Brüste. Sie waren ziemlich groß und perfekt gerundet. Mira spürte einen Stich Neid. Ihr eigener Busen war viel kleiner. Felix tauchte neben ihr auf. Auch er schien überrascht, als er Ashley erblickte.

Mira fühlte sich plötzlich unwohl. Sie kam sich so fehl am Platz vor. Denn, die „rich kids“ und Mira hatten nicht viele Gemeinsamkeiten. Sie wusste, dass sie ganz anders tickte, als die anderen Fünf. Und sie wusste auch, dass es für sie besser wäre, wenn sie verschwand.

Ohne ein Wort drehte Mira sich um und schwamm zum Beckenrand. Die anderen schienen es sowieso nicht zu bemerken. Ihre Aufmerksamkeit galt nur Ashley. Erleichtert erreichte sie den Beckenrand und kroch aus dem Wasser.

Sie lief zu der Stelle, wo sie ihr Kleid, die Schuhe, die Ohrringe und ihre Clutch abgelegt hatte. Doch die Stelle war leer. Verdammt!, dachte Mira. Verzweifelt blickte sie sich um. Der Keller war leicht überschaubar. Sie lief mehrmals auf und ab und suchte alles gründlich nach ihren Sachen ab. Doch sie waren nirgends.

Panik stieg in ihr auf. Wer sollte ihre Sachen klauen und wozu? Das machte doch keinen Sinn! Soweit Mira sehen konnte, waren die Sachen der anderen alle da. Sämtliche Handtaschen, Rucksäcke und Kleidungsstücke lagen auf dem

Boden verstreut. Nur ihre Sachen waren verschwunden. Das durfte doch nicht wahr sein!

Mira fing an zu frösteln. Sie war pitschnass und trug nur einen Bikini. Da beschloss sie, den Keller erst mal zu verlassen. Hier unten weiterzusuchen, machte keinen Sinn.

Wütend und verzweifelt stampfte Mira die Treppen hoch. Ihr wurde immer kälter. Und bei der Vorstellung, ihre Sachen nicht mehr wiederzufinden, überkam sie die Panik. Wie sollte sie ohne Kleidung und ohne Geld nach Hause gelangen?

Das Wohnzimmer war immer noch überfüllt. Mira schlang die Arme über ihrer Brust zusammen. Was sollte sie nur tun? Mit etwas Glück würde sie Sam finden. Sam würde ihr helfen.

„Hier!“, rief jemand.

Ein Mädchen, das Mira noch nie zuvor gesehen hatte, hielt ihr ein Handtuch hin. Sie nahm es dankend entgegen. Das Mädchen zeigte nach oben.

„Oben ist das Badezimmer. Da gibt's noch mehr Handtücher.“

Mira bedankte sich überschwänglich. Die Hilfe kam wie gerufen! Sie trocknete sich kurz ab, bevor sie das Handtuch über ihre Schultern legte. Dann schlängelte sie sich durch die Menschenmenge zu den Treppen, die zum ersten Stock führten. Unterwegs wurde sie gefühlt zehn Mal angerempelt. Oben angekommen suchte Mira nach dem Badezimmer. Zum Glück fand sie schnell ein leeres Bad. Sie ging sie hinein und schloss sofort hinter sich ab. Dann ließ sie sich erleichtert mit dem Rücken an die Wand sinken. Das Badezimmer war ziemlich groß. Es gab sowohl eine Badewanne mit einem Duschvorhang, als auch eine Duschkabine. Mira zog ihren Bikini aus, um ihn im Waschbecken auszuwringen. Dann nahm sie sich aus dem Badezimmerschrank ein neues Handtuch und trocknete sich ab. Sie warf einen prüfenden Blick in den Spiegel. Ihre Schminke war Gott sei Dank nicht verlaufen! Nur ihre Frisur war dahin. Mira suchte die Schränke im Bad nach einem Föhn ab. Schließlich fand sie einen, stöpselte ihn ein und begann ihre Haare zu trocknen. Sie war so sehr in ihren eigenen Gedanken versunken, dass sie sich zu Tode erschrak, als plötzlich der Vorhang vor der Badewanne aufgezogen wurde. Vor lauter Schreck fiel ihr der Föhn aus der Hand und krachte auf den Boden. Mira schrie auf.

„Ohh Gott! Was ist das für ein Lärm?“

Sie erkannte den Kerl, der in der Badewanne saß und sich den Kopf hielt. Es war Lukas. Er war im selben Jahrgang wie Mira. Seine Augen waren blutunterlaufen. Hatte er sich in die Wanne gelegt, um seinen Rausch auszuschlafen? Lukas blickte hoch, und als er Mira entdeckte, weiteten sich seine Augen.

„Du bis ja ganz naaaackich, Schnecke“, lallte er.

Er grinste breit und seine Alkoholfahne wehte bis zu ihr hinüber. Mira wurde speiübel. Sie versuchte mit den Armen, ihre Blöße zu bedecken. Sie konnte Lukas' brennenden Blick auf ihrem Körper spüren. Das hatte ihr gerade noch gefehlt! Wie hatte es nur so weit kommen können, dass dieser Idiot sie nackt im Bad entdeckte? Sie hoffte inständig, dass er so betrunken war, dass er sich morgen nicht mehr daran erinnern würde.

Sie trat schnell zum Waschbecken, schnappte sich ihren Bikini und stürmte hinaus. Hinter sich hörte sie Lukas' Gelächter. Verdammt! Mira stand jetzt nackt im Flur und wusste nicht, wohin. Schon zum zweiten Mal an diesem Abend war sie verzweifelt.

Sie gab sich einen Ruck. Sie konnte hier schließlich nicht ewig stehenbleiben. Kurzentschlossen öffnete sie das Zimmer rechts vom Bad. Vorsichtig spähte sie hinein. Es war ein Schlafzimmer. Auf dem riesigen Bett, das das Zimmer dominierte, lag ein Pärchen und knutschte wild. Genervt verdrehte Mira die Augen. Dann lief sie zum Zimmer nebenan und öffnete langsam die Tür. Das Zimmer war kleiner. Ein Bett stand darin und zwei übereinandergestapelte Matratzen lagen auf dem Boden. Sofort schlüpfte Mira hinein und zog sich ihren Bikini an. Doch sie wunderte sich, wo ihr Kleid geblieben war. Sie setzte sich auf das Bett und überlegte. Wer hatte ein Interesse daran, ihr Kleid zu stehlen? Wenn nur ihre Clutch gestohlen worden wäre, hätte Mira das noch nachvollziehen können. Immerhin befanden sich darin ihr Handy und Geld. Sie stöhnte. Was sollte sie jetzt nur tun?

Mit einem Mal war Mira sehr müde. Bevor sie genau wusste, was sie tat, hatte sie sich auf dem Bett ausgestreckt und die Decke über sich gezogen. Ihre Lider wurden schwer.

Mira wachte auf, weil sie vor Kälte zitterte. Sie wusste nicht, wie lange sie geschlafen hatte oder wie spät es war. Sie sah sie an sich herunter und musste feststellen, dass keine Decke mehr auf ihr lag. Unwillkürlich kreuzte sie die Arme über ihrer Brust. Sie blickte sich im Zimmer um. Sie war nicht mehr alleine. Jemand lag auf den übereinandergestapelten Matratzen. Es war einer ihrer Mitschüler. Mira kannten den Typen nur vom Sehen.

Am liebsten wäre sie aufgesprungen, hätte ihm die Decke weggezogen. Stattdessen verließ sie das Zimmer und knallte die Tür hinter sich zu. Sie hatte die Nase voll und wollte nur noch nach Hause.

Im Erdgeschoss stellte sie fest, dass die meisten schon gegangen waren. Bis auf wenige Betrunkene war das Wohnzimmer jetzt leer. Die Musik lief immer noch, aber nicht mehr ganz so laut.

Mira fragte sich, ob Sam schon gegangen war. Da entdeckte sie Betty.

„Hey, wo sind denn alle hin?"

„Hey!" Betty starrte sie an. Ihr Blick blieb an Miras Bikini-Oberteil hängen an. Mira ignorierte es.

„Hast du das nicht mitbekommen? Die Polizei war vorhin hier. Die Nachbarn haben sie wegen Ruhestörung angerufen. Da sind die meisten in die Stadt abgehauen, um dort weiterzufeiern. Ein paar sind auch schon nach Hause gegangen."

„Hast du Sam gesehen?", fragte Mira hoffnungsvoll.

„Vorhin habe ich sie noch gesehen, aber ich weiß nicht, ob sie noch da ist. Sorry!"

Betty zuckte mit den Schultern. Dann sah sie wieder an Mira runter.

„Wo sind denn deine Klamotten?“

„Das wüsste ich auch gerne“, sagte Mira. Ihr war zum Heulen zumute, doch sie riss sich zusammen.

„Ich muss leider los. Kommst du alleine zurecht? “, fragte Betty besorgt.

Mira nickte tapfer. Die beiden verabschiedeten sich und Mira beschloss, zum Swimmingpool runterzugehen, um dort nochmals nach ihren Sachen zu suchen. Vielleicht hatte sie auch irgendjemand gesehen?

Unten war niemand. Sie war ganz alleine im Keller. Mira heftete ihren Blick auf den Boden und suchte nach ihren Sachen. Es lagen immer noch jede Menge Kleidungsstücke und Taschen herum. Aber nirgends waren ein weißes Kleid, weiße Schuhe oder ihre Clutch zu sehen. Da kam ihr plötzlich ein Einfall: Was, wenn jemand ihre Sachen in einen Rucksack gesteckt hatte? Sie beugte sich wahllos zu einem Rucksack hinab, der zu ihren Füßen lag, und blickte hinein. Dabei kam sie sich vor wie ein Dieb. Sie wollte ja nichts klauen und dennoch tat sie etwas Verbotenes.

In dem Rucksack lagen ein paar Bierflaschen, ein Geldbeutel, ein Sweatshirt und Boxershort. Von ihren verschwundenen Sachen war nichts zu sehen. Mira seufzte. Sie wollte gerade den Rucksack wieder schließen, als ihr ein Gedanke kam. Was, wenn sie sich einfach einen Zehneuroschein aus dem Geldbeutel nahm? Das würde ausreichen, um ein Taxi nach Hause zu nehmen. Mira versprach sich selbst, das Geld nur auszuleihen. Sie würde es dem Besitzer des Rucksacks wieder zurückzahlen. Ihre Hände zitterten, als sie nach dem Geldbeutel griff und ihn öffnete.

„Was tust du da?“

Mira zuckte erschrocken zusammen. Zu ihrem Ärger lief sie sofort rot an. Felix stand neben ihr und schaute sie argwöhnisch an. Sie hatte ihn nicht kommen hören.

„Es... es ist nicht so, wie es aussieht", stammelte Mira. Sie fand, dass sie erbärmlich klang.

„Ach ja? Wie sieht es denn aus?"

„Ich ... ich wollte nichts klauen, wirklich."

Klauen, klauen, klauen! Das Wort hallte in ihrem Kopf nach. Mira zitterte am ganzen Körper. Sie hatte Angst. Wäre sie nur nicht auf die Party gekommen! Felix betrachtete sie einen Moment lang schweigend. Sein Blick brannte auf ihrer Haut. Plötzlich musste Mira daran denken, wie er sie vorhin, im Pool, hatte an sich drücken wollen. Ihr Herz klopfte laut.

„Vorhin, als alle Mädchen, die im Pool waren, ihr Bikini-Oberteil ausziehen mussten, bist du einfach abgehauen", sagte Felix und grinste. „Jetzt kommst du zurück, im Bikini, und machst dich an meinem Geld zu schaffen." Er zeigte auf den Rucksack, neben dem Mira kniete. „Das ist nämlich mein Rucksack."

„Es ... es tut ... es tut mir leid", stammelte Mira.

Sie verfluchte den ganzen Abend. Gleichzeitig war sie vor Angst wie erstarrt. Sie wollte nicht als Dieb dastehen. Felix hatte das Ganze missverstanden. Ihr Mund war staubtrocken.

„Okay, ich werde das alles hier vergessen und niemandem etwas davon erzählen", begann Felix. „Aber nur unter einer Bedingung!"

Mira ahnte, was er gleich sagen würde. Sie konnte es an seinem Blick erkennen. Felix genoss die Situation. Er hatte sie erwischt. Und jetzt hatte er sie in der Hand.

„Du ziehst dich für mich aus. Nur für mich."

Felix sah auf sie herab. Mira kauerte sich noch kleiner zusammen. Und jetzt?

„Komm schon, es ist nur fair", sagte er und zwinkerte. „Wenn du dich gut anstellst, bekommst du auch Geld von mir. Das Geld, das du dir gerade stehlen wolltest. Und niemand erfährt, dass du ein Dieb bist."

Mira nahm all ihre Kraft zusammen. Es gab nur einen Weg, aus der Situation rauszukommen. Sie stand auf und blickte ihm in die Augen.

„Ich gehe jetzt.“ Mira zitterte, als sie das sagte.

Doch als sie an ihm vorbeilaufen wollte, packte Felix sie am Arm.

„Du gehst nirgendwohin!“ Seine Stimme klang jetzt aggressiv. „Hat deine Mummy dir nicht beigebracht, dass man sich das Geld verdienen muss? Ich habe dir gerade ein sehr faires Angebot gemacht.“

„Lass mich in Ruhe, Felix. Ich will nach Hause.“

Mira versuchte, sich aus seinem Griff zu befreien. Doch ihr Arm war wie in einem Schraubstock gefangen.

„Los, zieh dich aus!“

Sie traute ihren Ohren nicht. Es war wie in einem schlechten Film. Angst stieg in ihr hoch und lähmte sie. Sie konnte nichts tun.

„Entweder ziehst du dich selbst aus, oder ich tu's!“

Da fuhr ihr, ohne Vorwarnung, mit der Hand über den Rücken und zog hart an ihrem Bikini-Oberteil. Die dünnen Bänder rissen. Felix grinste. Dann streckte er nochmal die Hand aus und zog ihr den kaputten Bikini aus. Er flatterte zu Boden.

Mira legte sich den freien Arm sofort über den nackten Busen. Sie schämte sich zutiefst. Außerdem brannte ihr Rücken höllisch. Felix musste sie verletzt haben, als er ihr wie ein wildes Tier über den Rücken gefahren war. Da erwachte sie aus ihrer Starre.

„Lass mich in Ruhe, du verdammtes Arschloch!“, schrie sie.

Hoffentlich hörte sie jemand! Plötzlich schlug Felix ihr mit der flachen Hand so hart ins Gesicht, dass ihr Kopf zur Seite gerissen wurde. Der Knall hallte in ihrem Kopf wieder. Als sie wieder klar sehen konnte, lag sie auf dem Boden. Und ehe Mira es sich versah, lag Felix rittlings auf ihr.

„Bitte ... bitte lass mich gehen“, wimmerte sie.

Durch die Ohrfeige war sie wie benommen. Doch Felix' Blick war der eines wilden Tieres. Er würde von ihr nicht ablassen. Mira sah ein, dass es vorbei war. Sie schloss ihre

Augen und versuchte sich auf das, was ihr bevorstand, vorzubereiten.

Als Felix ihr Bikini-Höschen herunterriss, rollte ihr eine Träne übers Gesicht. Der Kellerboden war kalt und hart. Mira kam sich verloren vor. Vor ihrem geistigen Auge sah sie schon die Schlagzeilen: *Siebzehnjähriges Mädchen auf Party von eigenem Mitschüler vergewaltigt, niemand eilte ihr zu Hilfe ...*

Jetzt weinte sie. Es war ein stilles Weinen. Kein Laut kam über ihre Lippen. Sie würde all das still und heimlich ertragen. Mira versuchte sich vorzustellen, dass es nicht sie war, die hier auf dem Boden lag und gleich vergewaltigt werden würde. Jemand anderes lag hier auf dem Boden, nicht sie, nein, ganz bestimmt nicht sie!

Sie war wie eine Puppe, die man beliebig verbiegen konnte. Ihre Finger bohrten sich in den harten und steinigen Boden, während Felix' Hände überall auf ihrem Körper waren. Er tastete sie Zentimeter für Zentimeter ab.

Sie nahm seine Berührungen kaum war. Im Geist war sie weit weg. Zum ersten Mal seit Jahren überkam sie wieder dieses Gefühl der Unwirklichkeit. Wann hatte sie das zum letzten Mal gefühlt?Als sie noch ein Kind gewesen war und ihr Vater die Familie verlassen hatte. Sie hatte sich Geschichten ausgedacht, in denen ihr Vater ein Held war und sie rettete. Ein Held. Mira kniff die Augen fest zusammen und betete um einen Helden. Jemand, der sie retten würde.

In diesem Moment schien Felix plötzlich von ihr abzulassen. Mira spürte seine Hände nicht mehr auf ihrem Körper. Sie wagte es nicht, die Augen zu öffnen. Wenn sie die Augen öffnete, würde der Held, den sie heraufbeschworen hatte, verschwinden. Dann hörte sie etwas. Es klang so, als ob zwei Menschen miteinander kämpfen würden. Da öffnete sie langsam die Augen. Finn und Felix prügelten sich. Felix blutete aus der Nase, doch er gab nicht auf. Er holte aus, um Finn einen Faustschlag zu verpassen. Finn wich aus und trat ihm in den Bauch.

„Worauf wartest du, verdammt?!", schrie er Mira zu. „Los, lauf weg!"

Da rappelte Mira sich auf. Etwas benommen griff nach ihrem Bikini-Höschen und -Oberteil und rannte. Während sie die Treppe hochstolperte, zog sie das Bikini-Höschen an. Ihr Bikini-Oberteil konnte sie vergessen. Die Bänder waren zerrissen. Mira hielt sich den Arm vor den Busen und betrat vorsichtig das Wohnzimmer.

Doch kaum war sie oben angelangt, wurden ihre Knie weich. Sie lief zu einem Sofa und setzte sich, bevor sie umkippte. Sie war wie blind.

Sie saß dort noch wie versteinert, als Finn sie entdeckte. Er ging zu ihr hinüber, zog sein Hemd aus und legte es um Miras Schultern. Doch sie schien fernab zu sein, in einer völlig anderen Welt.

„Mira", flüstere Finn vorsichtig.

Aber Mira reagierte nicht. Sie schien ihn einfach nicht zu hören. Finn gab nicht auf. Er sagte, immer und immer wieder, ihren Namen.

„Mmm?"

„Mira, wo sind deine Sachen?"

Als Antwort hob sie die Schultern.

„Bleib hier sitzen. Ich komme gleich wieder."

Er beschwor sie, mit niemandem mitzugehen und ja dort sitzen zu bleiben, bis er zurückkam. Dann lief Finn los. Nach ein paar Minuten kam er mit einer Jogginghose und einer Jacke für Mira wieder.

„Mira?" Er nahm vorsichtig ihre Hand. Sie war eiskalt. „Du musst dir etwas anziehen. Sonst holst du dir noch eine schlimme Erkältung."

Einen Moment lang dachte Finn, dass sie ihn nicht hören würde, da sie wieder nicht reagierte. Doch da griff Mira nach der Jogginghose und der Jacke. Sie verschwand mit den Sachen im Bad. Finn lief hinter ihr her und wartete vor der Badezimmertür auf sie. Er lauschte angestrengt. Was sollte er tun, wenn Mira nicht mehr hinauskam? Sie hatte die Tür hinter sich abgeschlossen.

Gerade als er unruhig wurde, klickte das Schloss. Die Tür ging auf und Mira trat heraus. Er blickte sie prüfend an.

„Mira, wo wohnst du?“

Doch sie antwortete nicht. Finn dachte nach. Was wäre jetzt das beste? Wenn er ihre Adresse wüsste, könnte er ihr ein Taxi nach Hause bestellen. Oder wäre es besser, wenn er sie in ein Krankenhaus brachte?

„Wir gehen jetzt in ein Krankenhaus“, sagte er schließlich.

Da erwachte Mira zum Leben.

„Nein! Nein! NEIN! Kein Krankenhaus.“

Sie schüttelte dabei so heftig den Kopf, dass Finn sich Sorgen um sie machte.

„Okay, okay, kein Krankenhaus. Wir gehen nicht ins Krankenhaus. Versprochen.“

Doch sie schüttelte weiter den Kopf und wiederholte dabei immer wieder nur ein Wort: „Nein!“

In diesem Moment erinnerte sie ihn an eine kaputte, sprechende Puppe. Verzweifelt hielt Finn ihren Kopf mit beiden Händen fest und zwang Mira, ihm ins Gesicht zu sehen.

„Wir gehen nicht ins Krankenhaus. Versprochen!“ Finn betonte jedes einzelne Wort. Das schien zu helfen. Mira beruhigte sich wieder. Aber was sollte er mit ihr tun? Er wusste nicht, wo sie wohnte. Und er konnte sie ja schlecht alleine lassen, in diesem Zustand.

Ihre beste Freundin, Sam, hatte sich vor einer Weile davongemacht. Finn hatte beobachtet, wie sie mit den anderen losgezogen war. Unwillkürlich flammte in ihm Wut auf. Welche wahre Freundin lässt einen so im Stich? Wäre er nicht aufgetaucht und Mira zu Hilfe geeilt, würde sie jetzt, unten im Keller, vergewaltigt werden. Doch das alles half Mira gerade nicht. Finn überlegte weiter. Er wollte nicht riskieren, sie bei Jason übernachten zu lassen. Ihre Adresse kannte er nicht und er bezweifelte, dass Mira in diesem Zustand in der Lage war, sie ihm zu nennen. Außerdem wusste er nicht, wie

Miras Mutter darauf reagieren würde, wenn sie ihre Tochter so, plötzlich vor der Haustür stehen sah.

Aber Finn wollte sie auch nicht zwingen, ins Krankenhaus zu gehen. Er hatte ihr versprochen, sie nicht dorthin zu bringen und er musste sich daran halten.

Eigentlich blieb nur noch eine Möglichkeit übrig.

„Mira, komm, wir gehen zu mir."

Er sagte das sehr vorsichtig, da er Angst hatte, noch eine heftige Reaktion heraufzubeschwören.

„Okay.", flüsterte Mira tonlos.

Da atmete Finn innerlich auf.

Am liebsten wäre er losgegangen, um Felix noch ein paar Fäustschläge zu verpassen. Er kochte nur so vor Wut. Doch Finn hielt sich zurück, Mira zuliebe. Stattdessen bestellte er ein Taxi.

Etwa fünfzehn Minuten später kamen Finn und Mira in seinem Apartment an. Mira hatte auf dem ganzen Weg kein Wort gesprochen.

Er brachte sie in sein Schlafzimmer, legte sie dort auf sein Bett und deckte sie zu.

„Mira, ich schlafe im Wohnzimmer", teilte er ihr mit. „Wenn etwas ist, dann ruf einfach nach mir."

Er war sich nicht sicher, ob sie ihn hörte. Doch dann, gerade als er das Schlafzimmer verlassen wollte, hörte er sie. Sie sprach so leise, dass er zuerst glaubte, er hätte es sich nur ein eingebildet.

„Mein Held", flüsterte sie.

13. Kapitel

Nachdem der Herr Scholz seine Rede auf der Trauerfeier beendete, betreten einige Lehrerinnen und Lehrer nacheinander die Bühne. Sie alle haben viel zu sagen. Und doch ähneln sich, sinngemäß, alle ihre Vorträge. Alle Lehrer bekunden ihre Trauer und beteuern, keinen Grund für Finns Selbstmord zu wissen.

Da betritt Frau Fischer, Miras Religionslehrerin, die Bühne.

„Bereits Mose erhielt die zehn Gebote, von denen eines lautet: 'Du sollst nicht töten!'. Ein Selbstmord ist, in erster Linie, ein Mord. Denn, Finn hat jemanden umgebracht; und zwar sich selbst. Damit hat er, in Gottes Augen, einen Mord begangen. Gott hat uns das Leben geschenkt. Und nur Er darf es uns auch wieder nehmen. Wenn der Mensch einen Mord begeht, stellt er sich gegen Gottes Willen."

Ein heftiges Raunen geht durch die Aula. Manche Zuschauer fangen an, Frau Fischer, auszubuhen. Doch sie lässt sich nicht beirren.

„Möge ihm Gott dennoch verzeihen und sich seiner Seele erbarmen."

Mit diesen Worten verlässt sie die Bühne, nicht ohne einen Seitenblick vom Schulleiter einzufangen.

Dann ist der Philosophielehrer, Herr Klein, an der Reihe. Statt seine Rede, wie die anderen Lehrer, damit zu beginnen, seine Trauer und Fassungslosigkeit zu bekunden, zitiert er Sokrates: „'Niemand kennt den Tod, es weiß auch keiner, ob er nicht das größte Geschenk für den Menschen ist. Dennoch wird er gefürchtet, als wäre es gewiss, dass er das schlimmste aller Übel sei.' Das hat einmal der große Philosoph Sokrates über den Tod gesagt. Wir alle sitzen hier und trauern. Wir trauern, weil Finn nicht mehr hier bei uns sein kann. Doch woher wollen wir wissen, dass er jetzt, in diesem Moment, nicht an einem besseren Ort ist? Es ist doch so, dass Finn sich selbst dazu entschlossen hat, nicht mehr bei uns zu leben. Und er wird seine Gründe dafür gehabt haben. Ist es dann nicht grausam von uns, hier zu sitzen und ihn zu verurteilen und anzuklagen, für die Entscheidung, die er freiwillig getroffen hat?“

Jetzt geht ein noch lauteres Raunen durch die Aula.

Mira fährt sich über die Lippen. Der Tod als größtes Geschenk für die Menschen?

Herr Klein fährt ungeniert fort: „Seit wann steht es uns zu, einen Selbstmörder zu verurteilen? Sind wir denn einen Deut besser? Wir sind alle Sünder! Es steht also niemandem zu, Finn anzuklagen oder ihn zu verurteilen. Wir müssen seine Entscheidung akzeptieren. Vielleicht war das Leben auf der Erde hier bei uns die Hölle für ihn. Und vielleicht ist Finn jetzt, nach seinem Tod, im Paradies. Was wissen wir schon? Der Mensch bläht sich schnell auf und glaubt alles zu wissen. Doch wir wissen nichts! Trotz der großen technischen und industriellen Fortschritte, die wir Menschen machen, müssen wir einsehen, dass wir nach wie vor in manchen Bereichen genauso schlau sind wie vor Zehntausenden von Jahren. Der Tod ist uns immer noch ein Rätsel. Ein Rätsel, das wir wahrscheinlich nie ganz lösen werden, ganz gleich, wie weit wir forschen. Wir müssen einsehen, dass wir bloß Menschen sind. Dem Menschen sind unüberwindbare Grenzen gesetzt. All diese Theorien aus den verschiedenen Religionen über das Leben nach dem Tod, sind bloß Vermutungen. Wir wissen es nicht mit Sicherheit. Wir können all diesen Theorien Glauben schenken; doch wir können sie niemals beweisen. Alles, was ich sagen will, ist, dass wir Finns Entscheidung akzeptieren müssen und es uns nicht zusteht, ihn zu verurteilen. Und wir sollten aufhören, den Tod zu fürchten und als das schlimmste abzutun, denn wir wissen nichts darüber. Wie Goethe schon sagte: 'Was ist das für eine Zeit, wo man die Begrabenden beneiden muß?' Vielleicht sind sogar wir Lebenden diejenigen, die zu bemitleiden sind, und nicht die Toten. Die Toten könnten es besser haben als wir. Womöglich ist der Tod sogar die Erlösung vom Leben. Gerade haben wir gehört, dass das Leben ein Geschenk Gottes sei. Doch vielleicht ist auch der

Tod das Geschenk dafür, dass wir das Leben überstanden haben. ... Danke."

Als Herr Klein von der Bühne geht, sind fast alle Zuschauer am Diskutieren. Mira sieht viele entsetze Gesichter. Unwillkürlich muss sie lächeln. Herr Klein hat es allen gezeigt!

Bevor er und Frau Fischer die Bühne betraten, wäre Mira fast eingeschlafen. Die Reden waren so langweilig, dass die Wörter nur so an ihr vorbeirauschten. Denn, vieles wurde schon so oft wiederholt, dass es an Bedeutung verlor.

Doch Frau Fischer Herr Klein und waren ehrlich gewesen. Sie plapperten nicht das nach, was ihre Kollegen sagten.

Ihre Gedanken schweifen ab. Sie muss plötzlich an das Gespräch mit Lynn gestern Abend denken. Natürlich hatte auch ihre Schwester von Finn Selbstmord gehört. Und Lynn wusste mehr als Katja. Daher hatte Mira schon geahnt, dass sie sie auf den Selbstmord ansprechen würde.

„Können wir kurz reden?", fragte Lynn.

Doch sie wartete gar nicht erst die Antwort ab und betrat Miras Zimmer.

„Gerade ist es schlecht. Lass uns lieber ein anderes Mal reden", setzte Mira an.

Doch Lynn überging ihre Bemerkung und hockte sich ihr gegenüber auf die Bettkante.

„Sag mal", begann Lynn, „dieser Finn an deiner Schule, der sich umgebracht hat ... Du warst doch mit ihm befreundet, oder?"

„Ja! Ja, das war ich", erwiderte Mira hitzig. „Na und?" Sie hatte Angst. Angst, was ihre Schwester als Nächstes sagen würde.

Doch Lynn blickte sie nur schweigend an. Versuchte sie etwa gerade, ihre Gedanken zu lesen? Mira zwang sich ruhig ein- und auszuatmen und setzte ein unbeteiligtes Gesicht auf. Sie würde nicht zulassen, dass Lynn sie las wie ein offenes Buch.

„Weißt du, warum ... warum Finn das getan hat?"

„Nein“, sagte Mira. „Niemand weiß, warum er das getan hat. In der Schule zerreißen sich alle das Maul darüber. Doch das sind alles nur Spekulationen und dummes Gerede.“

„Denkst du ...“, begann Lynn und wich ihrem Blick aus. „Denkst du, das hat was ... was mit dir zu tun?“

Mira erstarrte. Lynn hatte es gewagt das auszusprechen! Das, was Mira die ganze Zeit über schon quälte. Das, was sie nachts nicht in Ruhe einschliefen ließ. Es war ihre Angst, die sie überallhin verfolgte. Die furchtbare Angst, dass der Selbstmord etwas mit ihr zu tun haben könnte.

„Nein, denke ich nicht“, erwiderte Mira kühl.

Aber das war nur Fassade. Mira wusste, dass die Zweifel und Gewissensbisse nachher wieder an ihr nagen würden. Heute Nacht, wenn sie wieder mal nicht einschlafen können würde, würde ihr nicht mal das rationalste Denken der Welt helfen. Sie war gefangen, in ihren eignen Emotionen, ihren Gewissensbissen, ihren Zweifeln und dem nie enden wollenden Gerede der Leute. Manchmal hatte sie Angst, wahnsinnig zu werden, wahnsinnig wie Finn es vielleicht geworden war ...

„Vielleicht hatte Finn anderweitig Probleme gehabt ...“, überlegte Lynn laut.

„Vielleicht.“ Mira wollte, dass Lynn endlich ihr Zimmer verließ. „Ich habe noch Hausaufgaben. Lass uns ein anderes Mal weiter darüber reden.“

Lynn verstand den Wink und stand auf. Dann, auf einmal, hielt sie in ihrer Bewegung inne und überlegte, sich ihrer großen Schwester anzuvertrauen, um ihre eigenen Gewissensbisse loszuwerden. Es gab da nämlich etwas, was Finn betraf, und worüber Mira keinen blassen Schimmer hatte. Lynn zögerte. Schließlich wandte sie sich doch zum Gehen, damit Mira ihr Gesicht nicht sehen konnte. Als sie nämlich die Tür öffnete, um rauszugehen, hatte Lynn einen tief betroffenen und traurigen Gesichtsausdruck.

Miras Gedanken kehren wieder zur Trauerfeier zurück. Die Lehrer haben ihre Vorträge beendet und nun sind die Schüler an der Reihe, ihre selbst verfassten Reden vorzutragen.

Manche können sich nicht zurückhalten und lassen auch auf der Bühne ihren Tränen freien Lauf. Selbst diejenigen, die Finn nicht so gut kannten, brechen in herzzerreißendes Schluchzen aus. Bei einer Mitschülerin ist der emotionale Ausbruch auf der Bühne so heftig, dass sie ihre Rede abbrechen muss und von ihrer Freundin von der Bühne geführt wird. Während sie ihren Mitschülern zuhört, weint auch Mira. Zum Glück muss sie sich auf der Trauerfeier nicht zurückhalten. Sie kann ihren Tränen freien Lauf lassen.

Plötzlich beschleicht sie ein ungutes Gefühl. Genau in diesen Moment fällt ihr Blick auf Sam. Sam sitzt in der vorletzten Reihe, schräg gegenüber Mira. Komisch. Sie ist ihr vorher gar nicht aufgefallen. Sie starrt Mira einen Moment lang an. Ihr Blick ist schwer zu deuten. Mira kann nicht genau sagen, ob Sam wirklich traurig ist und ob sie auch geweint hat.

Die Härchen auf Miras Nacken stellen sich auf. Eine Art sechster Sinn sagt ihr, dass Sam mehr weiß. Mehr als Mira, zumindest. Aber was?

14. Kapitel

So sehr Finn sich auch bemühte, es sich auf dem Sofa gemütlich zu machen: Es klappte nicht! Das Sofa war einfach zu klein für ihn und seine Beine ragten darüber hinaus. Schließlich gab er auf und beschloss, einfach wach zu bleiben und Fernsehen zu schauen. Kurz darauf nickte er im Sitzen ein.

Finn wachte auf, weil sein Nacken schmerzte. Der Fernseher lief und er saß im Wohnzimmer auf dem kleinen Sofa. Für einen Moment wunderte er sich. Warum war er im Wohnzimmer eingeschlafen, statt wie gewohnt in seinem Bett? Nach und nach kamen die Ereignisse der letzten Stunden wieder hoch: die Jahrgangsparty bei Jason, die betrunkenen Partygäste, Miras verzweifelte Schreie, wie sie still, ganz nackt dagelegen hatte und Felix sich über sie gebeugt hatte. Dieses Bild würde Finn nie wieder vergessen können. Niemals! Felix hatte es geschafft, Miras Willen in diesem Moment zu brechen. Sie hatte aufgehört, sich zu wehren und sich ihrem Schicksal gefügt. Wut und Hass stiegen in Finn auf. Er schluckte. Dann fiel es ihm wieder ein: Mira schlief in seinem Bett.

Finn stand auf. Er klopfte vorsichtig an seiner Schlafzimmertür. Er hatte Angst, in welchem Zustand er Mira vorfinden würde. Als keine Antwort kam, öffnete er leise die Tür und betrat das Schlafzimmer. Mira schien noch zu schlafen. Für einen Moment stand Finn unentschlossen an seinem Bett und betrachtete sie im Schlaf. Er konnte kaum den Blick von ihr wenden. Mira schlief so unschuldig wie ein Engel. Oder, vielleicht doch nicht ganz so unschuldig. Auf ihrer Stirn standen ein paar Schweißtropfen, ihre Haare waren zerzaust und die Decke war etwas nach unten gerutscht. Ihre Stirn war gerunzelt. Als Finn die Decke wieder zurechtrückte, bewegte sich Mira ein wenig und wimmerte leise. Er machte, dass er aus dem Schlafzimmer kam, um sie nicht zu wecken.

Nachdem Finn die Tür wieder hinter sich zugezogen hatte, kam ihm eine Idee: Er würde frische Brötchen kaufen und ein leckeres Frühstück vorbereiten. Darüber würde Mira sich bestimmt freuen. Mit etwas Kleingeld in der Hosentasche verließ Finn die Wohnung.

Als er zehn Minuten später wieder zurückkam, fand er Mira am Küchentisch vor. Finn hätte nicht gedacht, dass sie in der Zeit aufwachen würde. Sie saß mit dem Rücken zu ihm und er trat hinter sie und legte vorsichtig seine Hand auf ihre Schulter.

„Hey ... Guten Morgen."

Mira zuckte zusammen. Ohne sich umzudrehen, erwiderte sie leise: „Guten Morgen."

Finn legte die frischen Brötchen auf dem Küchentisch ab und setzte sich ihr gegenüber. Er sah ihr prüfend in die Augen: Ob sie sich wohl besser fühlte? Sollte er sie nicht doch zu einem Arzt bringen? Angst stieg in ihm hoch. Vielleicht hätte er Mira nicht mit zu sich nach Hause nehmen sollen. Bestimmt machte Miras Mutter sich schon Sorgen um sie. Und, ehrlich gesagt, war er leicht überfordert mit der Situation und der Verantwortung, die auf ihn zukam. Finn hatte Angst, etwas falsch zu machen.

Sie saßen sich am Küchentisch schweigend gegenüber. Während Finn mit Angst und Schuldgefühlen kämpfte, blickte Mira mit leerem Blick vor sich hin. Plötzlich fing sie an, leise zu schluchzen. Sofort sprang Finn auf und kniete sich vor ihr hin.

„Hey, es ist alles gut." Er nahm sie vorsichtig in den Arm und redete ihr so lange gut zu, bis ihre Tränen versiegten. Mira beruhigte sich langsam wieder und fing schließlich an stockend von den Ereignissen der gestrigen Nacht zu reden. Finn schwieg und hörte ihr aufmerksam zu.

„Das alles ist nur passiert, weil meine Sachen plötzlich verschwunden waren. Mein Kleid, meine Schuhe und meine Clutch waren einfach weg!"

„Das tut mir leid." Finn strich über ihre Hand. „Es ist wirklich komisch, das nur deine Sachen verschwunden sind. Ich frage mich, wer sie geklaut hat und wieso?"

Mira zuckte lustlos mit den Schultern.

Sie war müde. Zu müde zum Nachdenken.

Außerdem schmerzte ihr Hals und ihr Kopf dröhnte. Sie hatte kaum schlafen können, da Alpträume sie immer wieder heimgesucht hatten. Alpträume, in denen Felix über sie herfiel und sie vergewaltigte. Manchmal eilte Finn ihr zu Hilfe. Doch Felix konnte ihn immer überwinden und außer Gefecht setzen. Dann war Mira ihm hilflos ausgeliefert. Sie selbst fühlte sich währenddessen wie gefesselt und völlig unfähig, sich zu wehren. So wie gestern. Das Gefühl verfolgte sie auch im wachen Zustand.

„Mira …", sagte Finn und hielt inne. Er wollte sie vorsichtig auf die versuchte Vergewaltigung von gestern Nacht ansprechen, um sie davon zu überzeugen, zur Polizei zu gehen und Anzeige zu erstatten. Doch er wusste nicht, wie. Plötzlich sah er sie wieder nackt und verwundbar auf dem Boden liegen, willenlos und leblos wie eine Puppe …

Doch bevor Finn dazu kam, etwas zu sagen, gähnte Mira müde: „Ich glaube, ich lege mich wieder schlafen."

Denn, wegen des Schlafmangels hatte Mira pochende Kopfschmerzen und ihr Körper fing an, unkontrolliert zu zittern. Finn entschied, seinen Vorschlag, zur Polizei zu gehen, auf später zu verschieben, um Mira wieder ins Schlafzimmer zu führen.

Doch kaum hatte Mira sich hingelegt, überkam sie plötzlich die blanke Angst. Sie hatte Panik davor, einzuschlafen und Alpträume zu haben. Es war wie ein Fluch! Auf der einen Seite wünschte sie sich nichts sehnlicher, als einzuschlafen. Auf der anderen Seite hatte sie schreckliche Angst davor. Sie wollte Felix nicht in ihren Träumen begegnen.

So griff Mira, gerade als Finn sich wieder umdrehen wollte, um aus dem Zimmer zu gehen, nach seiner Hand. Er wandte sich um und blickte sie verwundert an.

„Geh nicht“, flüsterte Mira.

Ein Flehen lag in ihrer Stimme. Sie wusste, dass seine Anwesenheit ihr Sicherheit geben würde. Wenn Finn bei ihr blieb, brauchte sie keine Angst mehr davor zu haben, einzuschlafen.

„Mira ...“, sagte Finn zögernd.

Er war unentschlossen und fühlte sich in seinem eigenen Schlafzimmer fehl am Platz. Denn, ihm wurde unbehaglich zumute bei den Gedanken, etwas falsch zu machen und Mira zu schaden. Finn wusste, dass sie jetzt sehr verletzlich war. Eigentlich fürchtete er sich schon die ganze Zeit davor, dass sie vor seinen Augen endgültig zusammenbrach.

Finn öffnete gerade den Mund, um ihr zu sagen, dass er nicht bleiben könne, als Mira ihm zuvorkam: „Geh nicht ... bitte.“

Einen Moment lang betrachtete er sie nachdenklich.

„Okay“, sagte Finn schließlich. „Ich bleibe.“

Da Mira rückte zur Seite, um ihm Platz zu machen. Finn zögerte. Sie erwartete, dass er sich neben sie legte.

„Ich ... Ich weiß nicht“, setzte er an.

Er hatte die ganze Zeit über darauf geachtet, ihr nicht zu nahe zu kommen, damit sie sich nicht bedrängt fühlte und Panik bekam.

Finn war aufgewühlt. Der tiefe Hass, den er gegenüber Felix empfand, wurde von seinem Mitleid für Mira überschattet.

Schließlich ergriff Finn Miras ausgestreckte Hand und legte sich neben sie ins Bett. Es war recht eng. Mira schien das jedoch nichts auszumachen, während Finn unbehaglich zumute war. Für ihn war es komisch, so nahe bei Mira zu liegen.

Sie drehte sich ihm zu und schloss die Augen. Finn starrte an die Decke und lauschte ihrem Atem. Nach einer Weile schlief sie ein. Ihr Atem ging tief und regelmäßig. Langsam wandte Finn den Kopf und betrachtete sie im Schlaf. Anders als vorhin lag auf ihrem Gesicht ein entspannter Gesichtsausdruck. Da strich er vorsichtig ein paar Strähnen aus ihrem Gesicht. Finn vergaß in diesem Moment alles, das dazu geführt hatte, dass sie nebeneinander im Bett lagen. Das einzige, was zählte, war, dass es Mira gerade gut ging. Dann schloss auch er seine Augen und schlief bald darauf ein.

Finn wachte als Erster auf. Er rollte sich auf die Seite und betrachtete schläfrig Mira, die neben ihm auf dem Rücken lag. Miras braune Haare waren auf dem Kissen aufgefächert. Sie trug immer noch die Jeansjacke, die er für sie letzte Nacht ausgeborgt hatte. Ein paar Knöpfe ihrer Jeansjacke hatten sich gelöst und ihr Bikini-Oberteil kam darunter zum Vorschein. Es war im Schlaf verrutscht, sodass ihre Brustwarzen teilweise zu sehen waren. Finn wandte unwillkürlich den Blick ab. Er wusste nicht so recht, wo er hinsehen sollte.

Auf einmal kamen wieder die Bilder von letzter Nacht in ihm hoch. Mira lag nackt und willenlos neben dem Swimmingpool. Obwohl er die Szene nicht mal eine Sekunde lang betrachtet hatte, hatten sich die Einzelheiten tief in sein Gedächtnis eingebrannt. Finn wusste, dass er sich immer an diesen Moment erinnern würde, ob er wollte oder nicht.

Er war zur rechten Zeit am rechten Ort erschienen und hatte eine Heldentat vollbracht. Aber er wollte sich auch weiterhin heldenhaft verhalten.

Miras Lider flatterten und sie öffnete die Augen. Einen Moment stand Unverständnis in ihren Augen. Dann trat Verstehen in sie und dann schien sie peinlich berührt, als sie merkte, dass er neben ihr lag und sie ansah. Finn nutzte die Gelegenheit, die Decke unauffällig hochzuziehen. Im selben Atemzug schlug er vor, dass sie zusammen brunchten. Er hatte einen Mordshunger.

„Du kannst noch ruhig etwas schlafen, wenn du magst“, murmelte er, während er aus dem Bett stieg, um in die Küche zu gehen.

Etwa eine halbe Stunde später saßen die beiden am Küchentisch und verschlangen hungrig die belegten Brote und Thunfisch-Sandwiches, die Finn vorbereitet hatte.

Mira lehnte sich schließlich nach hinten und hielt sich den Bauch.

„Ich bin sooo satt“, sagte sie.

Als Antwort biss Finn ein großes Stück von seinem Sandwich ab. Mira sah ihn verblüfft an, dann lachte sie laut los. Für einen Moment war Finn perplex. Er hätte nicht gedacht, dass er sie lächeln sehen würde, nach dem, was ihr letzte Nacht widerfahren war. Finn freute sich für sie.

„Sag mal“, setzte Mira nach einer Weile an, „wohnst du hier eigentlich alleine?“

„Ja.“

„Was ist denn mit deinen Eltern?“

„Sie sind tot.“ Seine Stimme klang tonlos.

Mira blickte ihn betroffen an. Ihre Lippen formten sich bestürzt zu einem O. So viel zum Held sein, dachte Finn. Mit Helden hatte man kein Mitleid.

„Finn ... Ich weiß gar nicht, was ich sagen soll. Es tut mir leid!“

Finn schwieg.

„Willst du darüber reden?“

„Nein.“

„Hast du Geschwister?“

Finn sah ihr in die Augen.

„Nein“, wiederholte er.

Ein unangenehmes Schweigen breitete sich zwischen ihnen aus.

„Tut mir leid“, entschuldigte sich Mira schließlich. „Das geht mich nichts an. Ich hätte nicht fragen sollen.“

Es war offensichtlich, dass er nicht darüber reden wollte. Und Mira wollte ihn nicht dazu drängen.

„Ist schon okay."

Finn fühlte, wie die Spannung aus seinen Schultern wich.

Dann unterhielten sie sich eine Weile über die Schule, bis Finn das Thema vorsichtig auf die letzte Nacht lenkte.

„Ich bin der Meinung, dass du dieses Schwein anzeigen solltest", sagte er schließlich.

„Nein!"

Mira bekam plötzlich Angst. Es fühlte sich so an, als ob jemand ihre Kehle zuschnüren würde und sie keine Luft mehr zum Atmen bekam.

„Wieso nicht? So lässt du ihn ungestraft davonkommen."

„Ich kann nicht. Das würde sich überall herumsprechen: in der Schule, zu Hause. Meine Mum würde austicken. Ich könnte das nicht ertragen."

Allein die Vorstellung, dass alle darüber Bescheid wissen würden, ließ Mira beinahe in Ohnmacht fallen. Sie war sich ziemlich sicher, dass sie damit nicht leben könnte. Jeden Tag würde sie mit ihrem schlimmsten Alptraum konfrontiert werden. Jeden Tag würden ihr Menschen in die Augen sehen, mit dem Wissen, dass sie fast vergewaltigt worden wäre.

Finn war anderer Meinung.

„Seit wann interessiert es dich, was andere über dich denken? Wenn sich jemand schämen sollte, dann ist es einzig und allein Felix. Dich trifft keine Schuld und ich bin mir sicher, dass alle das genauso sehen werden wie ich."

„Ich kann das trotzdem nicht." Mira sackte mehr und mehr in sich zusammen. „Ich kann das nicht, ich kann das nicht!"

Finn seufzte.

„Überleg es dir gut, Mira. Vielleicht solltest du mal darüber nachdenken, wie das Ganze verlaufen wäre, wenn ich nicht dazwischengegangen wäre."

Aber Mira schüttelte nur ihren Kopf. Da wurde Finn unwillkürlich etwas lauter.

„Verdammt Mira! Könntest du dir selbst verzeihen, wenn er das gleiche jemand anderem antut, weil du ihn nicht angezeigt hast?“

Falls Felix einmal ungestraft davonkam, was sollte ihn dann davon abhalten, es ein zweites Mal zu versuchen?

„Mira ... ich weiß, du willst es nicht hören. Aber er ... er hatte dich gestern gebrochen. Er hatte, verdammt nochmal, deinen Willen gebrochen. Ein Mensch ist nicht mehr er selbst, wenn er keinen eigenen Willen hat. Und ich bin mir ziemlich sicher: Hätte ich ihn nicht gestoppt, dann würdest du jetzt ein gebrochener Mensch sein. Es würde lange dauern, bis du wieder zusammengeflickt werden würdest und wieder deinen eigenen Willen fändest. Bitte Mira, zeig ihn an.“

„Hör auf! HÖR AUF!“ Mira presste ihre Hände auf die Ohren. Als sie schließlich die Hände wieder herunternahm, waren ihre Augen ganz feucht.

„Ich sollte jetzt besser gehen.“

Er war zu weit gegangen. Er hatte sie in eine Ecke gedrängt und jetzt wollte sie ausbrechen. Mira sprang auf, doch bevor sie die Küchentür erreichte, hielt Finn sie an den Schultern fest.

„Warte.“ Er atmete geräuschvoll aus. ,,Es tut mir leid!“

Mira drehte sich um und sah ihm in die Augen. Finn war nach wie vor nicht einverstanden mit ihrer Entscheidung. Doch er sah ein, dass er sie nicht zwingen konnte, Felix anzuzeigen. Und Finn sah in Miras Augen, dass sie wusste, dass sie gewonnen hatte. Fürs Erste würde er sie nicht nochmal darum bitten.

Erschöpfte lehnte sie ihren Kopf an seine Brust. Da legte Finn den Arm um sie und drückte sie fest an sich. Auch Mira schlang ihre Arme um ihn. So standen sie eng umschlungen in der Küche, bis Mira sich schließlich etwas besorgt aus der Umarmung löste .

„Ich muss langsam wirklich nach Hause gehen, sonst dreht meine Mutter noch durch. Sie hat mich bestimmt schon hundert Mal versucht auf dem Handy anzurufen und ich darf ihr gleich erklären, warum ich nicht ans Handy gehen konnte."

„Das mit deinem Handy kommt schon wieder in Ordnung.", versuchte Finn sie zu beruhigen. „Mach dir darüber keine Sorgen."

Er war erleichtert. Denn, die ganze Zeit hatte er erwartet, dass Mira vor seinen Augen vollkommen zusammenbrechen würde. Er hatte versucht, sich auf diesen Moment vorzubereiten. Doch Mira war stärker, als er gedacht hatte.

Das Taxi traf kurze Zeit später ein und nannte Mira dem Fahrer ihre Adresse. Finn gab ihr Geld für die Taxifahrt und sah zu, wie sie davonfuhren.

Als sie vor ihrer Haustür stand, fiel Mira ein, dass ihr Schlafanzug und ihr Schminkzeug noch bei Sam lagen.

Durch den ganzen Trubel hatte sie ganz vergessen, dass es Sam auch noch gab. Mira seufzte. Gerade, als sie die Hand ausstreckte, um an der Haustür zu klingeln, öffnete ihre Mutter die Tür.

„Wo zum Teufel warst du?" Sie verschränkte ihre Arme vor der Brust und blickte Mira wütend an. ,,Ich habe dich hundert Mal angerufen."

„Tut mir leid, Mum. Kann ich vielleicht erst mal reinkommen?"

Statt einer Antwort blickte ihre Mutter an ihr herunter. Ihre Augen weiteten sich.

„Wo sind denn deine Schuhe?"

Mira verlor langsam die Geduld. „Mum! Lass mich endlich rein!"

Da trat Katja trat zur Seite und Mira lief schnell an ihr vorbei und nahm die Treppe zu ihren Zimmer. „Wir reden später, Mum", rief sie über ihre Schulter.

Sie zog ihre Zimmertür hinter sich zu und seufzte erleichtert. Fürs Erste hatte sie ihre Ruhe! Sie ging ins Bad und stieg unter die Dusche. Ihr Bikini, die Jogginghose und die Jeansjacke warf sie in den Wäschekorb. Während das heiße

Wasser an ihr hinunterlief, fiel ihr Blick in den großen Spiegel über dem Waschbecken. Er war ein wenig beschlagen, doch Mira konnte sich trotzdem gut sehen. Sie hatte immer gerne und oft vor diesem Spiegel gestanden, sich selbst begutachtet und sogar Posen für Selfies geübt.

Doch jetzt war es vollkommen anders. Mira schämte sich. Sie konnte sich selbst nicht mehr sehen. Da wandte sie schnell den Blick ab und achtete darauf, nicht nochmal in den Spiegel zu blicken. Sie hatte sich verändert. Felix hatte sie verändert. Würde sie jemals wieder so sein wie früher? Würde sie jemals wieder so glücklich und selbstzufrieden nackt vor dem Spiegel stehen können?

Mira stellte das Wasser noch heißer. Sie musste plötzlich an Finns Worte denken: *Er hat deinen Willen gebrochen... Ein Mensch ist nicht mehr er selbst, wenn er keinen eigenen Willen hat.* Hatte sie noch einen eigenen Willen?

Sie griff nach dem Badeschwamm und schrubbte sich ab. Es musste weg! Seine dreckigen Berührungen auf ihrer Haut mussten weg. Immer wieder fuhr sie mit dem Schwamm grob über ihren Körper. Ihre Haut glühte. Erst als ihr Intimbereich anfing zu bluten, hörte sie auf.

Benommen ging sie wieder in ihr Zimmer. Dort ließ sie sich lange Zeit, um sich zu trocknen, frische Kleidung anzuziehen und schließlich ihre Haare zu föhnen. Gerade als sie fertig war, klopfte es an der Tür. „Ja?"

Es war Lynn.

„Mum sagt, ich soll dich rufen. Es gibt Abendbrot."

,,Ich komme gleich."

Sie hatte sich bereits alle Lügen zurechtgelegt. Auf in den Kampf! Es gab Speck mit Rotkohl und Bratkartoffeln und dazu jede Menge frischen Salat. Während des Essens sprachen sie nur über alltägliche Dinge. Doch nach dem Essen nahm ihre Mutter Mira zur Seite.

„Also, sagst du mir jetzt, wo du gesteckt hast?"

Mira versuchte, ihre Stimme möglichst normal klingen zu lassen. „Ich war bei Sam. Wir sind zusammen zur Party gegangen und haben sie auch gemeinsam wieder verlassen. Ich verstehe nicht, warum du immer so einen Aufruhr veranstaltest wegen gar nichts!“

„Wenn das so ist, warum bist du nicht ans Handy gegangen und warum bist du hier barfuß aufgekreuzt?“

Sie holte tief Luft. ,,Mum, mein Handy wurde wahrscheinlich auf der Party geklaut. Ich hatte es in meiner Tasche und habe dann die Tasche kurz liegenlassen. Als ich zurückkam, war sie weg.“

Ihre Mutter sah aus, als ob sie zu einer scharfen Antwort ansetzte, es sich dann aber anders überlegte.

„Und wo sind deine Schuhe?“, fragte sie stattdessen.

,,Sie wurden auch geklaut“, antwortete Mira ohne mit der Wimper zu zucken.

Katja blickte sie eindringlich an, aber sie fragte nichts mehr. Wortlos räumten sie den Tisch ab und stellten das schmutzige Geschirr in die Spülmaschine. Dann sagte Mira: „Mum … ich brauche ein neues Handy. Es tut mir leid, wirklich!“

Katja hielt inne.

„Wir reden später darüber. Geh jetzt auf dein Zimmer.“

Das ließ sich Mira nicht zweimal sagen.

15. Kapitel

Nach der Trauerfeier steigt das Ansehen von Miras Schule wieder. Die örtliche Zeitung berichtet ausführlich über die Trauerfeier an der Schule. Demnach sei die Schulleitung sehr um das Wohl ihrer Schülerinnen und Schülern bemüht und Finns Selbstmord sei nicht dem Fehlverhalten der Schule zuzuschreiben. Es wird auch von den tränenreichen Vorträgen der Mitschülerinnen und Mitschülern berichtet. Herr Kleins und Frau Fischers Rede wird nicht erwähnt. Über dem Artikel sind mehrere eindrucksvolle Fotos der Trauerfeier abgebildet.

Irgendwie ist die Trauerfeier ein Wendepunkt zurück zum Normalen und zum Alltag. Langsam aber sicher ebben die Gerüchte um Finns Tod ab. Es wird nicht mehr nach einem Schuldigen gesucht. Auch die Frage nach dem Grund für den Selbstmord rückt immer mehr in den Hintergrund. Das Leben geht weiter! Es geht auf die Sommerferien zu und viele Klausuren sind zu bewältigen. Miras Klassenkameraden konzentrieren sich wieder auf sich selbst und die bevorstehenden Prüfungen.

Mira hat das Gefühl, dass sie die Einzige ist, die auch nach der Trauerfeier längst nicht mit allem abschließen kann. Sie versucht es. Sie versucht wirklich alles, um auch voranschreiten zu können. Doch sie kann es nicht. Würde sie Finn nicht Unrecht tun, wenn sie ihr Leben einfach weiterlebt und ihn hinter sich lässt? Es wäre dann fast so, als ob Finn ihr egal wäre. Doch er ist ihr nicht egal.

Außerdem Mira muss wissen, was passiert ist und warum Finn sich umgebracht hat. Das ist sie ihrem besten Freund mindestens schuldig. Er hat viel für sie getan. Er hat sie davor beschützt vergewaltigt zu werden und war für sie da, als die ganze Welt sie im Stich ließ. Und nun ist sie an der Reihe!

Mira fällt auf, wie sich ihre Gedanken immer mehr nur um Finn drehen. Sie ist geradezu besessen von der Idee, den Grund für seinen Selbstmord aufzudecken.

Vor allem abends ist es am schlimmsten. Manchmal ist es so schrecklich, dass Mira versucht, sich mit allem Möglichem abzulenken: Videos schauen, Joggen gehen, ein Buch lesen, mit Betty telefonieren ... Doch das alles hilft nur begrenzt. Ihre Gedanken schweifen, selbst bei all den Ablenkungen, immer wieder ab. Es passiert wie von selbst. Mira hat darüber keine Kontrolle. Dann inspiziert und analysiert sie alle Szenen und Situationen, die sie mit Finn gemeinsam erlebt hat. Sie versucht, sich an seine Stelle zu versetzen. Und sie fragt sich ständig, ob er authentisch und ehrlich zu ihr war. Hat er ihr alles erzählt, was er in diesem oder jenem Moment, gedacht hat? Oder hat Finn ihr bewusst Sachen verschwiegen? Ging es ihm in den letzten Wochen vor seinem Tod schlecht? Hätte Mira irgendetwas sagen oder tun können, um den Selbstmord zu verhindern?

Dann zwingen sich ihr die Gedanken auf, ohne dass sie etwas dagegen unternehmen kann. Dem einen Gedanken folgt der nächste und der nächste. Das geht über Stunden so. Mira hat manchmal das Gefühl verrückt zu werden. Verrückt wegen ihren eigenen Gedanken. Oft kann sie dann nicht einschlafen. Und wenn sie endlich doch einschläft, verfolgen ihre Gedanken sie auch in ihren Träumen. Immer wieder begegnet sie dort Finn. Die Träume wirken sehr real und Mira fragt sich, was sie zu bedeuten haben. Versucht Finn ihr etwa aus dem Jenseits etwas mitzuteilen? Warum sagt er ihr es dann nicht direkt? Jedes Mal, wenn Mira ihn fragt, warum er das getan hat, verschwindet Finn aus ihrem Traum oder ignoriert die Frage.

Immer wieder versucht sie sich an die kleinsten Details zu erinnern. Doch egal, wie oft Mira auch über alles nachdenkt, sie findet keine zufriedenstellenden Antworten. Und dann begibt sie sich wieder auf die Suche und das Ganze fängt von vorne an. Ihre Gedanken drehen sich wie in einem Karussell. Manchmal überlegt sie, ob sie vielleicht nicht doch lieber mit ihrer Mutter über alles sprechen sollte. Oder mit Lynn? Aber nein. Ihre Mutter würde sie nicht verstehen und Lynn und Mira sind ohnehin nie auf einer Wellenlänge.

Mira erkennt das Paradoxe in ihrem Verhalten nicht. Auf der einen Seite wünscht und hofft sie, dass sie mit Finns Selbstmord abschließen und wieder nach vorne blicken kann. Und dafür denkt sie, braucht sie Antworten auf die Fragen, die der Selbstmord aufwirft. Und die Antworten wiederum erhofft sie sich durch Grübeln zu finden. Umso mehr hängt sie sich in ihre Gedankenwelt rein. Aber je mehr sie grübelt, desto mehr verselbstständigen sich ihre Gedanken. Letztendlich führt das dazu, dass die Gedanken Mira kontrollieren und nicht andersrum. Doch auf der anderen Seite hat Mira Angst, Finn zu vergessen, wenn sie mit seinem Tod abschließt. Außerdem wäre es ihm gegenüber nicht fair, wenn sie ein sorgloses und unbeschwertes Leben führen würde, wo er doch tot ist.

Seit Finns Tod sind knapp drei Wochen vergangen.

Mira weiß, dass der Leichnam etwa eine Woche in der Gerichtsmedizin lag, bevor er im Kühlhaus gelagert wurde. Denn, um jeden Zweifel auszuschließen, hatte die Staatsanwaltschaft die Autopsie der Leiche gefordert. Die Gerichtsmediziner sollten bestätigen, dass der Tod nicht durch Fremdeinwirkung eingetroffen ist. Und tatsächlich steht nach der Autopsie zweifelsfrei fest, dass Finn Selbstmord begangen hat. Jetzt wurden auch weitere Details um seinen Tod bekannt gegeben:

Finn hat sich an einem Baum im Wald erhängt. Der Todeszeitpunkt kann nicht genau festgelegt werden. Er wird aber auf den Samstag, irgendwann zwischen dem späten Nachmittag und dem späten Abend, eingegrenzt. Seine Leiche wurde, am Tag darauf, in den frühen Morgenstunden von zwei

Joggern entdeckt. Diese erlitten den Schock ihres Lebens, als sie auf ihrer morgendlichen Joggingstrecke plötzlich jemandem vom Baum hängen sahen. Sie alarmierten die Polizei, die ab da die Untersuchung übernahm. Sie suchten nach Zeugen und baten die Bewohner, jeden Hinweis in Bezug auf Finns Tod zu melden.

In dem Bericht hieß es, dass Finn irgendwann am Nachmittag mit einer Tasche, die er um die Schulter geschlungen hatte, in den besagten Wald gelaufen war. Es blieb unklar, warum Finn sich ausgerechnet den Wald für sein Vorhaben ausgesucht hatte. Er hätte sich genauso gut irgendwo in seiner Wohnung erhängen können. Damit wäre er der Gefahr entgangen, auf seinem letzten Weg noch aufgehalten zu werden.

Im Wald zog Finn ein Seil aus seiner Schultertasche. Er knüpfte das Ende des Seils zu einer Schlinge und befestigte es an einem Ast des Baumes. Am anderen Ende des Seils knüpfte er eine weitere Schlinge, durch die er seinen Kopf steckte.

Mira fragt sich, was Finn in seinen letzten Augenblicken wohl gedacht hat. Dachte er überhaupt etwas? Vielleicht ist es ja auch so, wie Herr Klein sagte. Womöglich war Finn froh, diese Welt zu verlassen.

Die Höhe des Seils hatte Finn so angepasst, dass er mit den Beinen in der Luft hing. Der Gleitknoten des Seils hing dorsal in seinem Nacken. Er starb, weil er keine Luft mehr zum Atmen bekam.

Rein medizinisch betrachtet gleicht die Todesursache durch Erhängen der durch Erwürgen, steht in dem Bericht. Deshalb veranlasste die Staatsanwaltschaft auch die Autopsie, um auszuschließen, dass Finn zuerst erwürgt, und später dann am Baum aufgehängt wurde.

Die Polizei konnte keinen Hinweis auf einen geplanten Selbstmord finden. Alles wirkte höchst unverdächtig. So, als ob Finn nur mal kurz die Wohnung verlassen hatte, um einkaufen zu gehen. So, als ob es kein Ende gegeben hätte.

Womöglich, so schloss der Bericht, war es deshalb keine von langer Hand geplante Tat. Vielleicht war der Selbstmord eine Kurzschlussreaktion auf etwas gewesen, das plötzlich eingetroffen war. In den Ermittlungsakten wurde Selbstmord notiert und der Fall geschlossen. Ad acta! Es gab keinen Täter, der gefasst werden musste und der Selbstmord war so gut wie möglich rekonstruiert worden. Die Polizei wendet sich wieder den ungelösten Fälle zu.

Nun steht die Beerdigung an. Man hat sie so lange wie möglich hinausgezögert, da die Angehörigen sich nicht über die Kostenfrage einigen konnten.

Mira hat nur über Ecken und Kanten erfahren, wann und wo sie stattfinden wird. Soweit sie weiß, wollen Finns Familienangehörige nämlich, dass die Beerdigung in kleinem Kreis stattfindet. Sie sind strikt dagegen, dass Schaulustige und vor allem Leute von der Presse auf der Beerdigung auftauchen.

Finn war ihr bester Freund und daher steht es für Mira außer Frage, dass sie dabei sein wird, wenn er für immer unter die Erde gelegt wird. Außerdem will sie wissen, wer Finns Angehörige sind, die sich bisher nicht einmal öffentlich zu Wort gemeldet haben? Sie will wissen, wer so kaltherzig sein kann, einen toten Teenager wochenlang im Kühlhaus liegen zu lassen, weil er kein Geld für seine Beerdigung ausgeben will.

So macht sich Mira an diesem Samstag auf den Weg zu Finns Beerdigung. Zum Glück begleitet sie Betty. Ihre Freundin wartet schon an der Bushaltestelle, als Mira dort ankommt. Betty trägt eine schwarze Samthose und einen schwarzen Blazer. Mira hat sich für ein knielanges, schwarzes Kleid entschieden. Ihre Haare hat sie zu einem Dutt hochgebunden. Sie sehen beide sehr elegant und erwachsen aus, findet Mira.

Auf dem Weg zum Friedhof erzählt Betty, dass ihr Großvater ebenfalls dort beerdigt wurde. Mira murmelt ihr Beileid. Doch in Wirklichkeit ist sie mit den Gedanken ganz woanders.

Betty schaut sie verwundert von der Seite an. Sie sagt aber nichts. Mittlerweile ist sie es gewohnt, dass ihre Freundin in ihrer eigenen Gedankenwelt gefangen ist.

Auf dem Friedhof laufen sie direkt zur Kapelle. Etwas zögerlich betreten Betty und Mira das Innere. Mira sieht sich schnell um: Zehn kleine Bänke stehen in zwei Reihen angeordnet, vorne steht die Kanzel, dahinter befindet sich ein großes Kreuz, neben dem zwei große Kerzen brennen. Dann entdeckt sie ihn. Finns Sarg! Ihr Blick heftet sich daran und ihr wird etwas mulmig zu mute.

Es überrascht sie, dass so wenige Leute gekommen sind. Mira zählt zwölf Männer und Frauen, die in den Bänken sitzen. Sie hat keine von ihnen jemals zuvor gesehen. Da zieht Betty an ihrem Ärmel.

„Ähm ... Mira, lass uns mal schnell hinsetzen", zischt sie ihr zu.

In diesem Moment betritt der Pfarrer den Raum und tritt hinter die Kanzel. Betty zieht Mira zur Bank in der letzten Reihe. Kaum sitzen sie, beginnt der Pfarrer zu reden.

„Wir alle haben uns heute hier versammelt, um Finn Lammert die letzte Ehre zu erweisen. Möge seine Seele durch den Herrn, Jesus Christus, errettet werden. Amen."

„Amen", schallt es zurück.

Der Pfarrer fährt fort: „Wie wir alle wissen, ist Finn keines natürlichen Todes gestorben. Er starb durch eigene Hand. Ich möchte meine eigene Meinung hier nicht äußern. Das stünde mir auch gar nicht zu. Viel wichtiger ist es zu wissen, was der Herr zum Thema Selbstmord, Tod und Auferstehung sagt. Schauen wir uns dazu verschiedene Bibelzitate an. So steht in

Prediger 8, Vers 8: *Kein Mensch hat Macht über den Wind … und niemand hat Macht über den Tag des Todes.* Hier und noch an weiteren Stellen in der Bibel wird deutlich gemacht, dass nur Gott allein die Macht über Leben und Tod hat. Als Schöpfer steht nur ihm diese Entscheidungsgewalt zu. Er hat den Menschen geschaffen und ihm das Leben geschenkt. Daher kann auch Er entscheiden, wann der Mensch dem Tode zugeführt werden soll. Im Neuen Testament allerdings offenbart Gott uns durch seinen Sohn, Jesus Christus, dass Er allen Menschen das Leben schenken will. Er möchte uns sogar ewiges Leben schenken. Doch da alle Menschen Sünder sind, müssen wir alle erst sterben. Solange wir Sünder sind, ist uns der Tod gewiss. Der einzige Mensch, der auf dieser Welt gelebt hat und kein Sünder war, ist Jesus. Daher ist Er unser Weg zum ewigen Leben. Wenn wir Jesus als unseren Erlöser annehmen, so können wir das ewige Leben erhalten. So steht in Johannes 10 Vers 17 und 18: *Darum liebt mich der Vater, weil ich mein Leben lasse, damit ich es wieder nehme. Niemand nimmt es von mir, sondern ich lasse es von mir selbst. Ich habe Gewalt es zu lassen … Dieses Gebot habe ich von meinem Vater empfangen.* Aus diesen Versen wird klar, dass Jesus von seinem Vater dazu berechtigt wurde, sein Leben zu geben, damit die Menschen vor dem Tod gerettet werden können. Nur Jesus hatte das Recht sein Leben aufzugeben.“

Der Pfarrer macht eine Pause. Mira blickt Betty fragend an. Worauf will er hinaus?

„Der Herr kann in unser Herz blicken, unsre Gedanken lesen und sich unser erbarmen. Und Er wird auch in Finns Herz blicken. Wir können nur beten. Und wir sollten alle beten, dass Er sich Finns Seele erbarmt.“

Der Pfarrer hebt die Hände. Alle erheben sich von ihren Plätzen und senken demütig den Kopf, während der Pfarrer vorne ein langes Gebet murmelt. An Mira rauschen die Wörter nur so vorbei. Stattdessen hebt sie vorsichtig den Kopf und betrachtet die anderen Trauergäste. Sind sie alle Familienangehörige von Finn?

Ganz vorne in der ersten Reihe steht eine vierköpfige Familie. Eine elegant gekleidete Frau mit einem breiten, schwarzen Hut sitzt zwischen ihrem Mann und ihren zwei Kindern. Mira schätzt die Kinder auf fünf und zehn Jahre. Sie kann das Gesicht der Frau nicht sehen, da sie mit dem Rücken zu ihr sitzt. Gerade beugt sie sich zu ihrem Mann hinüber und flüstert ihm etwas ins Ohr, doch der breite Hut verbirgt ihr Gesicht. Sie ist die auffälligste Person in der Kapelle. Ihre Schultern sind gebeugt und sie hält den Kopf gesenkt. Wer ist das?, fragt sich Mira. Und in welchem Verhältnis steht sie zu Finn?

Nach dem Gebet folgt die Predigt. Doch Mira hat keine Lust zuzuhören. Dann wird sie immer unruhiger. Unwillkürlich fängt sie an, mit dem Bein zu wippen und schaut sie auf die Uhr. Eine halbe Stunde ... eine Stunde ... eineinhalb Stunden ... Endlich! Die öden Gebete, Kirchenlieder und die Rede des Pfarrers sind vorbei.

Die Trauergemeinde erhebt sich, um zum Friedhof zu laufen. Mira beobachtet, wie der Sarg von den Sargträgern hochgehoben wird. Betty und Mira lassen den anderen Trauergästen den Vortritt und warten, bis sie an ihnen vorbeigelaufen sind, um sich dann zu erheben und ihnen zum Friedhof zu folgen. Als die Frau mit dem breiten, schwarzen Hut an ihnen vorbeiläuft, kreuzt ihr Blick den Miras. Ihre Nackenhaare stellen sich auf.

„Ist alles okay?“, flüstert Betty ihr zu.

Mira nickt.

Die beiden Mädchen begeben sich zu den anderen Trauergästen, die sich im Halbkreis um den offenen Grab versammelt haben. Als der Sarg ins Grab gelegt wird, sind fast alle am weinen. Die Frau mit dem breiten Hut jedoch weint am bittersten. Mira betrachtet sie näher. Sie schätzt die Frau auf Mitte dreißig bis Anfang vierzig. Unter ihrem breiten Hut quellen dunkelblonde Haare hervor. Ihre Augen sind vom

Weinen verquollen und sie hält sich ein Taschentuch vor das Gesicht. Da stützt die Frau ihren Kopf auf der Schulter ihres Mannes ab. Der Mann legt zwar den Arm um sie, doch sein Gesicht ist kalt.

Der Sarg kommt mit einem dumpfen Laut auf dem Boden des Grabes auf und der Pfarrer ergreift das Wort. Er bittet Gott, Finn zu sich in den Himmel zu nehmen.

Dann wendet er sich an die Frau mit dem breiten Hut.

„Wollen Sie eine Grabrede halten?"

Offensichtlich denkt der Pfarrer, dass sie ein paar Worte loswerden will. Die Frau wischt sich ihre Tränen mit dem Taschentuch ab. Ihr ist anzusehen, dass sie nur mit Mühe die Fassung bewahren kann. Schweigend nickt sie und tritt dann nach vorne. Sie öffnet den Mund, um etwas zu sagen, doch ihre Stimme versagt. Mira kann ihrem Mann ansehen, dass er peinlich berührt ist. Er würde wohl am liebsten abhauen.

Die Frau gibt sich einen Ruck.

„F... Finn ist ... war mein Neffe. Seine Mutter war meine Schwester, die vor vielen Jahren bei einem tragischen Autounfall starb."

Aha! Sie ist also Finns Tante, denkt Mira. Ihre Stimme ist weicher, als sie gedacht hätte. Man hörte ihr gerne zu, wenn sie spricht.

Die Frau holt tief Luft.

„Ich habe in Finn immer meine Schwester sehen können. Er hatte viele ihrer Eigenschaften. Finn war, genau wie seine Mutter, ein hilfsbereiter, großzügiger, herzensguter Mensch. Zu sehen, wie dieser kleine Junge ohne seine Eltern, zu einem wunderbaren jungen Mann heranwuchs, hat mich als Tante stolz gemacht."

Dann bricht ihre Stimme ab und sie sinkt auf den Boden. In diesem Moment erinnert Finns Tante Mira an eine leblose Puppe. Ein komischer Laut entringt ihrem Mund und ihre Gesichtszügen entgleisen. Jetzt ist nichts mehr von der eleganten und gefassten Art von Finns Tante übrig. Die Augen ihres Mannes weiten sich und es ist ihm anzusehen, dass er sich für sie schämt. Er zögert kurz, bevor er schließlich wortlos den Platz verlässt.

Mira tut es leid für sie, doch Finns Tante hat davon scheinbar gar nichts mitbekommen. Sie schluchzt jetzt laut und Tränen laufen ihr übers Gesicht.

„Warum nur?“, fragt sie mit leiser Stimme. „Warum hast du das getan?“

Sie hebt ruckartig den Kopf und der Hut fällt zu Boden. Ihre Tränen haben sich mit dem Mascara vermischt und laufen in schwarzen Spuren ihre Wangen hinab. Ihre Augen sind rot. Mein Gott, diese Frau hatte mindestens so sehr gelitten wie ich, denkt Mira betroffen.

„Ich war eine schlechte Tante. Ich war nicht für Finn da, als er mich gebraucht hätte. Finn war allein, immer nur sich selbst überlassen. Er hatte niemanden. Und ich hatte die Möglichkeit, sein Leben zum Besseren zu ändern und ihm meine Liebe zu schenken. Vielleicht wäre sein Leben dann anders verlaufen ... Ich hätte ihn wie meinen eigenen Sohn behandeln sollen ... Doch das habe ich nicht.“

Ihre Stimme bricht und ihre Worte gehen in lautes Schluchzen über. Ihre Nase läuft, aber sie macht keinen Versuch, sie mit dem Taschentuch abzuwischen. Ihr langes, schwarzes Kleid ist vollkommen verdreckt. Unter ihren Fingernägeln hat sich Erde gesammelt. Wenn die Situation nicht so schrecklich real wäre, hätte sie etwas von einem Theaterstück.

Stille. Niemand wagt, etwas zu sagen. Mira ist von dem plötzlichen Geständnis ergriffen. Sie hätte sich gerne zu ihr niedergekniet und sie in den Arm genommen. Doch das, was sie gerade zugegeben hat, hält Mira davon ab. *Finn war allein, immer nur sich selbst überlassen ... Ich war nicht für Finn da, als er mich gebraucht hätte. Ich hätte ihn wie meinen eigenen Sohn behandeln sollen ... Doch das habe ich nicht.*

Schließlich beugt sich der Pfarrer zu ihr herunter und legt ihr den Arm um die Schulter.

,,Es ist alles gut. Wenn Sie beten und um Vergebung bitten, wird Gott Ihnen verzeihen.", erklärt er mit ruhiger Stimme. „In der Bibel steht: Wenn wir unsere Sünden bekennen und sie bereuen, wird Gott uns vergeben. Jesus ist für unsere Sünden gestorben."

,,Nein!", ruft die Frau und schüttelt seine Hand ab. „Für mich gibt es keine Vergebung! Ich kann mir ja nicht mal selbst verzeihen. Wie soll Gott mir da vergeben können? Ich habe versagt. Vollkommen versagt. Ich habe als Schwester versagt. Ich habe als Tante versagt. Ich habe als Mensch versagt. Wenn meine Schwester uns hier am Grab ihres Sohnes sehen würde, dann hätte sie allen Grund dazu, auf mich einzutreten, bis ich selbst tot bin. Ich war nicht für Finn da. Ich habe ihn vollkommen im Stich gelassen. Es gab niemandem, der ihm gesagt hat, wie wunderbar er ist. Und jetzt ist es zu spät, denn er ist tot."

Miras Knie zittern unwillkürlich. Sie ist bestürzt. Gleichzeitig weiß sie nicht, was sie von Finns Tante halten soll. Denn, ihr Mitleid ist genauso groß wie ihre Wut auf sie.

Der Pfarrer redet inzwischen beruhigend auf sie ein und hilft ihr dann aufzustehen. Als Finns Tante schließlich wieder zitternd auf den Beinen steht, hebt den Kopf und blickt Mira in die Augen. Ihr Blick geht ihr unter die Haut.

16. Kapitel

Mira sah Sam das erste Mal nach der Party am Montagmorgen wieder. Da sie kein Handy hatte, hatte sie sich über das Wochenende auch nicht mit ihrer besten Freundin austauschen können. Ohne Handy fühlte Mira sich wie von der Außenwelt abgeschirmt. Sie hoffte, dass ihre Mutter ihr bald ein Neues kaufen würde.

Sie stolperte ins Klassenzimmer als es schon geklingelt hatte und quetschte sich eilig neben Sam hinter ihren gemeinsamen Tisch. Die Deutschstunde hatte schon angefangen und sie hatten keine Möglichkeit sich zu unterhalten. Aus irgendeinem Grund war ihre Deutschlehrerin Frau Wiemers gerade an diesem Morgen schlecht gelaunt und unterband jegliche Privatgespräche energisch. Mira setzte ein paar Mal an, doch jedes Mal, wenn sie den Mund aufmachte, fing sie einen tödlichen Blick von Frau Wiemers ein und klappte ihn wieder zu. Schließlich gab sie auf. Es gab immer noch die große Pause.

Finn erschien an diesem Morgen nicht in der Schule. Mehrmals sah Mira zu seinem leeren Platz hinüber. Wo war er nur? Sie machte sich Sorgen um ihn. Die ganze Stunde über fiel es Mira schwer, sich zu konzentrieren. Immer schweiften ihre Gedanken ab zu den Ereignisse auf der Party.

Außerdem war Mira müde. Letzte Nacht hatte sie nicht gut schlafen können. Ständig hatte Felix sie in ihren Alpträumen aufgesucht. Mira war dann verschwitzt und völlig verwirrt aufgewacht. Verstört von ihren eigenen Träumen hatte sie dann mitten in der Nacht angefangen, zu zittern. Mira hatte Angst. Angst, vor dem was passiert war und was passieren würde. Ständig malte sie sich die schrecklichsten Szenen aus. Was, wenn Felix versuchte, sich an ihr zu rächen? Er könnte herumgehen und allen in der Schule erzählen, dass sie versucht hatte, Geld aus seinem Portemonnaie zu stehlen. Oder er könnte die versuchte Vergewaltigung so darstellen, als ob sie freiwillig versucht hätte, mit ihm zu schlafen. Nicht auszudenken! Innerlich bebte Mira vor Wut. Und die einzige Person, mit der sie sich darüber unterhalten könnte, war nicht in der Schule. Dass sie es heute überhaupt geschafft hatte, zur Schule zu kommen, grenzte an ein Wunder.

Sam stieß sie von der Seite an. „Hey, was hast du?“, flüsterte sie leise. Mira schüttelte nur den Kopf. „Nichts!“, formte sie mit ihren Lippen.

In der Pause kamen sie endlich dazu, sich ungestört zu unterhalten. Sie saßen draußen auf dem Schulhof. Die Sonne schien.

„Tut mir leid, irgendwie hab ich dich am Samstag auf der Party aus den Augen verloren“, sagte Mira. „Es war so voll und unübersichtlich.“ Sie machte ein zerknirschtes Gesicht.

„Ja, ging mir genauso“, pflichtete Sam ihr bei.

Mira seufzte.

„Sam, du glaubst gar nicht, was passiert ist. Meine Clutch wurde auf der Party geklaut! Mein neues Kleid, meine Schuhe, alles war weg!“

Sam machte ein überraschtes Gesicht.

„Wirklich? Das ist echt mies. Hast du schon mit Jason darüber geredet? Vielleicht weiß er ja was. Schließlich war es seine Party.“

„Nein, noch nicht. Aber ich meine, auf der Party war er derjenige, der am krassesten abgegangen ist. Jason war besoffen, hat sich voll bekleidet in den Pool geschmissen und dann Ashley den Bikini ausgezogen.“ Mira schnitt eine Grimasse. „Es wird wohl kaum Sinn machen, ihn nach meinen Sachen zu fragen.“

Den letzten Satz hörte Sam schon nicht mehr. Sie zog die Augenbrauen hoch.

„Er hat was getan?“

Sie sahen sich an und plötzlich mussten beide lachen. Einen kurzen Moment lang Mira unbeschwert. Doch dann fiel ihr Felix wieder ein und sie wurde still. Es war, als ob er ihr verdammtes Leben umgekrempelt hätte. Es gab kein Entrinnen!

„Jetzt erzähl schon, was du so auf der Party gemacht hast. Ich habe gehört, dass du rumgeknutscht hast." Sam stieß sie an.

Mira war auf einmal kalt. Wer hatte das erzählt? Was wussten alle anderen, was sie nicht wusste? Sie hatte das Gefühl, keine Luft mehr zu bekommen. Einen Moment war ihr zum Heulen zumute, doch sie riss sich zusammen. Mira wusste, Sam würde sonst so lange nachhaken, bis sie mit der Wahrheit herausplatzen würde. Das wollte sie auf keinen Fall. Wenn sie doch nur nicht auf diese bescheuerte Party gegangen wäre, dann wäre ihr Leben jetzt in Ordnung!

„Ich habe nicht herumgeknutscht, okay? Und wer das erzählt hat, ist ein beschissener Lügner!"

Sie sprang auf.

Sam zuckte überrascht zusammen. „Ist ja gut!"

Irgendwie war Mira enttäuscht von Sam. Sam kannte sie schon sehr lange und sie wusste, dass Mira nicht einfach so mal mit jemand rumknutschte. Das war einfach nicht ihre Art. Sam hätte es besser wissen müssen, als so einen blöden Klatsch über sie zu glauben!

„Es tut mir leid, okay?"

Langsam beruhigte Mira sich wieder. Sie setzte sich wieder neben Sam hin.

„Wann hast du die Party denn verlassen?", fragte sie.

„Ich weiß nicht mehr genau, wie viel Uhr es war. Die Bullen waren da, weil die Nachbarn sich über den Lärm beschwert hatten. Ich glaube, danach war die Party so ziemlich vorbei. Die meisten sind dann abgedüst. Ich habe dich überall gesucht, weil ich mit dir nach Hause gehen wollte. Doch ich konnte dich nirgends finden und auch nicht übers Handy erreichen. Da dachte ich, dass du vielleicht schon weg bist. Also bin ich dann auch gegangen."

Sam sah Mira in die Augen. „Wo warst du denn und wann hast du die Party verlassen?“

Mira wandte den Blick ab. Sie konnte ihrer besten Freundin nicht in die Augen sehen und lügen.

„Ehrlich gesagt war ich plötzlich schrecklich müde und habe mich in einem der Zimmer im ersten Stock hingelegt. Als ich nach einer Weile aufgewacht bin, waren kaum noch Leute da. Nur ein paar Besoffene, die dabei waren, ihren Rausch auszuschlafen. Dann bin ich schließlich auch gegangen.“ Das war nicht gelogen. Es war nur nicht die ganze Wahrheit.

Mira konnte ihr nicht erzählen, was Felix ihr hatte antun wollen. Es tut mir leid Sam, dachte sie insgeheim.

Aber da war noch etwas. Mira spürte irgendwie, dass auch Sam nicht ganz ehrlich zu ihr war. *Sie lügt dich an*, sagte ihr sechster Sinn. *Vertrau ihr nicht!* Es war das erste Mal, dass sie Sam gegenüber solch ein Misstrauen empfand. Das ist doch Schwachsinn, dachte sie. Sam würde sie nicht belügen. Doch je mehr sie sich wehrte, desto lauter wurde ihre innere Stimme. *Hau ab!*, rief sie ihr zu. *Halte dich fern von ihr!*

Mira war hin- und hergerissen. Sie und Sam waren schon so lange miteinander befreundet! Sie wollte das nicht wegschmeißen, nur weil ihre innere Stimme plötzlich verrückt spielte. Das wird schon wieder, dachte sie. Es lag daran, dass sie so müde war und seit der Party nicht mehr sie selbst. Genau, das war der Grund.

Als Finn am nächsten Tag wieder nicht in der Schule auftauchte, beschloss Mira spontan, ihm nach der Schule einen Besuch abzustatten. Sie machte sich Sorgen um ihn. Außerdem war Finn der einzige, dem sie sich anvertrauen konnte. Er wusste darüber Bescheid, was passiert war. Und Mira brauchte jetzt jemanden zum Reden.

Im Kunstunterricht erzählte Sam ihr, dass sie nicht die einzige sei, die seit der Party Sachen vermisste.

„Wirklich?“, fragte Mira verwundert.

„Ja wirklich! Niklas vermisst seit der Party sein Handy. Julian wurden fünfzig Euro gestohlen und da war noch so ein Mädchen, dass sich darüber beschwerte, ihr Hard Rock Café Berlin-T-Shirt seit der Party nicht mehr wiederzufinden. Sie meint, das T-Shirt sei aus ihrem Rucksack gestohlen worden.“

Als Mira das hörte, atmete sie innerlich auf. Zum Glück war sie nicht die einzige, die bestohlen worden war. Zwar war das ungewöhnlich, dass sowohl ihr Kleid, als auch ihre Schuhe und ihre Clutch entwendet wurden. Doch das konnte sie jetzt eh nicht ändern.

„Du kannst da nichts für, Mira! Mach dir nicht so einen Kopf. Bestimmt hat irgendsoein Besoffener sich nichts dabei gedacht und deine Sachen einfach mitgehen lassen.“

So ganz glaubwürdig klang das immer noch nicht in Miras Ohren. Doch sie war froh, dass ihre beste Freundin versuchte sie aufzumuntern und ihr klarzumachen wollte, dass es nicht ihre Schuld war.

Nach der Schule stieg Mira auf ihr Fahrrad und fuhr zu Finn. Als Mira vor der Klingel stand, musste sie plötzlich an Samstagabend denken. Sie konnte sich nicht mehr erinnern, wie sie zu Finn nach Hause gekommen war. Das schien alles so ewig her zu sein.

Schließlich klingelte sie. Einen Moment später summte der Türöffner und sie ging hoch. Er schien etwas überrascht zu sein, als er Mira vor sich stehen sah.

„Hi“, begrüßte Mira ihn verlegen. Sie kam sich etwas blöd vor. Doch Finn trat zur Seite und bat sie reinzukommen. Ihr fiel auf, dass er immer noch im Schlafanzug herumlief. Seine Haare waren zerzaust und er hatte Ringe unter den Augen. Finn hatte sich die letzten Tage wohl gehenlassen.

Er bot ihr an auf dem Sofa im Wohnzimmer Platz zu nehmen und verschwand selbst in die Küche, um kurze Zeit später mit zwei Gläsern Limonade zurückzukommen.

„Hier."

Finn hielt ihr ein Glas hin. Mira bedankte sich und nippte an ihrer Limonade. Sie hatte genau die richtige Dosis von süß und sauer. Finn setzte sich neben sie und nahm ebenfalls einen Schluck von seiner Limo. Der Fernseher lief und sie blickten schweigend auf den Bildschirm. Mira überlegte, was Finn wohl durch den Kopf ging. Nach einer Weile wandte er sich Mira zu.

„Und, wie geht es dir?", fragte er vorsichtig.

„Gut." Mira heftete ihren Blick weiter auf dem Fernsehbildschirm. Doch dann überlegte sie es sich anders.

„Na ja ... nicht so gut, um ehrlich zu sein." Sie schaute Finn in die Augen. „Ich habe Alpträume und kann nachts kaum schlafen."

Er hatte diesen mitleidigen und verständnisvollen Gesichtsausdruck. Da fühlte Mira sich etwas erleichtert. Sie war froh, es Finn erzählen zu können. Er verstand sie.

„Das ist normal, Mira. Es würde mich wundern, wenn du keine Alpträume hättest, nach dem was passiert ist." Er griff nach ihrer Hand. „Hast du ... hast du *ihn* eigentlich in der Schule gesehen?"

Mira wusste sofort, wen er meinte. Sie senkte die Augen.

„Ja."

Mira und Felix hatten zum Glück keinen Kurs zusammen. Doch sie hatte ihn gestern ganz kurz auf dem Schulhof gesehen. Felix hatte mit seinen Kumpels in einer Ecke gestanden und es war ihm anzusehen, dass er sich als besonders cool empfand.

Mira hatte sich schnell weggedreht und war in die entgegengesetzte Richtung gelaufen, bevor Felix sie noch entdeckte. Es war eine äußerst unangenehme Situation und Mira fragte sich jetzt schon, wie lange sie ihm auf diese Weise aus dem Weg gehen konnte. Sie war unendlich dankbar dafür, zumindest keinen Kurs mit ihm zusammen zu haben. Denn, sie hätte nicht gewusst, wie sie damit hätte fertig werden sollen.

Dieser kurze Moment, wo sie ihn auf dem Schulhof entdeckt hatte, reichte aus, um ein riesiges Chaos in ihr auszulösen. Felix hat ihr verdammtes Leben ruiniert und es schien ihm nichts auszumachen. Es interessierte ihn nicht, dass Mira seinetwegen unter Alpträumen litt, ständige Angst hatte und umherlief wie eine lebende Leiche. Wut kochte in ihr auf.

Finn schien darauf zu warten, dass sie von allein weitererzählte. Doch Mira schwieg.

„Und … hast du es noch jemandem erzählt?“, fragte Finn hoffnungsvoll.

Mira schreckte aus ihren Gedanken hoch und blickte ihm fest in die Augen.

„Nein! Und das werde ich auch nicht.“

Sie wollte ihn nicht anlügen. Er war der einzige Mensch, dem sie sich in dieser Situation anvertrauen konnte. Und Mira hatte es satt, Lügen erzählen zu müssen. Sie wollte ehrlich sein, zu sich selbst und zu Finn.

Er hob seinen Arm und legte ihn auf die Sofalehne hinter Mira ab.

„Okay, ich akzeptiere das.“ Er holte tief Luft. „Ich bin gerne für dich da. Und wenn es irgendetwas gibt, das ich für dich tun kann, dann sag mir Bescheid. Aber … um ehrlich zu sein, denke ich, dass es besser ist, wenn du dich noch jemand anderem anvertraust. Jemandem, dem du wirklich vertraust: Einem Lehrer, deiner Mutter oder deiner Schwester zum Beispiel.“

Mira wurde unsicher.

„Warum sagst du das?“, fragte sie misstrauisch.

Dann verfinsterte sich ihr Blick. Als ob Finn ihre Gedanken lesen könnte, erklärte er ihr geduldig: ,,Nein, ich sage das nicht, weil ich keine Verantwortung tragen will oder dich irgendwie loswerden will. Das will ich auf gar keinen Fall! Es ist nur so, dass ich dir nur begrenzt helfen kann. Vielleicht kann jemand anderes dir viel besser helfen als ich. Ich meine, wir kennen uns ja noch nicht so lange und es ist nur verständlich, dass du mir nicht wirklich vertraust. Ich will nicht, dass du das Gefühl hast, dass du zu mir kommen musst, weil ich die einzige Person bin, die weiß, was vorgefallen ist. Du kannst dir sicher sein, dass ich verschwiegen bin und niemandem irgendetwas erzähle, wenn du das nicht möchtest. Aber wenn du das Gefühl hast, dass du mit jemand anderem besser darüber reden kannst, dann solltest du das tun."

Mira ließ seine Worte auf sich einwirken und überlegte. Schließlich sagte sie langsam: ,,Du hast Recht. Wir kennen uns noch nicht lange ... Aber trotzdem habe ich das Gefühl, dass ich dir vertrauen kann."

Finns Handeln hatte sie überzeugt. Er hätte, als er sie nach der Party mit zu sich nach Hause genommen hatte, die perfekte Gelegenheit gehabt, ihre Situation auszunutzen. Doch das hatte er nicht getan. Er war ihr Held und Retter in der Not. Außerdem vertraute Mira da auf ihr Bauchgefühl. Ihr sechster Sinn lag eigentlich immer richtig ... Sechster Sinn ...

Ihr fiel es plötzlich wie Schuppen von den Augen. Mira wandte sich aufgeregt Finn zu.

„Finn, du sagtest vorhin, dass ich mich jemand anderem anvertrauen sollte. Du hast meine Mutter, meine Schwester und einen Lehrer erwähnt. Wieso nicht Sam? Ich meine, in der Schule hänge ich sehr oft mit ihr ab. Uns gibt es nur im Doppelpack. Das war schon seit dem Kindergarten so."

Irgendwie kam das Mira komisch vor.

Finn betrachtete sie abwägend. Der Fernseher lief immer noch, doch die beiden beachteten ihn nicht.

„Wenn es irgendetwas gibt, das ich wissen sollte, dann sag mir das bitte jetzt."

Das willst du nicht wissen!, dachte ein Teil von ihr. Doch Unwissenheit war schlimmer als die Wahrheit.

„Hm ... ich weiß nicht. Vielleicht irre ich mich ja und habe manches etwas falsch interpretiert. Ich will nicht etwas falsches sagen."

„Finn, bitte. Sag mir einfach, was los ist! Es ist wichtig, dass ich das weiß."

„Also gut, aber dann auf deine eigene Verantwortung … Als ich am Samstag bei der Party ankam, habe ich Sam als Erste draußen stehen sehen. Ich bin zu ihr hingelaufen und dachte eigentlich, dass du auch in der Nähe wärst. Dann haben Sam und ich uns eine Weile unterhalten, aber sie hat dich mit keinem Wort erwähnt. Als ich nach dir gefragt habe, sagte sie mir, dass sie nicht wisse, wo du bist. Und, ehrlich gesagt, schien es so, als ob es ihr auch egal wäre, wo du dich auf der Party aufhältst. Jedes Mal, wenn ich auf dich zu sprechen kam, wechselte sie das Thema und lenkte die Aufmerksamkeit ganz auf sich. Na ja … sie hat ständig versucht, mit mir zu flirten. Doch ich bin nicht darauf eingegangen. Sie war wütend deshalb." Finn griff nach seiner Limo und trank noch einen Schluck. „Später habe ich sie zufällig wiedergesehen, als sie gerade dabei war zu gehen."

Er sah ihr fest in die Augen.

„Mira, sie hat dich nicht einmal gesucht oder sich Sorgen um dich gemacht. Sam ist einfach mit ein paar anderen von der Party abgehauen. Tut mir leid es dir sagen zu müssen. Aber ich hatte die ganze Zeit über das Gefühl, dass du ihr ziemlich egal bist. Und ich fand das eben deshalb so merkwürdig, weil ihr doch beste Freundinnen seid."

Mira spürte, wie sie blass wurde. Finn griff nach ihrer Hand, doch sie spürte seine Berührung nicht. Sie musste erst mal verdauen, was sie gerade gehört hatte. Was hatte Sam ihr gestern auf den Schulhof gesagt? *Ich habe dich überall gesucht, weil ich mit dir nach Hause gehen wollte. Doch ich konnte dich nirgends finden und auch nicht über das Handy erreichen.*

Wem sollte Mira glauben? Sam oder Finn? Vielleicht lag auch nur ein Missverständnis vor? Ihr Gehirn arbeitete auf Hochtouren.

„Mira, es tut mir wirklich leid. Ich wünschte, ich könnte dir etwas anderes berichten. Aber so ist das, aus meiner Sicht, abgelaufen."

Als sie immer noch nicht antwortete, fuhr Finn fort: „Vielleicht liegt auch ein Missverständnis vor oder ich habe etwas falsch interpretiert. Bitte nimm dir das nicht zu sehr zu Herzen."

Es war, als hätten seine letzten Worte sie wieder zum Leben erweckt.

„Ich soll mir das nicht zu Herzen nehmen?", rief sie. „Ich soll mir das allen Ernstes nicht zu Herzen nehmen?! Ich wäre an dem Abend um ein Haar vergewaltigt worden, verdammt nochmal! Und ich soll mir das nicht zu Herzen nehmen, dass ich meiner angeblich besten Freundin egal bin, und sie einfach ohne mich abgehauen ist?"

Sie merkte, dass sie schrie und verstummte. Dann verwandelte sich ihre Wut in pure Verzweiflung. „Warum macht sie so was? Wir sind doch schon befreundet, seit wir denken können. Ich verstehe das nicht!"

Es war zu viel. Mira legte ihre Hände vors Gesicht und brach in Tränen aus. Finn war sofort zur Stelle und nahm sie in den Arm. Mira heulte sich an seiner Schulter aus. Vor ihrem geistigen Auge spielte sich wieder die Szene am Pool ab: Wie sie nach Felix' Geldbeutel griff, er sie dabei erwischte, ihr drohte, sie ohrfeigte und sie dann zu Boden warf, um sich rittlings auf sie draufzusetzen.

Mira sah sich selber wieder am Pool liegen – machtlos, beschämt und erniedrigt – während Sam mit den anderen umherzog. Warum nur?, fragte sie sich immer wieder. Was hatte sie denn getan? Warum musste ausgerechnet ihr so was passieren? Sie fühlte sich ausgelaugt und sehr müde.

Müde vom Leben und müde von dem Schlafmangel, die sie derzeit erlitt. Schließlich hatte Mira die letzten zwei Nächte kaum schlafen können. Alpträume suchten sie immer wieder heim und deshalb lag sie bewusst wach, im Bett, um ihnen zu entfliehen. Denn, sie wusste, sobald sie die Augen schloss, war sie nicht mehr sicher vor ihnen.

Finn löste sich vorsichtig von ihr und blickte ihr prüfend in die Augen. Sie schien sich etwas beruhigt zu haben und fragte verlegen nach einem Taschentuch. Da ging er in die Küche, holte ihr eine Packung Taschentücher und wartete geduldig bis sie sich ihre Tränen weggewischt hatte.

„Was soll ich jetzt tun?“, fragte Mira verzweifelt.

„Warte erst mal ab, wie sich das Ganze entwickelt. Wie gesagt, vielleicht habe ich auch ein paar Dinge falsch interpretiert. Ich würde deshalb nicht die ganze Freundschaft wegwerfen. An deiner Stelle würde ich mit Sam einfach etwas vorsichtiger umgehen, bis du wirklich sicher bist, dass du ihr auch vertrauen kannst.“ Finn zuckte mit den Schultern. „Mehr kannst du erst mal nicht tun.“ Mira überlegte. „Und ... und was, wenn ich das Gefühl habe, dass ich ihr nicht vertrauen kann?“ Unwillkürlich zerknüllte sie das Taschentuch in ihrer Hand.

Finn schwieg einen Moment, bevor er ihr antwortete:. „Wir sind der Durchschnitt der fünf Menschen, mit denen wir Zeit verbringen. Und du verbringst mit Sam viel Zeit. Falls du das Gefühl haben solltest, ihr nicht mehr vertrauen zu können, dann überlege dir gut, ob sich das noch lohnt und ob du auch so werden willst wie sie ... Mira, Menschen verändern sich im Laufe ihres Lebens. Und vielleicht war Sam nicht immer so wie jetzt. Und möglicherweise konntest du ihr bisher auch immer vertrauen. Aber irgendetwas in ihr hat sich eventuell verändert.“

Finn legte seine Hand auf ihre Schulter.

„Hör auf das, was dir dein Gefühl sagt, und versuch es nicht zu unterdrücken. Von außen mag es so aussehen, als ob alles in Ordnung ist. Doch falls dein Bauchgefühl dir etwas anderes sagt, dann hör darauf. Wir sind für viel mehr blind als wir glauben.“

„Okay." Mira nickte. Sie wollte über all das in Ruhe nachdenken.

„Und selbst wenn du deine beste Freundin verlieren solltest: Ich bin für dich da!"

„Danke!" Sie spürte wie der kleinste Hauch eines Lächelns ihre Mundwinkel nach oben zog.

„Ich bin sehr froh über deinen Besuch. Wirklich. Du glaubst gar nicht, wie langweilig mir war, bevor du gekommen bist."

Jetzt musste Mira schmunzeln. Sie wusste, dass er versuchte, sie aufzumuntern.

„Warum warst du eigentlich nicht in der Schule?"

„Ich hatte gehofft, du würdest mich besuchen, deshalb." Er zwinkerte ihr zu. Mira beschloss, sich mit der Antwort zufriedenzugeben.

Finn legte den Arm um ihre Schultern und sie lehnte ihren Kopf an ihn. So sahen sie gemeinsam eine Weile Fernsehen, bis Mira die Augen zufielen.

17. Kapitel

Der Pfarrer führt Finns Tante etwas abseits zu einer Sitzbank. Dann setzt er sich neben sie und redet ihr zu. Die anderen Trauergäste stehen schweigend am offenen Grab. Die meisten sehen etwas unbehaglich aus. Niemand weiß so recht, was er tun soll.

„Ich bin gleich wieder da", flüstert Mira Betty zu und läuft zum Pfarrer und Finns Tante hinüber.

„Hallo." Als Mira so vor ihnen steht, überkommt sie ein wenig die Scheu.

Der Pfarrer erhebt sich.

„Wenn Sie möchten, stehe ich Ihnen nachher noch für ein Gespräch zur Verfügung", sagt er zu Finns Tante. Dann läuft er hinüber zu den anderen Trauergästen. Im Vorbeigehen wirft er Mira einen Seitenblick zu.

Mira fällt auf einmal auf, wie dunkel es geworden ist. Vorhin, auf dem Weg zur Beerdigung, schien noch die Sonne. Nun ist der Himmel mit dicken Wolken bedeckt. Zum Glück regnet es nicht.

Finns Tante räuspert sich.

„Und wer bist du?", fragt sie.

„Mira. Mira Eckert."

„Es ... es tut mir leid, wenn ich dich erschreckt habe." Inzwischen hat sie sich wieder beruhigt und ist sie selbst.

„Schon okay. Ab und zu muss man alles rauslassen. Danach geht es besser."

Mira und Finns Tante sehen sich an. Eigentlich ist sie ganz hübsch. Doch irgendetwas Dunkles umgibt sie. Es ist nicht bloß die Trauer. Da ist noch mehr.

„Du bist also Mira?", fragt Finns Tante. Sie wartet gar nicht erst ihre Antwort ab. „Ich heiße Eva." Sie geben sich die Hand und Mira setzt sich neben sie auf die Bank.

„Woher kanntest du Finn? Wart ihr Freunde?"

„Ich kannte Finn von der Schule." Mira zögert. „Wir waren ... befreundet, ja."

Eva schaut sie von der Seite an.

„Danke, dass du zur Beerdigung gekommen bist."

Mira nickt nur, da sie nicht weiß, was sie darauf antworten soll.

„Darf ich Sie etwas fragen?"

„Oh, bitte, du darfst mich ruhig duzen." Eva hat etwas Jugendliches, wenn sie lächelt. Sie greift, mit der einen Hand nach ihren Haarklammern auf dem Kopf.

Irgendwie kann Mira sich nicht entscheiden, ob sie Finns Tante sympathisch oder unsympathisch finden soll. Ihre Grabrede war sehr authentisch und Mira kauft ihr ab, dass sie vieles bereut. Andererseits hat Eva etwas Arrogantes an sich. Mira könnte schwören, dass das Kostüm, welches Eva für die Beerdigung trägt, ein teures Designerstück ist. Mira kann sich gut vorstellen, wie sie vor dem Spiegel gestanden hat und verschiedene elegante Kleider anprobiert hat, bis sie sich für dieses entschied. Nun ist das schwarze, eng geschnittene Kleid schmutzig und ihre durchsichtigen Strumpfhosen sind löchrig. Außerdem sind Evas perfekt manikürte Fingernägel dreckig. Unter einem Fingernagel hat sich Blut angestaut. Und dann gibt es da noch ihren Mann. Seit Evas emotionalem Ausbruch hat er sich nicht mehr blicken lassen. Mira hat irgendwie Mitleid mit ihr, denn sie bezweifelt, dass Eva eine glückliche Ehe führt.

„Ja?" Eva schaut sie neugierig an.

Da fällt Mira wieder ein, dass sie sie eigentlich etwas fragen wollte.

„Ich wollte fragen, ob ... ob ...", stottert Mira. „Verdammt! Ich habe vergessen, was ich fragen wollte!"

Sie schlägt sich mit der flachen Hand an die Stirn und Eva muss unwillkürlich schmunzeln.

„Wie hast du Finn kennengelernt? Habt ihr euch in der Schule angefreundet?"

Mira überlegt. „Jein. Genau genommen war es so, dass ich Hilfe in Kunst brauchte. Wir sollten ein Porträt zeichnen. Und Finn bot mir dafür seine Hilfe an. Er war wirklich ein sehr hilfsbereiter Mensch." Mira senkt den Kopf. Sie vermisst Finn so sehr, dass es ihr fast schon körperlich wehtut.

„Ja. Das hat Finn von seiner Mutter geerbt." Eva schaut Mira von der Seite an. „Weißt du, meine Schwester war genauso. Bei ihr ging das so weit, dass sie sich für alle aufopferte und dabei ganz vergaß, an sich selbst zu denken."

„Wie hieß sie denn, deine Schwester?"

Eva schaut in den wolkenverhangenen Himmel. „Anna."

„Was ist mit Finns Vater? Wie war er so?"

„Erwin?" Eva schaut sie etwas komisch an. Dann zuckt sie die Schultern. „Ich weiß nicht. Eigentlich kannte ich ihn nicht so gut."

Anna und Erwin also, denkt Mira. Finn hat ihr die Namen seiner Eltern nie verraten.

,,Als Kinder standen wir uns sehr nahe, Anna und ich. Kein Blatt hat zwischen uns gepasst. Doch später haben wir uns auseinandergelebt. Manchmal war es schwer zu glauben, dass sie die gleiche Person war, mit der ich meine ganze Kindheit verbracht habe. Ich denke, ihr ging es ähnlich."

„Was ist passiert?", fragt Mira.

Eva zuckt mit den Schultern. ,,Zu viele Meinungsverschiedenheiten. Es fing schon an, als wir Teenager waren. Und später wurde es noch schwieriger. Und dennoch hat Anna mich als Patentante für Finn ausgewählt ... Im Nachhinein betrachtet war es vielleicht ein Fehler."

Mira schaut sie von der Seite an und spürt, wie unwillkürlich Wut in ihr aufsteigt.

„Wieso war es ein Fehler?"

„Als Anna mich als Patentante für ihren Sohn auswählte, hätte sie vermutlich nie gedacht, dass ich eines Tages an Finns Grab stehen würde. Ich war ... ich konnte für Finn nicht so da sein, wie meine Schwester es sich erhofft hatte. Nach dem Tod seiner Eltern hatte Finn niemanden, der sich wirklich um ihn gekümmert hat. Ich meine, es gab da zwar das Kinderheim, die Sozialarbeiterinnen und später auch das Jugendamt. Aber für sie alle war er nur einer von vielen zurückgelassenen Kindern."

„Wieso?" Nur mit Mühe kann Mira die geballte Wut in ihrer Stimme zurückhalten. „Warum warst du nicht für ihn da? Selbst nach seinem Tod habt ihr euch nicht ein Mal öffentlich zu Wort gemeldet. Wo warst du, als Finn seine Eltern verlor? Wo warst du, als er ... als er sich im Wald erhängte?"

Jetzt hat Mira Tränen in den Augen. Alle ihre Bemühungen, die Fassung zu bewahren und ihre Emotionen zu zügeln, fallen von ihr ab. Es ist ihr egal, was Finns Tante von ihr denkt. Auch Eva hat Tränen in den Augen.

„Es tut mir schrecklich Leid. Wirklich! Gott weiß, wie sehr ich darunter leide, Finn im Stich gelassen zu haben. Ich wünschte, ich könnte die Zeit zurückdrehen. Ich wünschte, dass uns das Leben eine zweite Chance geben würde, und nicht wie ein Zeichnen ohne Radiergummi wäre."

„Es ist nicht so, als ob *das Leben* daran schuld wäre, wie es gelaufen ist. *Wir* treffen die Entscheidungen."

Mira blickte Eva eiskalt ins Gesicht.

„Und du hast deine Entscheidung getroffen, als du dich dafür entschieden hast, Finn im Stich zu lassen. Du trägst eine Mitschuld daran, dass er tot ist. Vielleicht kann das Gesetz dich nicht dafür belangen. Aber dein Gewissen wird dich bestrafen. Und das ist eine viel schlimmere Bestrafung als ein Gefängnisaufenthalt! Bei einem Gefängnisaufenthalt wirst du von anderen Menschen für deine Taten bestraft. Aber bei einem schlechten Gewissen wirst du von dir selbst bestraft! Du weißt, was du getan hast. Und du wirst deinen eigenen Taten nie entkommen."

Miras Wangen sind nass. Auch Eva ist sichtlich aufgelöst.

„Du bist gemein. Du kennst keine Vergebung, keine Gnade, kein gar nichts!" Sie erhebt ihre Stimme. „Denkst du, ich habe freiwillig die Entscheidung getroffen, nicht an Finns

Leben teilzunehmen? Denkst du, mein Mann hatte kein Mitspracherecht? Ich bin auch nur eine Marionette in einem Puppenspiel, Mira! Ich konnte nach dem Tod seiner Eltern nicht ganz allein Entscheidungen über Finns Leben treffen. Wenn es nach mir gegangen wäre, hätte ich einen kleinen, dreijährigen Jungen nicht direkt in ein Kinderheim gesteckt, nachdem seine Eltern tot waren."

Eva schnappt nach Luft. „Und dennoch gebe ich mir die Schuld, falls du es nicht bemerkt hast. Und ja, ich habe ein verdammt schlechtes Gewissen. Aber nicht wegen der Dinge, die ich getan habe. Es geht um die Sachen, die ich *nicht* getan habe. Vielleicht hätte ich mich gegen meinen Mann stellen sollen. Und vielleicht hätte ich darum kämpfen sollen, an Finns Leben teilnehmen zu können. Doch was ist mit dir, Mira?"

Jetzt sieht Eva ihr feindselig ins Gesicht.

„Warst du immer nur *nett* zu Finn? Kannst du mir in die Augen sehen und sagen, dass du nicht Schuld an seinem Tod trägst und nie feige warst, wenn es darum ging, ihn zu beschützen? Ich habe die Medien verfolgt und jeden verdammten Artikel über seinen Selbstmord gelesen. Und ich weiß, dass viele Gerüchte und Spekulationen im Umlauf waren. Ich habe mich nicht öffentlich zu Wort gemeldet, da ich von Finns Leben keine Ahnung hatte. Ich hatte kein Recht irgendetwas über ihn zu sagen. Doch was ist mit dir? Eine öffentliche Stellungnahme von einer guten Freundin, als alle sich das Maul über seinen Tod zerrissen haben, hätte sicher gutgetan. Denn im Gegensatz zu mir warst du in seinem Leben involviert. Also wenn du jemandem die Schuld geben willst, dann sieh erst mal in den Spiegel!"

Eva ist während ihrer Rede von der Bank aufgesprungen. Auch Mira erhebt sich. Die beiden Frauen blicken sich hasserfüllt an. Schließlich ist es Mira, die in Tränen ausbricht. Sie kann es ich nicht länger zurückhalten. Evas Worte lasten schwer auf ihr.

„Tja, anscheinend sind wir beide wohl nicht so verschieden."

Mit diesen Worten dreht Finns Tante Mira den Rücken zu und verlässt den Friedhof. Betty, die die beiden vom Grab aus beobachtet hat, läuft zu Mira hinüber und umarmt sie schweigend.

18. Kapitel

Finn und Mira trafen sich immer öfter. Das geschah wie von selbst. Während Mira unwillkürlich immer mehr Distanz zu Sam aufbaute, kam sie Finn immer näher. Zwar hingen Sam und Mira immer noch oft gemeinsam herum, aber es war trotzdem nicht mehr wie früher. Zumindest ging Mira das so. Sie konnte sich bei Sam nicht mehr fallenlassen und unbeschwert mit ihr lachen, seit Finn ihr erzählt hatte, was seiner Meinung nach auf der Party vorgefallen war. Mira versuchte zwar, das Ganze möglichst neutral zu betrachten. Sie wollte nicht überreagieren. Doch ihre Gefühle Sam gegenüber entzogen sich immer mehr ihrer Kontrolle. Innerlich hatte Mira wie von selbst eine Mauer aufgebaut, um Sam auf Abstand zu halten. Sie sah Sam jetzt mit anderen Augen an. Mira achtete auf alles, was Sam sagte und tat und zweifelte sie bei allem an. Ständig versuchte sie, Spuren für ihren Verrat zu finden. Manchmal passierte das unbewusst, manchmal aber auch sehr bewusst. Mira wollte der Sache auf den Grund gehen, ohne Sam zur Rede zu stellen.

Und tatsächlich! Jetzt, wo Mira darauf achtete, gab es oft Situationen, die sie stutzig machten. Als sie, zum Beispiel, in der letzten Matheklausur eine bessere Note geschrieben hatte als Sam, meinte diese zu Mira: „Das Fach liegt dir auch viel besser!“, und: „Du hattest auch viel mehr Zeit zum Lernen als ich.“

Ihre beste Freundin konnte sich nicht für sie freuen. Andererseits konnte man das aber auch so deuten, dass Sam versuchte, eine Rechtfertigung zu finden, warum *sie* eine schlechtere Note hatte. Vielleicht sagte sie das gar nicht, um Mira anzugreifen oder ihren Erfolg kleinzureden. Es war schwer zu sagen. War Sam schon immer so gewesen? Oder war mit einem Mal alles anders zwischen den beiden? Mira versuchte, sich in Erinnerung zu rufen, wie ihre beste Freundin früher gewesen war. Bevor sie ihr misstraute.

Doch je mehr sie versuchte sich zu erinnern, desto mehr schienen die Erinnerungen zu verblassen. Es war wie verhext! Mira war sich durchaus bewusst, dass das Problem darin lag, dass sich ihre Sichtweise auf Sam geändert hatte. Vielleicht suchte sie ja unbewusst nach Gründen, weshalb sie Sam nicht mehr trauen konnte?

Allerdings fiel ihr auch bei ihren gemeinsamen Shopping-Touren auf, dass, sobald Mira sich enge und figurbetonte Klamotten heraussuchte, Sam ihr davon abriet. Sie meinte dann zu ihr: „Das steht dir nicht", oder: ,,Die Farbe passt nicht zu dir." Doch sobald Mira sich weite Kleidungsstücke herauspickte, versicherte Sam ihr, wie hübsch sie darin aussehe. Aber vielleicht meinte Sam es ja auch gut mit ihr und sagte ihr ihre ehrliche Meinung. Hatte sie selbst Sam nicht von dem roten Kleid abgeraten?

Die Situation war für Mira schier unerträglich. Obwohl sie keinen Streit hatte mit Sam, hatte sie das Gefühl eine Art Machtkampf mit ihr zu führen. Bei jeder Kleinigkeit zweifelte sie ihre einst beste Freundin an und fragte sich, ob hinter dem, was sie sagte oder tat, mehr steckte. Sie war ständig auf der Hut.

Mira wusste nicht, ob Sam das auch bemerkte oder ob sie nichts von all dem mitbekam. Aber sie wollte und konnte sie nicht darauf ansprechen.

Die einzige Person, mit der sie darüber sprechen konnte, war Finn. Meistens traf sie ihn nach der Schule und manchmal auch an den Wochenenden bei ihm zu Hause.

Wie sich herausstellte, sammelte Finn Videospiele. Am Anfang hatte Mira gezögert, mit ihm zu spielen. Doch nach und nach schaffte er es, ihr Interesse zu wecken. Mira entwickelte irgendwann großen Spaß daran, mit ihm zu zocken und sie legte sich dabei mächtig ins Zeug. Anfangs hatte Finn sie noch gewinnen lassen. Doch Mira lernte schnell dazu und jetzt lieferten sie sich harte, aber faire Kämpfe. Wenn Mira verlor, ärgerte sie sich mehr, als sie es nach außen zeigte. Doch Finn kannte sie inzwischen gut genug. Er neckte sie dann und amüsierte sich über ihre Wut. Und manchmal, wenn sie sehr viel Herzblut in die Spiele legten, wurden sie etwas lauter.

Irgendwann waren Finn und Mira so weit, dass sie, direkt nachdem sie seine Wohnung beteten hatten, sich sofort vor den Fernseher setzten, um stundenlang zu zocken. Auf diese Weise verbrachten sie viel Zeit miteinander. Wenn sie dann keine Lust mehr hatten, quatschten sie über alles Mögliche. Oft waren Finn und Mira einer Meinung. Aber manchmal hatten sie auch völlig verschiedene Ansichten und dann ging es darum, die besseren Argumente zu liefern. Doch obwohl es so manchmal zum Wortgefecht zwischen ihnen kam, hatte Mira nie das Gefühl, sich wirklich mit Finn zu streiten. Er war, selbst wenn sie heiß miteinander diskutierten, immer rücksichtsvoll und trieb es nie auf die Spitze.

Mira sah in Finn immer mehr einen Seelenverwandten. Er war für sie da gewesen, als sie die schlimmste Erfahrung ihres Lebens machen musste. Es war Finn, der sie davor beschützt hatte vergewaltigt zu werden. In der schlimmsten Nacht ihres Lebens war er an ihrer Seite gewesen. Aber das war nicht alles. Mira konnte abschalten, wenn sie mit Finn zockte. Durch ihn hatte sie einen Weg gefunden, ihrem Gedankenkarussell zu entkommen. Wenn sie Videospiele spielte, dann wurden die Probleme in ihrem Leben zur Nebensache. Es ging nur darum, zu gewinnen. Und je mehr Mira abschalten konnte, desto besser schlief sie. Sie hatte jetzt weniger Alpträume. Manchmal schaffte sie es, eine Nacht komplett durchzuschlafen, ohne einmal aufzuwachen. Das war in der ersten Zeit nach der Party undenkbar gewesen.

Irgendwo hatte sie gelesen, dass Alpträume die schlimmsten Ängste und Befürchtungen eines jeden Menschen widerspiegelten. Kein Wunder also, dass ihre

Alpträume weniger wurden. Denn je mehr Vertrauen sie zu Finn fasste, desto weniger Angst hatte sie. Er würde sie vor dem Schrecklichen, dem Monster in den dunkelsten Ecken ihrer Gedanken, bewahren. Sie war nicht allein und hilflos. Sie hatte jemanden, der sie beschützte. Manchmal fragte Mira sich, was sie wohl getan hätte, wenn sie Finn nicht gehabt hätte. Nicht auszudenken!

Obwohl er erst achtzehn war, scheute er nicht davor zurück, Verantwortung zu übernehmen, wenn es darauf ankam. Er war ihren Klassenkameraden schon sehr voraus. Mira vermutete, dass es daran lag, dass Finn mit vielen Dingen im Leben alleine klarkommen musste. Finn hatte gelernt, auf eigenen Beinen zu stehen und sie bewunderte ihn dafür.

Einmal, als sie sich wieder bei ihm trafen, sprach Mira ihn vorsichtig auf seinen Eltern an. Sie war neugierig und wollte mehr über Finns Familie erfahren, obwohl sie wusste, dass er nicht gerne darüber sprach.

„Sie sind gestorben, als ich noch ein Kind war", erzählte Finn ihr zögernd.

Sie saßen im Wohnzimmer auf dem Sofa. Im Fernsehen lief irgendein unbedeutender Film.

„Oh, das tut mir sehr leid." Mira legte ihre Hand auf seine. „Was ist denn passiert?"

Finn sah sie nachdenklich an.

„Sie hatten einen Autounfall." Er schloss die Augen. „Es war ein Samstagabend und meine Eltern waren auf eine Hochzeit eingeladen. Ich war bei unserer Nachbarin. Sie war eine gute Freundin meiner Mutter und ich spielte oft mit ihrem Sohn. Meine Mutter und sie wechselten sich ab, wenn es darum ging, auf uns Kinder aufzupassen. Ich weiß aber ehrlich gesagt nicht mehr, wie die Nachbarin oder ihr Kind hieß. Es ist alles weg!" Obwohl Finn die Augen weiterhin geschlossen hielt, wusste Mira, dass er feuchte Augen hatte. Sie verschränkte ihre Finger mit seinen.

„Meine Eltern verließen die Feier mitten in der Nacht. Sie wollten die Nacht nicht in einem Hotel verbringen, um am nächsten Morgen zurückzufahren. Später erfuhr ich, dass sie mich noch in derselben Nacht bei der Nachbarin abholen wollten … Der Unfall passierte auf dem Rückweg."

Er schwieg. Mira wartete eine Weile.

„Was genau ist dann passiert?"

Sie drückte seine Hand fest. Finn sollte wissen, dass sie an seiner Seite war.

„Das wissen wir bis heute nicht genau. Die Polizei hat damals ihr bestes versucht, um den Unfall zu rekonstruieren … Das Auto meiner Eltern ist von der Straße abgekommen, den Abhang heruntergerollt und hat sich mehrmals überschlagen, bevor es im Graben aufgekommen ist."

Da öffnete Finn die Augen. Sein Blick war leer.

„Mein Vater saß am Steuer. Er war sofort tot. Aber meine Mutter lebte noch und wurde ins Krankenhaus gebracht, wo sie nicht mal einen Tag nach ihrer Einlieferung starb."

„Das tut mir wirklich leid für dich! Es muss schlimm für dich gewesen sein."

Doch Finn schien sie gar nicht zu hören.

„War dein Vater angetrunken?", hackte sie vorsichtig nach.

„Nein. Die Autopsie hat ergeben, dass er keinen Blutalkohol hatte. Vielleicht ist ein Reh oder irgendein anderes Tier auf die Straße gesprungen und mein Vater musste eine Vollbremsung machen. Dadurch geriet das Auto ins Schleudern und kam von der Straße ab. Oder vielleicht fuhr er zu schnell und verpasste dadurch eine Kurve. Was wirklich passiert ist, wissen nur meine Eltern selbst."

Mira wusste nicht, was sie sagen sollte. Sie hatte großes Mitleid mit Finn und wagte es kaum ihn anzusehen. Gerade als sie darüber nachdachte, das Thema zu wechseln, um ihn auf fröhlichere Gedanken zu bringen, fuhr er fort: „Ich war damals nicht mal vier Jahre alt und es fiel mir schwer zu verstehen, warum meine Eltern nie wieder zurückkommen würden. Die

Nachbarin erklärte mir dann, dass meine Eltern im Himmel seien und dass ich sie irgendwann wiedersehen werde."

Mira stellte sich einen kleinen Jungen mit großen Augen vor, der nach seinen Eltern fragte. Ein kleiner, blonder Junge mit überforderten Erwachsenen. Anstatt vom Tod zu sprechen, redeten die Erwachsenen vom Himmel und beschrieben ihn als einen wunderschönen Ort. Der kleine Junge holte seine Buntstifte hervor und malte einen blauen Himmel mit zwei Strichmännchen, die seine Eltern darstellen sollten. Das Bild hängte er sich übers Bett und schlief jeden Abend mit der Hoffnung ein, dass seine Eltern ihn lieb hatten und im Himmel auf ihn warteten.

Da wurden Miras Augen feucht. Die ersten Tränen liefen ihr übers Gesicht, bevor Finn bemerkte, dass sie weinte. Er musste unwillkürlich grinsen.

„Hey, es ist alles gut. Das Ganze ist lange her."

Doch Mira wollte davon nichts wissen. Sie nahm ihn in den Arm und drückte ihn fest an sich.

„Es tut mir so leid", flüsterte sie.

Irgendwann packte Finn sie an den Schultern und hielt sie auf Armlänge von sich.

„Mir geht es gut, Mira. Wirklich. Jede Erfahrung im Leben hat einen Sinn. Und auch wenn wir den Sinn nicht sofort sehen können, dürfen wir den Kopf nicht hängen lassen."

„Wie kannst du nur so was sagen? Wo, bitte schön, liegt der Sinn darin, dass ein kleines Kind seine Eltern verliert?" Sie kniff die Lippen zusammen.

„Na sieh das mal so: Wenn ich meine Eltern nicht früh verloren hätte, hätte ich nie gelernt so selbstständig und verantwortungsbewusst zu sein, wie ich es jetzt bin. Vielleicht wäre ich dann ein rebellischer Teenager geworden, der seinen Eltern jeden Tag nur Sorgen bereitet. Und dann hätte ich dir vielleicht auch gar nicht mit deinem Porträt geholfen und ... und mit der Sache auf der Party. Vielleicht musste das alles ja so kommen, damit dir geholfen werden kann."

„Das kannst du gar nicht wissen! Und ich denke nicht, dass du ein rebellischer Teenager geworden wärst, wenn deine Eltern noch am Leben wären." Sie zog ihre Stirn in Falten. „Warum sagst du so was, Finn?"

„Weil in jeder schlechten Sache auch etwas Gutes steckt. Was bringt es mir, nur das Schlechte zu sehen? Davon habe ich doch nichts! Deswegen versuche ich mir bei jeder schlimmen Situation, die guten Dinge klarzumachen. Meine Eltern sind gestorben, da das Schicksal große Pläne mit mir hatte. Ich sollte zu einem verantwortungsbewussten und hilfsbereiten Menschen heranwachsen, damit meinen Mitmenschen helfen kann. Und damit ich dich davor beschützen konnte, vergewaltigt zu werden. Ist das nicht Grund genug?"

„Nein, nein!" Mira erhob jetzt ihre Stimme. „Wie kannst du nur so einen Blödsinn glauben? Das ist diese ganze Religionsscheiße, die sie versuchen einem einzureden! Gott hat für alle einen großen Plan. Und wenn jemand stirbt oder irgendetwas Schreckliches passiert, dann gehört das natürlich zu Gottes großem Plan dazu. Egal was passiert, es ist Gottes Wille und er hat das Schicksal von jedem vorherbestimmt. Die Menschen wollen für alles eine Antwort haben. Und wenn ihnen nichts einfällt, greifen sie auf Gott und das Schicksal zurück."

Sie sah Finn eindringlich an. „Bitte hör auf, dir einzureden, dass dein Leben so besser ist. Du hättest deine Eltern gebraucht. Du brauchst sie auch jetzt immer noch. Gesteh dir doch die Wahrheit ein und rede dir das nicht schön."

„Okay! Dann sag mir doch, was ich deiner Meinung nach tun soll? Soll ich etwa jeden Tag dasitzen und mir die Augen aus den Kopf heulen, weil ich nicht so wie alle anderen eine Familie habe? Und was ist mit dir? Du hast doch eine Familie, oder? Du hast eine Mutter und eine Schwester. Doch ihnen willst du nicht von der versuchten Vergewaltigung erzählen. Stattdessen kommst du mit deinen Problemen lieber zu mir. Wieso Mira? Deine Familie ist doch dafür da, dich auch in schweren Zeiten zu unterstützen. Wieso verzichtest du darauf und kommst zu mir? Jemanden, den du bis vor ein paar Monaten nicht mal gekannt hast.“

Das Gespräch lief aus dem Ruder. Mira spürte, wie ihr schon wieder die Tränen kamen. Sie hätte nicht gedacht, dass sie Finn damit so verärgern würde. Das wollte sie doch gar nicht! Sie wollte doch nur, dass er die bittere Wahrheit akzeptierte und aufhörte, sich das schönzureden oder mit dem Schicksal zu rechtfertigen. Doch anscheinend hatte Finn eine ganz andere Auffassung von der Wahrheit und seinem Leben. Während sie Mitleid mit ihm hatte, war er zufrieden damit, wie es gekommen war und stolz auf den Menschen, der er geworden war. Für ihn gab es keinen Grund Mitleid mit ihm zu haben.

Du hast doch eine Familie, oder? Stattdessen kommst du mit deinen Problemen lieber zu mir. Wieso Mira?, hallten Finns Worte in ihrem Kopf wieder. Ja, wieso?

Mira packte sich mit beiden Händen an den Kopf. In ihren Gedanken zählte sie alle Gründe auf: Sie war enttäuscht von ihrer Familie, enttäuscht von ihrer Mutter und von ihrer Schwester. Das Familienleben funktionierte so einigermaßen. Doch wenn sie ihnen erzählen würde, dass sie fast vergewaltigt worden wäre, würde sich alles ändern. Nichts wäre mehr wie vorher! Jedes Mal, wenn sie ihrer Mutter oder ihrer Schwester ins Gesicht sah, würden sie immer nur das arme, mitleiderregende Opfer sehen. Doch das wollte sie nicht! Mitleid war schlimmer als alles andere.

So sehr sie es auch drehte und wendete: Finn war der Einzige, dem sie sich in dieser Sache anvertrauen konnte.

„Es tut mir leid, Mira! Ich habe das nicht so gemeint.“, entschuldigte sich Finn zerknirscht.

Dann versuchte er, sie vorsichtig in den Arm zu nehmen. Doch Mira wand sich aus seiner Umarmung. Er hatte sie an einer wunden Stelle getroffen.

„Alles, was ich sagen wollte“, begann Finn zögerlich, „ist, dass alles immer nur relativ ist. Nur weil jemand eine Familie hat, muss er nicht zwangsläufig glücklicher sein, als jemand, der keine Familie hat. Verstehst du? Ich kann verstehen, dass die Vorstellung, ohne Eltern aufgewachsen zu sein, bei vielen eine Welle von Mitleid auslöst. Doch ich sehe mich, ehrlich gesagt, nicht als mitleiderregend an. Im Gegenteil! Ich bemitleide andere, weil sie nie gelernt haben, Verantwortung zu übernehmen und wirklich erwachsen zu werden. Mir hat es im Leben an nichts gemangelt, okay? Bitte akzeptiere das.“

Mira hob vorsichtig den Kopf und blickte ihn mit zusammengekniffenen Lippen an. Dann nickte sie langsam. Sie verstand nun, was er meinte. Finn wollte, genauso wie sie, nicht als Opfer, erbärmlich und mitleiderregend, gesehen werden.

Finn schien erleichtert. Mira öffnete den Mund, um ihm die allerletzte Frage, die ihr auf der Seele brannte, zu stellen. Doch Finn wusste instinktiv, was sie fragen wollte.

„Ja, ich glaube fest daran, dass ich meine Eltern im Himmel wiedersehen werde. Es wird ein sehr schönes Wiedersehen.“

Mira schwieg. Sie war weder religiös noch glaubte sie an den Himmel oder ein Leben nach dem Tod. Ihrer Meinung nach war der Tod endgültig. Daher war sie fest davon überzeugt, dass Finn seine Eltern nie wiedersehen würde. Aber eher würde Mira sich die Zunge abbeißen, als ihm das zu sagen.

Abends, bevor sie einschlief, hatte sie jetzt immer öfter das Bild eines kleinen Jungen vor Augen, der jede Nacht mit der Hoffnung einschlief, seine Eltern wiederzusehen. Dann dachte sie, dass die Welt ungerecht war. Es war schwachsinnig zu glauben, dass guten Menschen nur Gutes widerfuhr und schlechte Menschen ihrer gerechten Strafe zugeführt wurden. In Wahrheit gab es keine Gerechtigkeit. Wie sonst war zu erklären, dass der kleine, unschuldige Junge in ihrem Kopf plötzlich keine Eltern mehr hatte? Was hatte er denn verbrochen, dass ihm seine Eltern genommen worden waren? Mira versuchte sich vorzustellen, wie das Leben des Jungen weiter verlaufen war: Vermutlich war er in einem Kinderheim, bei Pflegeeltern oder bei der Nachbarin aufwachsen, die ihm erklärt hatte, dass seine Eltern im Himmel auf ihm warteten. Vielleicht hatte er sein ganzes Leben nach dem Tod seiner Eltern mal hier, mal dort verbracht. Aber vielleicht hatte er auch Glück gehabt und war in einer Pflegefamilie aufgewachsen, in der er als Familienmitglied akzeptiert worden war. Mira wusste nicht, ob Finn eine glückliche Kindheit erlebt hatte.

Tatsache war, dass er jetzt alleine wohnte und, soweit sie wusste, gab es auch keine Adoptivmutter oder Verwandte, die nach ihm sahen. Plötzlich kam ihr seine Bemerkung von ihrem ersten Treffen in den Sinn: *Ich hätte vieles dafür getan, einen Bruder oder eine Schwester zu haben.* Oh Finn!, dachte Mira. Jetzt verstand sie, was er damit gemeint hatte: Ein Bruder oder eine Schwester hätten den gleichen Schmerz erlitten und gemeinsam hätten sie sich durch das Leben helfen können. Da Geteiltes Leid halbes Leid war!

Und plötzlich musste sie an ihr eigenes Leben denken. Sie war selbst ohne Vater aufgewachsen und obwohl ihre Mutter ihr von Anfang an immer alles gegeben hatte, hatte sie manchmal doch das Gefühl gehabt, dass etwas fehlte. So sehr sie ihre Mutter liebte – ihren Vater konnte sie nicht ersetzen. Dass sie keinen Vater hatte, hatte sie traurig gemacht und ihr manchmal das Gefühl gegeben, minderwertig, ja, sogar wertlos zu sein. Inzwischen konnte sie damit besser umgehen. Aber Mira konnte sich nicht vorstellen, wie es war, keinen Vater und keine Mutter zu haben. Sie wagte es nicht, den Gedanken weiterzuverfolgen ...

In gewisser Weise hatte Finn recht. Jeder hatte nun mal seine eigene Bürde zu tragen. Und nur man selbst wusste, wie schwer die Bürde war, die man mit sich herumtrug. Von außen konnte das niemand beurteilen und niemand wollte zugeben, wie schwer die eigene Last tatsächlich war. Alle spielten einander vor, wie schön und toll das eigene Leben doch war und, um von der eigenen Bürde abzulenken, zeigte man lieber mit dem Finger auf die anderen und redete über deren Mängel. So fühlten sich die eigenen Probleme schon viel leichter an.

Mira konnte Finn verstehen. Er wusste, dass andere Familienprobleme hatten und sehr darunter litten. Vielleicht litten sie unter ihrer Familie und wünschten sich, von ihr loszukommen. Doch sobald sie hörten, dass er keine Familie hatte, zeigten sie mit dem Finger auf ihn und bemitleideten ihn. *Alles ist immer nur relativ* ... Wie Recht Finn damit nur hatte!

Mira hätte nur zu gerne gewusst, wie sein Leben nach dem Tod seiner Eltern verlaufen war. Aber sie wollte ihn nicht dazu drängen, ihr von seinem Leben zu erzählen. Er hatte ein Recht darauf, sein Privatleben für sich zu behalten. Und er würde ihr schon selbst davon erzählen, wenn er wollte.

Stattdessen unterhielten Finn und Mira sich über Sam. Mira war froh, mit ihm über ihre beste Freundin reden zu können. Denn, obwohl Mira versuchte, ihr Verhalten so objektiv wie möglich zu betrachten, gelang ihr das nur teilweise. Sie kannte Sam schon so lange und sie hatten gemeinsam so viel erlebt. Da war es schwer, nicht emotional zu werden. Und je mehr sie darüber nachdachte, ihre Freundschaft zu beenden, desto mehr fiel ihr auf, wie sehr sie an Sam hing. Einerseits nahm sie sich vor Sam in Acht und misstraute ihr. Andererseits konnte sie auch nicht ohne sie. Gerade deshalb war sie froh, mit Finn darüber reden zu können. Er, als Außenstehender, hatte eine andere Sicht auf die Dinge als Mira. Ihm gegenüber öffnete sie ihr Herz und ließ all ihren quälenden Gedanken freien Lauf.

„Ich verstehe das nicht“, beklagte Mira sich. Sie waren in Finns Wohnung und aßen zusammen Sandwiches, die Finn gemacht hatte. Er biss ein Stück von Seinem ab und betrachtete sie aufmerksam.

„Ich meine, es ist eine Sache, wenn Leute sich plötzlich grundlos Scheiße verhalten. Aber es ist eine ganz andere Sache, wenn es deine beste Freundin ist, die du seit Ewigkeiten kennst.“

„Wenn sie dir nicht mehr guttut, dann solltest du die Freundschaft mit ihr beenden. Egal, wie lange ihr schon befreundet seid.“

„Das ist leichter gesagt als getan. Ich meine, wir haben fünf Kurse zusammen. Und wir sitzen in all diesen Kursen immer nebeneinander. Nächste Woche, zum Beispiel, müssen wir gemeinsam eine Präsentation in Geschichte halten. Außerdem feiert Sam bald ihren achtzehnten Geburtstag und sie hat mich als Erste eingeladen ... Früher haben wir so oft darüber geredet, wie wir unseren achtzehnten Geburtstag feiern wollen und was wir alles machen werden, wenn wir endlich volljährig sind. Ich habe ihr Geburtstagsgeschenk schon vor einem Monat gekauft. Es liegt unter meinem Bett versteckt. Sams Mutter hat meine Mum, Lynn und mich alle am Wochenende zu Kaffee und Kuchen eingeladen und ...“

„Mira!“, fiel Finn ihr ins Wort. „Ich verstehe, was du sagen willst. Aber wenn du meine ehrliche Meinung hören willst: Das sind alles nur Ausreden! Du suchst nach Argumenten, die rechtfertigen sollen, warum du weiterhin mit ihr befreundet sein musst.“

„Das stimmt doch gar nicht!“, erwiderte Mira.

„Doch, schon. Du suchst nach Gründen, weshalb du die Freundschaft zu Sam nicht aufgeben kannst, obwohl sie dir nicht mehr guttut: Sie ist deine Sitznachbarin, ihr wollt gemeinsam Geburtstag feiern, du hast ihr bereits ein

Geschenk gekauft und so weiter. Deshalb musst du auch mit ihr befreundet sein. Das ist so, wie wenn ein Ehepaar sich eigentlich hasst, sie aber trotzdem zusammenbleiben, wegen der gemeinsamen Kinder, dem gemeinsamem Haus und so weiter. Etwas, das einem ans Herz gewachsen ist, nicht aufzugeben, ist der einfachere Weg. Aber der einfachere Weg ist nicht immer der beste Weg!"

Mira senkte den Blick. Hatte er vielleicht Recht? Suchte sie unbewusst nach Gründen, um weiterhin mit Sam befreundet zu bleiben? Ihre Freundschaft nahm einen großen Teil in Miras Leben ein. Wenn es Sam in ihrem Leben nicht mehr geben würde, wäre da eine große Lücke. Hatte sie Angst, wie sie die Lücke füllen sollte? War sie wirklich so abhängig von Sam?

Eine Weile schwiegen sie beide.

Dann murmelte Mira: „Ich schaue erst mal, wie es sich weiter entwickelt."

Sie sagte das mehr zu sich selbst. Finn blickte sie nachdenklich an, bevor er erwiderte: „Ich kann und will dir die Entscheidung nicht abnehmen. Du musst selbst wissen, ob es noch Sinn macht, mit Sam befreundet zu sein. Aber egal, wie du dich entscheidest, ich stehe hinter dir. Du wirst schon die richtige Entscheidung treffen."

Mira hob den Kopf und sah ihm in die Augen. „Danke!"

Sie legte ihren Teller mit den Sandwichen zur Seite und schlang die Arme um Finn. Sie war so froh, ihn zu haben. Was würde sie ohne ihn nur machen?

19. Kapitel

Seit der Beerdigung sind mehr als drei Wochen vergangen. In der Schule ist Finns Tod schon länger kein Gesprächsthema mehr. In weniger als zwei Wochen beginnen die Sommerferien. Die letzten Nachklausuren sind geschrieben und jetzt geht es nur noch darum, auf die Zeugnisnoten zu warten.

Mira blickt ihrem Zeugnis zum ersten Mal mit Bangen entgegen. Seit Finns Tod steht sie vollkommen neben sich. Während des Unterrichts schweifen ihre Gedanken ab. Sie beteiligt sich mündlich nicht mehr. In Deutsch hat Frau Wiemers ihre mündliche Note von 14 auf 7 Punkte heruntergestuft. Obwohl Mira damit gerechnet hat, ist es trotzdem wie ein Schlag ins Gesicht. Auch ihre schriftlichen Noten haben sich verschlechtert. Das liegt daran, dass Mira sich kaum konzentrieren kann. Sie hat Schwierigkeiten, auf die Klausuren zu lernen.

Ihre Gedanken sind wie ein unkontrollierbares Feuer. Sie sind zu dem geworden, was Mira am meisten fürchtet. Je mehr sie versucht, ihren zu entgehen, desto mehr zwingen sie sich ihr auf. Langsam wird ihr bewusst, dass sie Hilfe braucht, um mit Finns Tod abzuschließen. Doch sie schämt sich. Sie kann ja nicht mal das, was ihr das Leben so zur Hölle macht, in Worte fassen! Mira hat in ihrem ganzen Leben nie etwas Vergleichbares erlebt.

Nachts, wenn sie nicht einschlafen kann – was mittlerweile normal geworden ist – ist es am schlimmsten. Ihre Gedanken überschlagen sich. Meistens schläft sie erst in den frühen Morgenstunden ein. Dann bekommt sie nur wenige Stunden Schlaf, bis ihr Wecker klingelt und sie zur Schule muss. Ständig ist sie schlecht gelaunt und ausgelaugt.

An den Wochenendenden schläft Mira bis mittags aus, dann fühlt sie sich ein bisschen besser, aber sie muss sich vor den wachsamen Augen ihrer Mutter in Acht nehmen. Ihre Mutter hat sie in letzter Zeit öfter gefragt, ob mit ihr alles in Ordnung ist. Sie denkt vielleicht, dass ihre Tochter gerade eine schwierige pubertäre Phase durchmacht. Mira wünschte sich, es wäre so! Doch sie weiß, dass das, was sie zur Zeit durchmacht, mehr ist als nur eine Phase. Viel mehr!

Es ist ein Teufelskreis. Mira hat auf gar nichts Lust. Alles strengt sie zu sehr an: Die Schule, die Prüfungen, das gemeinsame Essen mit ihrer Familie und sogar ihre Freundschaft zu Betty hat Risse bekommen. Da Mira ihrer Freundin oft absagt und schnell gereizt ist, distanziert sich Betty mehr und mehr von ihr. Mira weiß, dass sie in letzter Zeit Dinge oft in den falschen Hals bekommt.

Doch sie ist zu sehr gefangen in ihrer eignen Welt, als dass es sie gekümmert hätte.

Was hätte sie anders machen können? Und was muss sie tun, dass es ihr wieder besser geht?

Ein paar Tage vor den Sommerferien fasst Mira im Morgengrauen den Entschluss, sich endlich aus ihrer Gefangenschaft zu befreien. Sie hat es satt! Sie kann nicht mehr. Tag für Tag schleppt sie sich durch den Alltag und hofft auf ein Wunder, hofft auf Antworten. Stattdessen tauchen immer mehr Fragen auf und alles wird nur noch schlimmer. Ihr geht es schlecht. Alles ist zu einer Bürde geworden. Selbst die Dinge, die sie früher mit Leichtigkeit und Freude getan hat, sind für sie jetzt nur noch belastend und anstrengend.

Im Internet hat Mira dazu einen Beitrag gelesen. Auf einer anonymen Seite tauschen sich Teenager, die in aussichtslosen Situationen stecken, aus. Dabei berichten viele, dass sie sich selbst verletzen, um sich zu befreien. Mira findet den Gedanken zunächst befremdlich. Doch je mehr sie darüber liest, desto mehr ergibt es Sinn.

Wenn ich mich selbst ritze, schreibt ein Forumsmitglied, spüre ich wieder etwas. Es ist wie eine Befreiung: Der körperliche Schmerz überwiegt den Seelischen. Zu sehen, wie Blut aus der Wunde fließt, die ich mir selbst zugefügt habe, verschafft mir ein Gefühl der Befriedigung. Ich habe wieder Macht über mein Leben. Den seelischen Schmerz fügen mir andere zu. Doch den körperlichen Schmerz füge ich mir selbst zu. Und wenn der körperliche Schmerz alles andere überwiegt, halte ich die Fäden in der Hand.

Es geht nicht darum, Selbstmord zu begehen. Es geht vielmehr darum für einen Moment aufzuatmen und wieder etwas zu spüren. Vor allem etwas anderes zu spüren, als die eigenen seelischen Schmerzen. Es ist eine Befreiung von dem, was einen eigentlich quält. Man kann dann endlich, für einen Moment, abschalten.

Mira liegt im Bett und sieht zu, wie die ersten Sonnenstrahlen ihr Zimmer durchfluten. Ich bin so weit, denkt sie. Sie will es probieren. Sie muss es probieren! Mira will auch dieses Gefühl von Befreiung spüren. Von ihren Zwangsgedanken befreit zu sein, ist das, was sie sich am meisten wünscht. Nicht einmal alles Geld der Welt könnte sie so glücklich machen wie das Gefühl, endlich nicht mehr denken zu müssen.

Mira weiß sonst keinen anderen Weg, um der Hölle zu entgehen, die nun zu ihrer Welt geworden ist. Sie hofft, dass ihr das Ritzen hilft, ihre Zwangsgedanken abzustellen. Vielleicht hilft ihr der Anblick ihres eigenen warmen, hellroten Blutes zumindest für eine Nacht, sich auf andere Gedanken zu bringen. Und vielleicht schafft Mira es dadurch sogar, eine Nacht durchzuschlafen. Und dann wird sie endlich nicht mehr so müde sein.

Nach der Schule wird es soweit sein. Sie wird es tun. Sie wird sich ritzen. Mit diesem Gedanken schaltet Mira ihren Wecker aus und steigt aus dem Bett, um sich für die Schule fertig zu machen. Nur noch fünf Stunden, denkt sie. Und zum ersten Mal seit einer Ewigkeit spürt sie so etwas sie Freude in sich.

Mira kommt früher als gedacht nach Hause. Da die Sommerferien in ein paar Tagen anfangen, findet ohnehin kein richtiger Unterricht mehr statt. Es geht nur darum, Zeit totzuschlagen. Und wenn die Lehrer die Besuche in der Eisdiele und die Filme, die sie den Schülerinnen und Schülern zeigen, überdrüssig geworden sind, beenden sie den Unterricht vorzeitig.

Mira schaut auf die Uhr. Es ist kurz vor zwölf Uhr mittags. Ihre Mutter ist bei der Arbeit und Lynn ist bestimmt noch in der Schule. Sie ist alleine zu Hause. Sie geht in ihr Zimmer und greift in ihre Nachttischschublade. Mira muss nicht suchen. Sie weiß genau, wo sie die Rasierklingen, die sie gestern gekauft hat, hingetan hat. Sie hat sie nur mal so gekauft. Der Entschluss, sich selbst damit zu ritzen, ist erst heute Morgen gefallen.

Mira geht in ihr Badezimmer. Ihr Blick fällt auf den Spiegel über dem Waschbecken. Willst du das wirklich tun?, fragt Mira ihr Spiegelbild. Einen kurzen Moment lang zögert sie. Doch der Moment geht schnell vorüber.

Ihre Hände zittern, als sie das kleine Päckchen, in dem die Rasierklingen sich befinden, öffnet. Vorsichtig zieht sie eine Rasierklinge heraus. Mira hat sich noch nie selbst verletzt. Es ist das erste Mal. Langsam führt sie die Rasierklinge an ihren Unterarm. Ihre Hand zittert. Mira hat Angst, sich die Pulsadern aufzuschneiden. Daher setzt sie den ersten Schnitt weiter oben an. Dann passiert alles sehr schnell. Ein kleiner Schnitt und sofort fließt das hellrote, warme Blut über ihren Arm. Mira lächelt. Siehst du, sagt sie sich selbst, war doch nicht so schlimm. Ihre Hand hört auf zu zittern. Sie ist zufrieden. Es ist wirklich eine Befreiung. Mira denkt in diesem Moment gar nichts. Jetzt ist sie nicht mehr die Gefangene in ihrer eigenen Welt.

Dann wirft sie einen Blick in den Spiegel. Sie will diesen Augenblick für immer festhalten. Doch da fährt Mira erschrocken zusammen. Sie ist nicht alleine im Bad! Mira starrt Lynn wie versteinert im Spiegel an. Ihre Schwester starrt zurück. Sie ist sichtlich betroffen.

„Mira?“, flüstert Lynn. „Was machst du da?“

20. Kapitel

Es war merkwürdig. In der Schule verbrachte Mira nach wie vor die meiste Zeit mit Sam, während sie sich in ihrer Freizeit immer öfters mit Finn traf. Das war inzwischen zu ihrem Alltag geworden und Mira dachte nicht weiter darüber nach. Ihrer Mutter erzählte sie weiterhin nichts von ihren Treffen mit Finn. Sie würde in ein paar Monaten ohnehin volljährig sein und dann durfte sie tun und lassen, was sie wollte. Außerdem befürchtete sie, dass ihre Mutter die Treffen mit Finn falsch verstehen könnte. Katja konnte sehr neugierig sein. Mira wusste um die Macken ihrer Mutter und hatte deswegen keine Lust ihr zu erzählen, dass sie sich mit einem Jungen traf. Finn und sie waren inzwischen sehr gute Freunde geworden. Aber er war nicht ihr *Freund*.

Doch Mira wusste, dass ihre Mutter genau das denken würde. Dann würde Katja sie beiseite nehmen und ihr nochmal alle Regeln von Safer Sex vortragen. Das war ihr Verständnis davon, eine gute Mutter zu sein. Mira sah schon vor sich, wie ihre Mutter ihre Erklärung, dass sie nur Freunde seien und keinen Sex miteinander hätten mit einem „Ja ja!" abtun würde. Mal ganz abgesehen davon, dass es ihr äußerst peinlich war, mit ihrer Mutter über Sex zu reden. Letztendlich entschied Mira, dass es keinen Grund gab, Neugier und Besorgnis zu säen, wo keine notwendig war.

Stattdessen freute sie sich darüber, dass es zwischen Sam und ihr fast wieder so wie früher war. Sie stellte ihre beste Freundin nicht mehr ganz so sehr in Frage.

Die Präsentation in Geschichte hatten sie gemeinsam erstellt und vorgetragen. Ihre Noten sollten sie erst Ende der Woche erfahren. Mira war sich sicher, dass sie beide gute Bewertungen erhalten würden, da sie viel Zeit in die Präsentation gesteckt hatten, sie souverän vorgetragen und ein positives Feedback von ihren Mitschülern erhalten hatten.

Und letztes Wochenende erst hatten sich ihre Familien nach einer gefühlten Ewigkeit wieder getroffen. Sams Mum hatte zwei Kuchen gebacken und frischen Kaffee gekocht. Ihr war anzusehen, dass sie sich sehr über den Besuch von Katja, Lynn und Mira freute. Gemeinsam mit Sam und ihrer Mutter saßen sie zu fünft im Wohnzimmer und quatschten fröhlich, während sie von dem Cappuccino- und Pflaumenkuchen probierten. Sams Mutter fragte alle fünf Minuten, ob ihnen denn auch die selbstgebackenen Kuchen schmeckten. Und sie war erst zufrieden, als alle für ihre Backkünste lobten. Katja hatte, fast schon etwas neidisch, nach den Rezepten gefragt.

Später, als sie den Tisch abräumten, waren Mira und Sams Mum für einen Moment alleine in der Küche. Sie nahm Mira zur Seite und verriet ihr im Vertrauen, dass Sams Großeltern und sie Geld zusammengelegt hatten, um Sam zu ihren achtzehnten Geburtstag ein Auto zu schenken. Wow! Mira war begeistert. Sie wusste, wie sehr Sam sich über ein eigenes Auto freuen würde. Sams Mutter bat sie aber, Sam nichts zu verraten. Es sollte eine Überraschung werden. Mira versprach es, gerade als Sam die Küche betrat. Und ihre Mutter und Mira taten so, als ob nichts wäre.

Nach dem Besuch bei Sam teilte ihre Mutter ihr ganz nebenbei mit, dass sie damit einverstanden war, ihr ein neues Handy zu kaufen, unter der Bedingung, dass Mira versprach, gut darauf aufzupassen. Mira jubelte auf. Endlich! Fast ein Monat war vergangen, seit sie ihr Handy auf der Party verloren hatte und beinahe täglich hatte sie ihre Mutter angefleht ihr ein Neues zu kaufen, aber diese hatte nur gemeint, dass sie erst lernen musste, mit ihren Sachen verantwortungsvoll umzugehen.

Von all den vermissten Sachen auf der Hausparty war nichts wieder aufgetaucht. Jason weigerte sich, jegliche

Verantwortung zu übernehmen. Er war der Ansicht, dass er als Gastgeber keine Haftung für die Mitbringsel seiner Gäste hatte. Mira hatte sich sowieso damit abgefunden, dass sie ihr altes Handy nie wieder zu Gesicht bekommen würde. Sie wollte ohnehin alle Erinnerungen an diese Nacht am liebsten auslöschen. Umso erfreuter war sie, dass ihre Mutter schließlich einknickte und versprach, ihr ein neues Handy zu kaufen.

Außerdem hatte Finn aus mysteriösen Gründen die Schule gewechselt. Das hatte Mira über Sam erfahren. Sie konnte gar nicht sagen, wie froh sie darüber war. Nie wieder musste sie Angst haben, ihn in der Schule über den Weg zu laufen.

In Gedanken vergab sie Sam dafür, dass sie sie auf Jasons Party allein zurückgelassen hatte. Vielleicht hatte Sam ja nach ihr gesucht, bevor Finn auf der Party ankam. Und vielleicht hatte sie gedacht, dass Mira schon längst nach Hause gegangen und nicht mehr auf der Party war. Auch dafür, dass Sam nur über sich selbst gesprochen hatte, als Finn sich auf der Party mit ihr unterhielt, hatte Mira eine Erklärung gefunden. Sam schwärmte für Finn. Da war es normal, dass sie versuchte, seine Aufmerksamkeit auf sich zu lenken. Bestimmt hatte Sam nichts Böses im Sinn gehabt.

Und dass es wegen Noten und Klamotten zwischen ihnen manchmal zu Neid kam, war nichts Neues. Das hieß aber nicht, dass keine besten Freundinnen waren.

Schließlich traf Mira ihre Entscheidung: Sie würde weiterhin mit Sam befreundet bleiben und das teilte sie Finn auch prompt mit. Finn nickte nur. Er würde nicht versuchen, ihr etwas anderes einzureden, das wusste Mira. Sie war froh, dass er ihre Entscheidung akzeptierte.

Doch obwohl es zwischen Sam und Mira wieder gut lief, erzählte Mira ihr nach wie vor nichts von den Treffen mit Finn. Einerseits befürchtete sie, dass Sam neidisch auf sie sein würde. Gerade jetzt, wo sie wieder Vertrauen zu ihrer besten Freundin gefasst hatte, wollte sie das nicht aufs Spiel setzen. Außerdem mochte Finn Sam nicht. Wenn es nach ihm gegangen wäre, hätte Mira ihre Freundschaft zu Sam schon längst beendet. Obwohl er nie direkt etwas gegen Sam sagte, merkte Mira ihm doch an, dass er ihr gegenüber misstrauisch war und sie nicht besonders leiden konnte.

Es war klar, dass sie niemals zu dritt gute Freunde sein würden. Vermutlich würde Mira zwischen den beiden stehen, oder sich im schlimmsten Fall, sogar für einen von beiden entscheiden müssen. Aber das wollte sie auf keinen Fall! Ihr bedeutete sowohl die Freundschaft zu Sam als auch die zu Finn sehr viel. So viele gemeinsame Erinnerungen und Erlebnisse verbanden sie mit Sam. Mit Finn war es anders. Da sie sich noch nicht lange kannten, entdeckte Mira immer wieder neue Seiten an ihm. Sie fand das spannend. Finn war in vielerlei Hinsicht das komplette Gegenteil von Sam. Doch gerade das fand Mira toll. Die Dinge, die sie nicht mit Sam bereden konnte, besprach sie mit Finn und andersrum genauso. Es war viel schöner zwei beste Freunde zu haben.

Finn war sehr rational. Vor allem wenn es darum ging, Mira mit Ratschlägen zur Seite zu stehen, versuchte er, seine eigene Meinung herauszuhalten, um ihr die Tatsachen aufzuzeigen. Mira schätzte das sehr an ihm.

Sam war dagegen sehr emotional, was Mira gut verstehen konnte, da es ihr manchmal auch so ging.

Jedenfalls hielt Mira es für das Beste, Sam erst mal nichts von der Freundschaft zu Finn zu erzählen. Vielleicht würde sich Finns Einstellung zu Sam mit der Zeit ändern. Außerdem hoffte Mira, dass Sams Schwärmerei für Finn nachlassen würde. Sam wäre bestimmt nicht begeistert zu erfahren, dass Mira mit ihrem Schwarm gut befreundet war und sie sich oft trafen.

Erst wenn das in Ordnung kam, konnte Mira darauf zu hoffen, dass Finn und Sam auch gute Freunde werden würden. Bis dahin würde sie alles wie gewohnt handhaben: In der Schule und einen kleinen Teil ihrer Freizeit verbrachte sie mit Sam, während sie Finn den Großteil ihrer freien Zeit widmete.

Es war einer ihrer gemeinsamen Nachmittage und Finn und Mira beschlossen spontan, sich in eine Eisdiele zu setzen. Die letzte Schulstunde war ausgefallen und da sie beide denselben Kurs belegt hatten, hatten sie auch zur selben Zeit Schulschluss.

Bevor sie Eis essen gingen, wollten sie allerdings kurz in Finns Wohnung vorbeischauen, um ihre Schultaschen abzustellen. Normalerweise fuhr Mira mit dem Fahrrad zur Schule und stellte ihre Tasche in den Fahrradkorb. Doch an diesem Tag war sie ausnahmsweise mit dem Bus gefahren.

So liefen Finn und Mira nach der Schule Seite an Seite mit ihren Schultaschen auf den Schultern zu Finns Wohnung. Auf halbem Weg dorthin, kam Mira ins Schwitzen. Obwohl es ein milder Sommertag war, machte ihr der Weg mit der schweren Tasche auf den Schultern zu schaffen. Finn sah sie von der Seite an.

„Soll ich dir die Tasche abnehmen?“, fragte er belustigt. Mira war im Begriff, ja zu sagen, als ihr sein Grinsen auffiel.

„Hey!“ Sie boxte ihn gegen die Schulter. „Das ist nicht lustig. Die Tasche ist schwer; meeeegaschwer.“

„Was hast du da drin? Steine?“

„Nein. Aber dafür drei schwere Bücher, Blöcke, ein Mäppchen, was zu trinken und eine Jacke.“

Finn sah sie verwundert an. „Wozu brauchst du bei *den* Temperaturen eine Jacke?“

„Morgens ist es kalt. Ich erfriere sonst, wenn ich auf den Bus warte.“

Finn sah an ihr herunter. „Du erfrierst und ziehst dir trotzdem Hotpants an?“

Mira überlegte, ob sie ihm erklären sollte, dass Hotpants diesen Sommer ein *Muss* waren. Fast alle Mädchen an ihrer Schule trugen sie. Sie beschloss, lieber die Beleidigte zu spielen.

„Du bist gemein! Wenn du so eine schwere Tasche hättest, hätte ich dir auch mit Tragen geholfen."

„Hättest du?", hackte Finn nach.

„Ja!" Da konnte Mira sich nicht mehr länger halten und lachte. „Okay. Hätte ich nicht. Aber du kannst doch trotzdem lieb sein."

„Oh Mann!" Finn verdrehte die Augen, doch er lächelte. „Gib sie schon her. Aber dafür schuldest du mir ein Eis."

„Deal!"

Mira gab ihre Tasche erleichtert Finn. Sie scherzten und lachten den ganzen Weg zu Finns Wohnung. Diese lag nur zwei Minuten von der Innenstadt entfernt. Gerade als sie die Wohnsiedlung erreicht hatten und in die Straße einbogen, in der Finn wohnte, sah Mira *sie*. Sam. Etwa fünfzehn Meter von ihnen entfernt ging Sam. Offensichtlich war sie auch auf dem Weg in die Innenstadt. Mira blieb stehen. Ihr Herz schlug schneller.

„Was ist?", fragte Finn verwundert. Er sah mit gerunzelter Stirn an.

„Ach ... es ist nichts." Sie packte Finns Arm. „Komm, lass uns in deine Wohnung gehen."

Mira hoffte inständig, dass Sam sich nicht umdrehen würde. Finn gehorchte ihr schweigend. Oben angekommen, stellte er erst mal ihre Schultaschen ab. Währenddessen schwieg Mira nachdenklich. Hatte Sam sie entdeckt?

„Erklärst du mir, was los ist?"

„Es tut mir leid." Mira drehte sich zu Finn um.

Ihr wurde bewusst, wie lächerlich und kindisch ihr Verhalten auf ihn gewirkt haben musste.

„Es ist nicht wegen dir. Du hast nichts falsch gemacht."

„Was ist es dann?"

Mira zögerte. Doch dann beschloss sie, ihm zu erzählen, dass sie Sam unten auf der Straße entdeckt hatte. Finn betrachtete sie einen Moment lang schweigend. Sie hatte das Gefühl, unter seinem Blick im Erdboden versinken zu müssen. Dann wandte er den Blick ab und ließ sich aufs Sofa fallen. Mira setze sich neben ihn.

„Es tut mir leid, ehrlich!“ Sie griff vorsichtig nach seiner Hand.

„Was tut dir leid, Mira?“ Finn hob den Blick und sah ihr in die Augen. Jetzt hatte Mira Angst, etwas Falsches zu sagen. Unter seinem Blick senkte sie die Augen. Auf einmal fühlte sie sich unwohl.

„Gut, dann sag ich dir eben, was Sache ist“, meinte Finn. „Sie hat Macht über dich. Du lässt dich von ihr leiten und kontrollieren.“

„Das stimmt doch gar nicht! ... Das sagst du nur, weil du Sam nicht leiden kannst.“, rutschte es Mira heraus.

Finn sah sie streng an. „Das stimmt nicht und das weißt du auch. Es geht gar nicht darum, ob ich sie leiden kann. Es geht darum, wie Sam sich verhält und vor allem wie du dich verhältst. Warum verheimlichst du ihr unsere Freundschaft, wenn sie doch deine beste Freundin ist und und du ihr vertraust?“

„Es ist besser so“, antwortete Mira zögerlich. Schließlich hielt sie es nicht länger aus und platze raus: „Verdammt Finn! Sie mag dich. Versteh das doch. Wie kommt das denn bitte rüber, wenn ich Sam erzähle, dass ich mich mit dem Jungen treffe, den sie mag?“

Finn war sichtlich unbeeindruckt. „Siehst du, sag ich doch! Es geht darum, dass sie nicht verletzt wird. Du lässt dich von ihren Gefühlen leiten.“

„Was hätte ich denn deiner Meinung nach tun sollen?“ In Mira wuchs die Wut.

„Du hättest nicht vor der Situation fliehen sollen. Ich meine, wenn du ihr vertrauen würdest, würdest du ihr auch erzählen, dass du dich mit mir triffst. Und Sam wiederum würde das verstehen. Aber anscheinend ist da doch etwas in eurer Freundschaft, was dich daran hindert, genau das zu tun. Und das zeigt mir erstens, dass du Sam nicht vertraust. Und zweitens, dass du dich zu sehr von ihren Bedürfnissen und Gefühlen leiten lässt. Wie ich bereits gesagt habe: Sie hat Macht über dich."

Mira wusste nicht, was sie sagen sollte. Hatte Finn etwa Recht? Ließ sie sich zu sehr von Sam leiten? Aber sie und Mira waren doch schon soooo lange befreundet.

„Sam und ich sind schon seit einer Ewigkeit miteinander befreundet. Ist das dann nicht normal, dass man da aufeinander Rücksicht nimmt?" Sie sah ihn nicht an.

„Rücksicht zu nehmen ist gut. Doch es gibt eine Grenze. Eine Grenze, wo es nicht mehr um Rücksicht anderen gegenüber geht, sondern darum, dass man sich selbst zurückstellt, um die Gefühle und Bedürfnisse anderer voranzustellen. Manchmal passiert das ganz unbewusst. Es ist ein schleichender Prozess. Und ich meine das nicht böse. Ich versuche, dich nur zu warnen, damit du dich nicht brechen lässt."

Mira blickte ihn mit gerunzelter Stirn an. „Was, bitte schön, hat das damit zu tun, dass ich mich brechen lasse? Wie kommst du da überhaupt drauf?"

Finn holte tief Luft. „Weißt du denn, was es bedeutet, einen Menschen zu brechen? Hm? Hast du dich damit schon mal auseinandergesetzt? Es geht nicht nur darum, ihm die grundlegenden Bedürfnisse wie Schlaf, Wasser und Essen zu entziehen. Einen Menschen zu brechen bedeutet, seinen Willen zu brechen und ihm das Recht auf Selbstbestimmung zu entziehen. Andere entscheiden dann über dich! Du bist nicht mehr dein eigener Herr. Du bist dann der Sklave eines anderen. Das bedeutet es, einen Menschen zu brechen. Erinnerst du dich ..." Er zögerte. „Erinnerst du dich an jene Nacht auf der Party, als Felix ... du weißt schon."

Finn wagte es nicht, beim Namen zu nennen. Er wollte nicht wieder alte Wunden bei Mira aufreißen. Doch er musste ihr einfach die Augen öffnen. Es ging nicht anders!

Mira nickte beschämt.

„Na ja, ich habe ... hab das nur einen Moment lang gesehen, da ich dir dann sofort zur Hilfe geeilt bin. Doch Felix hatte dich in diesem Moment gebrochen. Du hast nur dagelegen, ohne dich zu wehren. Du hast ihn einfach machen lassen. Du warst in diesem Moment nicht du selbst. Ich weiß nicht, was genau er davor mit dir gemacht hat oder was er dir gesagt hat aber er hatte es jedenfalls geschafft deinen Willen zu brechen. Und glaub mir, wenn das erst mal passiert ist, ist man umso anfälliger. Und die Party ist noch nicht so lange her."

Finn sah sie besorgt an. „Ich mache mir einfach Sorgen um dich. Das ist nicht einmal gegen Sam persönlich gerichtet. Ich will einfach nur nicht, dass es dir zur Gewohnheit wird, dass du den Willen anderer Menschen über deinen eigenen stellst. Ich will nicht, dass andere mit dir machen, was sie wollen. Aber dafür musst du erst mal deine Bedürfnisse und deinen Willen kennen. Also, wenn du Sam sagen willst, dass wir befreundet sind, dann tu es. Und lass dich nicht davon leiten, was sie möchte. Verstehst du?"

Mira nickte. „Ich denke schon. Also, wenn ich dir gesagt hätte, dass ich Sam von unserer Freundschaft nichts erzähle, weil ich es so möchte, dann wäre das okay. Aber da ich gesagt habe, dass ich es nicht erzähle, da ich Sam nicht verletzen möchte, warnst du mich davor."

„Ganz genau." Finn schien erleichtert. „Und wenn du es Sam erzählen möchtest, dann versuch sie nicht davon zu überzeugen, dass wir nur Freunde sind. Menschen glauben eh nur, was sie wollen. Ich meine, du kannst ihr sagen, dass wir befreundet sind und uns treffen. Doch falls sie versuchen sollte, das anzuzweifeln und dir zu unterstellen, dass zwischen uns mehr läuft, dann lass sie in ihrem Glauben. Es wird nichts bringen, Sam vom Gegenteil zu überzeugen."

„Mal sehen, ob ich es ihr überhaupt erzähle." Mira zuckte mit den Schultern. „Du musst verstehen, dass mir die Freundschaft zu Sam sehr viel bedeutet. Ich will sie nicht verlieren."

Finn seufzte. „Das ist das nächste Problem. Ich kann verstehen, dass dir eure Freundschaft viel bedeutet, doch du solltest dich nicht davon abhängig machen. Denn, wenn du dich von anderen abhängig machst, ist das immer ein Druckmittel gegen dich."

Er sah ihr tief in die Augen. „Mira, du bist gut, so wie du bist. Und vor allem bist du ein eigenständiger Mensch. Lass dir das nicht nehmen."

„Das tue ich doch gar nicht."

„Aber die Gefahr ist da und sie ist groß. Du hast Angst davor, was passiert, wenn Sam plötzlich nicht mehr da ist. Da wäre dann bestimmt eine große Lücke in deinem Leben. Und du verzweifelst jetzt schon an dieser Lücke, die du glaubst, nicht füllen zu können. Eigentlich hast du Angst vor der Angst. Doch wenn es erst mal so weit ist, sieht die Sache immer anders aus. Verstehst du?"

„Ich denke schon", erwiderte Mira langsam.

„Eines Tages wirst du es bestimmt verstehen", murmelte Finn leise.

Dann schwiegen sie beide. Mira rückte etwas näher an ihn heran.

„Warum tust du das? Also, ich meine, warum versuchst du mir zu helfen und machst dir so viele Gedanken um mich?", fragte Mira an seine Brust gelehnt. Sie konnte hören, wie sein Herz schlug. Finn zuckte mit den Schultern.

„Ich weiß nicht. Vielleicht weil ich ein guter Mensch bin. Vielleicht weil ich dich als Freundin schätze und mag. Vielleicht aber auch, weil ich es seit jener Nacht als meine Aufgabe ansehe, für dich da zu sein. Ich weiß, dass ich der Einzige bin, mit dem du über das, was dir beinahe angetan wurde, sprechen kannst. Wir alle haben Pflichten. Moralisch sind wir verpflichtet, einander zu helfen."

Vielleicht weil ich dich mag! Ich mag dich! Mira riss sich zusammen. Er mag dich nur als Freund, Dummkopf.

Sie kuschelte sich an ihn und Finn legte den Arm um sie. So saßen sie auf dem Sofa, während im Fernsehen irgendeine Doku über Haie lief. Mira tat so, als ob die Doku sie sehr interessieren würde.

Die Eisdiele hatte sie komplett vergessen.

Es passierte etwa zwei Wochen später an einem Freitag.

In einer Woche schon würde Sams achtzehnter Geburtstag stattfinden und Mira freute sich unheimlich darauf.

Die beiden Mädchen hatten abgemacht, gemeinsam zum Badminton-Treffen zu gehen. Seit Mira sich regelmäßig mit Finn traf, hatte sie Treffen mit Sam öfter abgesagt. Sie hatte daher ein schlechtes Gewissen und freute sich, wieder mal außerhalb der Schule etwas mit ihrer besten Freundin zu unternehmen.

Sie trafen sich etwa eine halbe Stunde vor dem Training auf halbem Weg zur Sporthalle. Mira erzählte Sam, dass sie immer noch kaum glauben konnte, ein neues Handy zu haben. Ihre Mutter hatte ihr sogar ein Samsung S4 gekauft. Es war eins der neusten Modelle auf dem Markt. Und Mira hatte hoch und heilig versprochen, gut darauf aufzupassen. Doch Sam wirkte abwesend und schien ihr gar nicht zuzuhören. Mira verstummte schließlich. Den Rest des Weges liefen sie schweigend nebeneinander her.

Auch während des Spiels schien Sam miese Laune zu haben. Sie war zwar nicht gut Badminton, doch diesmal spielte sie noch schlechter als sonst. Denn, sie schien sich nicht mal anzustrengen. Sie war so langsam, dass sie den Ball fast nie zurückschlagen konnte. Als es darum ging, im Doppel zu spielen, hatte niemand Lust, mit ihr in einem Team zu sein. Die anderen regten sich über Sam auf. Mira fand das extrem peinlich. Es war so auffällig, dass Mira nach einem

Doppelspiel, von einem der Vereinsmitglieder darauf angesprochen wurde.

„Sag mal, was ist denn los? Hast du Streit mit deiner Freundin?“

Mira drehte sich zu Sam um. Zum Glück war sie außer Hörweite.

„Nicht dass ich wüsste.“

Dann überkam sie ein schlechtes Gewissen. Mira wusste, dass die anderen sich freitags freiwillig trafen, um zu trainieren, und vor allem, um Spaß zu haben. Sie hatte das Gefühl, dass sie den anderen den Spaß verdarb, weil sie Sam gebeten hatte, mitzukommen.

„Es tut mir leid.“, entschuldigte sie sich zerknirscht.

„Nein, es ist alles gut. Das ist ja nicht deine Schuld.“ Er legte ihr die Hand auf die Schulter. „Aber deine Freundin kann gehen, wenn sie nicht hier sein will.“

Mira nickte. Sie hatte verstanden. Dann ging sie mit großen Schritten zu ihrer besten Freundin rüber. Sam stand völlig bewegungslos mitten in der Halle herum.

„Können wir uns mal unterhalten?“

Nur mit Mühe konnte Mira die Wut in ihrer Stimme kontrollieren. Sie wollte Sam nicht vor den anderen zur Rede stellen. Sam folgte ihr nach draußen. Als sie die Vorhalle betraten, platzte es aus Mira heraus: „Sag mal, spinnst du? Was ist los mit dir?“

Sam hatte den anderen und schließlich auch ihr, den Spaß am Spielen verdorben.

Als Sam ihr nicht antwortete, ließ Mira sie einfach in der Vorhalle stehen und lief in die Umkleide. Sie zog sich schnell um, packte ihre Sporttasche und ging. Als sie den Weg durch die Grünanlage lief, hörte sie Schritte hinter sich. Es war Sam. Mira blieb stehen. Hoffentlich würde Sam sich jetzt entschuldigen und ihr irgendeinen plausiblen Grund für ihr Verhalten liefern.

„Weißt du, wenn du keinen Bock hattest, hättest du nicht mitkommen müssen“, setzte Mira an. „Das war richtig mies von dir, was du gerade abgezogen hast. Nicht nur mir gegenüber."

,,Oh, ich bin also mies!", fiel Sam ihr ins Wort. Auf ihrem Gesicht erschien ein hasserfüllter Ausdruck, der Mira erstarren ließ.

Während ihrer langjährigen Freundschaft hatten sie sich schon mehrmals heftig gestritten. Doch diesmal war es anders. Das spürte Mira.

„Ich bin also mies. Und was ist mit dir? Denkst du, ich bekomme das nicht mit, was du hinter meinem Rücken abziehst?" Sams rotblonde Haare schimmerten in der Abendsonne.

Mira begann zu zittern. „Was ziehe ich denn ab? Was meinst du?"

„Stell dich doch nicht dumm! Schon seit Wochen bist du mit Finn zusammen und denkst, das ich nichts von all dem mitbekomme. Hältst du mich wirklich für so bescheuert, Mira?"

Es war wie ein Schlag ins Gesicht. Mira wollte etwas erwidern. Doch sie konnte nicht. Ihre Zunge gehorchte ihr nicht mehr. Sie war wie eingefroren.

„Warum erzählst du mir nicht, dass du einen Freund hast? Etwa, weil du Angst hast, dass ich dann neidisch sein könnte? Oder denkst du, ich würde ihn dir ausspannen?" Jetzt kam Sam richtig in Rage.

„Mir erzählst du schon seit Wochen, dass du keine Zeit hast, weil du angeblich lernen musst oder Training hast. Dabei triffst du dich mit Finn. Denkst du, das weiß ich nicht? Hältst du uns alle für so blöd?" Sam warf ihr einen vernichtenden Blick zu.

„Sam, so ist das nicht. Das hast du falsch verstand..."

Doch Sam unterbrach sie barsch.

„Warum Finn, Mira? Hm? Warum ausgerechnet Finn? Vielleicht weil ich ihn von Anfang an toll fand und so blöd war, es dir zu erzählen? Weißt du noch, was du zu mir gesagt hast?

Du hast gesagt, dass er dich nicht interessiert! Das war wohl auch eine deiner Lügen."

Da fing Mira an zu weinen. Ohne, dass sie etwas dagegen unternehmen konnte, rollten ihr die Tränen die Wangen herunter.

„Ich weiß, dass du Jasons Hausparty damals mit Finn verlassen hast. Du bist mit zu ihm nach Hause gegangen. Denkst du, die anderen auf der Party haben euch nicht gesehen? Und du bist nicht nur mir gegenüber so egoistisch, sondern auch gegenüber deiner Mutter! Wusstest du, dass deine Mutter in jener Nacht bei uns angerufen hat, um zu fragen, ob du die Hausparty mit mir verlassen hast und ob wir gemeinsam nach Hause gegangen sind? Und meine Mum und ich haben für dich gelogen. Ich wollte nicht, dass deine Mutter sich Sorgen macht ..." Sam holte tief Luft. „Weißt du, ich hatte die Hoffnung, dass in dir noch ein Funken Ehrlichkeit steckt. Ich hatte tatsächlich gehofft, dass du irgendwann mit der Wahrheit rausrückst und die Dinge, sowohl deiner Mutter gegenüber, als auch mir gegenüber, klärst. Aber das hast du nicht!"

Sam keuchte jetzt.

„Fahr zur Hölle, Mira. Wir sind keine besten Freundinnen mehr. Wir sind ab jetzt gar nichts mehr." Mit diesen Worten drehte Sam sich um und lief zurück. Irgendwie raffte Mira ihre letzte Kraft zusammen und schrie ihr hinterher: „Weißt du, warum ich dir nichts von Finn erzählt habe? Weil er dich hasst! Er hält dich für ein verlogenes Miststück."

Statt einer Antwort hielt Sam ihren Mittelfinger in die Luft. Da drehte auch Mira sich um und lief nach Hause. Auf dem ganzen Heimweg versuchte sie zu verstehen, was gerade vorgefallen war. Immer wieder brach sie dabei in Tränen aus, bis sie schließlich völlig aufgelöst zu Hause ankam. Das Haus war leer. Mira lief in ihr Zimmer, warf ihre Sporttasche in die Ecke und fiel wie eine leblose Puppe auf ihr Bett.

21. Kapitel

Es ist der vorletzte Schultag vor den Sommerferien. Mira müsste eigentlich jetzt in der Schule sitzen und zusammen mit ihren Mitschülern und Lehrern die Zeit totschlagen. Morgen werden die Zeugnisse überreicht. Die Noten wurden bereits alle mitgeteilt und eingetragen. Eigentlich ist Mira nicht so begeistert von ihren Zeugnisnoten. Aber dennoch würde sie die Schule jetzt bevorzugen. Stattdessen sitzt sie in der stationären, psychiatrischen Behandlung. Ihr gegenüber sitzt die Therapeutin Frau Dr. Tsang. Das steht auf dem Namensschild auf ihrem Schreibtisch zwischen ihnen. Sie soll beurteilen, ob Mira suizidgefährdet ist und wie es um ihre psychische Verfassung steht. Doch Mira weigert sich, mitzuspielen. Sie hat sich fest vorgenommen, die Therapeutin anzuschweigen, bis diese schließlich aufgibt. Das ist ihr bisher auch ganz gut gelungen. Seit geschlagenen zehn Minuten starrt sie an Frau Dr. Tsang vorbei und weigert sich, auch nur eine ihrer Fragen zu beantworten.

Stattdessen beschließt Mira, selbst ein Urteil über die Therapeutin zu fällen. Sie vermutet, dass Dr. Tsang aus China stammt. Sie hat schwarzes, kinnlanges Haar. Ihre Augen sind mandelförmig, ihre Nase flach und ihre Lippen voll.

Vorhin, als Frau Tsang sie begrüßt hat, hat Mira festgestellt, dass die Therapeutin ein paar Zentimeter kleiner ist als sie selbst. Insgesamt wirkt Frau Dr. Tsang auf den ersten Blick irgendwie süß.

Mira schaut sich in der Praxis um. Sie ist sauber und der Schreibtisch ist geradezu penibel aufgeräumt. Genauso groß wie ihr Ordnungssinn scheint auch ihre Geduld zu sein. Frau Dr. Tsang lächelt. Mira verspürt den Drang, über den Schreibtisch zu greifen und ihr ins Gesicht zu schlagen, damit ihr ihr blödes Lächeln vergeht. Sie hat langsam das Gefühl, wirklich verrückt zu werden.

Da greift Dr. Tsang zu dem Telefonhörer auf dem Schreibtisch. Sie drückt eine Taste, bestellt zwei Tassen Tee und legt dann wieder auf.

„Mira“, beginnt sie, in einem ruhigen Ton. „Schau mal, ich werde ohnehin für die Therapiestunden bezahlt. Es bleibt dir überlassen, ob du sie nun nutzen willst oder nicht. Aber ich kann dir eins sagen: Wenn du deine Chance nicht nutzt und dir nicht helfen lässt, wirst du dich sehr bald wieder in einer psychiatrischen Praxis befinden.“

Dann lehnt sie sich zurück.

„Und der nächste Therapeut wird vielleicht nicht so geduldig mit dir sein. Weißt du, du kannst zwangseingewiesen werden, wenn wir die Befürchtung haben, dass du dir selbst eine ernsthafte Gefahr bist.“

Sie versucht, Miras Blick einzufangen.

„Das hier ist nur eine stationäre Behandlung. Noch hast du die Chance, einer Einweisung zu entgehen. Vorausgesetzt ich halte dich nicht für suizidgefährdet.“

Es klopft an der Tür und eine schlanke Frau bringt auf einem Tablett zwei Tassen Tee herein. Dr. Tsang bittet sie, den Tee auf ihrem Schreibtisch abzustellen. Sie wartet, bis die Sekretärin das Zimmer verlassen hat, um weiterzusprechen.

„Wenn du weiterhin nur schweigst und mir nicht ein wenig entgegenkommst, dann weiß ich nicht, ob ich dich für *nicht gefährdet* erklären kann.“

Dr. Tsang greift nach ihrer Tasse Tee. Sie füllt einen Teelöffel mit Feinzucker, lässt den Zucker in die Tasse rieseln und rührt langsam um. Mira beißt sich auf die Unterlippe.

„Ich bin nicht suizidgefährdet! Und ich hatte auch nie vor, mich selbst umzubringen. Wirklich nicht. Das müssen Sie mir glauben.“

Über den Tassenrand hinweg richtet Dr. Tsang den Blick auf sie. Sie stellt ihre Tasse ab.

„Deine Mutter hat Angst um dich, Mira. Sie hat die Befürchtung, dass du Selbstmordgedanken hast, da du dich selbst im Bad verletzt hast. Das kannst du doch nachvollziehen, oder?“

Mira nickt. Ja, sie versteht, warum ihre Mutter sich Sorgen um sie macht. Unwillkürlich fällt ihr Blick auf ihre Handgelenke. Trotz der warmen Temperaturen draußen trägt Mira ein langärmeliges Sweatshirt. Sie zieht die Ärmel runter, sodass ihre Handgelenke nicht mehr zu sehen sind. Dabei errötet sie leicht. Irgendwie wird ihr in diesem Moment wirklich bewusst, dass sie Mist gebaut hat. Vor ihrem geistigen Auge sieht sie wieder, wie das hellrote Blut quer über ihren Unterarm läuft.

Dann füllen sich Miras Augen plötzlich mit Tränen. Sie hat Mitleid mit sich selbst. Gleichzeitig überkommt sie die Wut. Wie konnte sie sich selbst so etwas antun? Hatte sie Spaß daran, sich selbst bluten zu sehen? Kann sie wirklich sagen, dass sie keine Gefahr für sich selbst ist?

„Mira.“

Die Stimme der Therapeutin ist wie ein Hauch. Sie hat eine beruhigende Wirkung auf Mira.

„Es ist alles okay. Du bist jetzt in Sicherheit. Und du musst dich nicht schämen. Für nichts.“

Dr. Tsang greift nach Taschentücher und hält Mira eins hin.

„Danke“, murmelt Mira mit zittriger Stimme. Dr. Tsang wartet geduldig, bis sie sich ihre Tränen abgewischt hat und gibt ihr noch einen Moment Zeit.

Durch ihre jahrelange Erfahrung mit Patienten weiß sie, dass Menschen meistens dann anfangen von selbst zu erzählen, wenn sie das Gefühl haben, in Sicherheit zu sein. Und das geht nur, wenn man ihnen Zeit gibt und ihnen mit Geduld begegnet. Andererseits, und das weiß Dr. Tsang nur zu gut, kann auch das Gegenteil der Fall sein. Manche ihrer Patienten haben sich so sehr verschlossen, dass alle Geduld der Welt und gutes Zureden nichts mehr bringen. Sie lassen sich nicht knacken. Doch mit Mira ist es anders. Sie ist sehr jung, eine Jugendliche, die viel mit sich herumträgt. Vom ersten Augenblick an war Dr. Tsang sich sicher, dass sie sie zum Reden bringen würde.

„Und ich möchte auch, dass du weiterhin in Sicherheit bist und dir nichts passiert", fährt sie fort.

Als Mira nicht antwortet, beschließt Dr. Tsang, es auf die direkte Art zu versuchen. Oft geht sie in den Behandlungen nach Bauchgefühl vor. Ihr Instinkt, ihre gute Menschenkenntnis und die jahrelange Erfahrung als Therapeutin helfen ihr bei jeder ihrer Sitzungen. Sie hält sich dabei nicht immer an die Theorie, die sie aus den Büchern, aus dem Studium, kennt. Denn, in der Praxis sieht es meist anders aus. Manchmal wird Dr. Tsang etwas lauter, dann ist sie wieder weich und sehr einfühlsam. Je nachdem, wie die vorliegenden Umstände sind und welche Situation vorliegt, passt sie sich an. Sie biegt sich wie ein Strauch im Wind.

Am Anfang ihrer Karriere haben sie manche Lebensgeschichten und schwere Schicksalsschläge sehr getroffen und mitgenommen. Mit der Zeit hat Dr. Tsang gelernt, damit professioneller umzugehen. Sie kann nicht jede schlimme und traurige Lebensgeschichte mit nach Hause nehmen. Deshalb hat sie zum einen gelernt, sich ein dickes Fell zuzulegen. Und zum anderen unterscheidet Dr. Tsang ganz klar zwischen Privatem und ihrer Arbeit. Sobald sie nach Feierabend ihre Praxis verlässt, bleiben alle Geschichten, die ihr begegnet sind, hier zurück

„Du sagtest gerade, dass du dich gar nicht selbst umbringen wolltest. Warum hast du dich dann geritzt, Mira?"

Mira antwortet nicht sofort. Sie braucht einen Moment, um sich wieder zu erinnern. Alles scheint so ewig lang her zu sein. Warum hatte sie das nochmal getan? Was ging in ihr vor?

„Ich schätze, ich wollte die Gedanken in meinem Kopf irgendwie loswerden.", murmelt sie.

„Die Gedanken in deinem Kopf? Waren sie so laut?"

Wieder nickt Mira. Sie waren nicht nur laut, sondern schrecklich. *Zwangsgedanken.*

„Mira, wie kam es zu den schrecklichen Gedanken in deinem Kopf?"

Dr. Tsang schaut ihr in die Augen. So wie es Finn immer tat.

„Weißt du, wenn du von Anfang an berichtest, was passiert ist, können wir den Ursachen gemeinsam genaustens auf den Grund gehen. Du bist jetzt nicht mehr alleine. Und du musst mit deinen Gedanken nicht alleine fertig werden. Ich bin da, um dir zu helfen."

Mira zögert. Sie weiß noch nicht, ob sie Dr. Tsang vertrauen kann.

„Ich will nur, dass das, was dich dazu getrieben hat, dich selbst zu verletzten, nie wieder vorkommt. Ich will, dass es dir wieder gut geht. Und vor allem will ich, dass du sicher bist – auch vor dir selbst. Mira, ich möchte dir wirklich helfen. Doch dafür musst du dir auch helfen lassen. Weißt du, es ist nicht schlimm, ab und zu Hilfe anzunehmen. Das ist keine Schwäche. Im Gegenteil, das zeigt nur, dass du stark bist."

Mira schaut Dr. Tsang einen Moment lang eindringlich an. Irgendwie erinnert sie sie an Finn. Sie holt tief Luft und schließt die Augen. Dann fängt sie an zu erzählen. Von Anfang an. Es muss endlich aus ihr heraus.

Während Mira spricht, spürt sie, wie sie leichter und leichter wird. Es ist, als ob Dr. Tsang ihr unbewusstes Bedürfnis danach, sich jemandem blind anvertrauen zu können, schon immer kannte.

22. Kapitel

Nach dem Streit mit Sam fühlt Mira sich krank. Sie hatte keine Lust auf gar nichts.

Katja beobachtete ihre Tochter stirnrunzelnd. War sie krank? Was hatte sie nur? Doch, jedes Mal, wenn sie Mira fragte, was los war, blockte sie komplett ab. Schließlich schob Katja das Ganze auf die Pubertät und bohrte nicht weiter nach. Sie war alleinerziehende Mutter von zwei Teenagern und arbeitete auch noch Vollzeit. Mal ganz zu schweigen, von den unzähligen Überstunden, die oft hinzukamen. Wenn sie anfing, sich jedes Mal Sorgen zu machen, weil ihre Kinder sich etwas komisch verhielten, würde sie verrückt werden. Deshalb ließ Katja Mira ihre Ruhe. Sie wird schon auf mich zu kommen, wenn es etwas Schlimmes wäre, überlegte sie insgeheim.

Es war Samstagnachmittag. Mira lag in ihrem Zimmer auf dem Bett und starrte an die Decke. In ihrem Kopf hallten Sams Worte immer noch nach: *Ich hatte die Hoffnung, dass in dir ein Funken Ehrlichkeit steckt.* Sie hat Recht, dachte Mira. Ich bin nicht ehrlich. Ich lüge meine Mutter an. Ich habe Sam angelogen. Sie überlegte, ob sie Finn auch schon mal angelogen hatte. Nein, zu Finn war sie immer ehrlich gewesen. Er schien der einzige Mensch auf der Welt zu sein, der sie verstand und mit dem sie offen und ehrlich reden konnte.

Finn, dachte Mira sehnlich. Wenn er doch nur hier wäre! Mit ihm konnte sie über Sam und den Streit reden. Er würde ihr zuhören und ihr dann mit Ratschlägen hilfreich zur Seite stehen. Außerdem war er der rationalste Mensch, den Mira kannte. Er würde ihren Streit besser beurteilen können, als Mira.

Plötzlich kam ihr ein Gedanke. Konnte es sein, dass sie sich immer mehr von Finn abhängig machte? Er war inzwischen ihr bester Freund, ihr Retter in der Not, ihre Stütze und ihr Seelenverwandter zugleich. Da die beiden sich oft über alles Mögliche austauschten, kannten sie einander sehr gut. Mit Sam war es anders gewesen. Mit ihr hatte Mira sich meistens über Alltägliches und Oberflächliches unterhalten. Nur selten hatten sie über wirklich Bedeutsames gesprochen. Doch mit Finn führte sie oft lange, philosophische Diskussionen. Ihre Gespräche waren sehr tiefsinnig. Das passte ganz gut, da Finn und Mira beide sehr nachdenkliche Menschen waren. Sie waren sich beide viel ähnlicher, als Mira zunächst gedacht hatte. Sie hatte immer geglaubt, dass Sam und sie fast gleich tickten. Doch als sie Finn näher kennengelernt hatte, hatte sie schnell gemerkt, wie falsch sie lag.

Und Mira kannte seine Gewohnheiten, seine Art über Dinge zu reflektieren und viele seiner Ansichten.

Ihre Freundschaft war so komplex und sie waren auf so vielen verschiedenen Ebenen miteinander verbunden, dass Mira, jetzt schon darum fürchtete, dass vielleicht auch er eines Tages nicht mehr in ihrem Leben sein würde. Das wäre schrecklich! Außerdem war es gerade Finn gewesen, der sie davor gewarnt hatte, sich von einem Menschen abhängig zu machen.

Ein weiterer Gedanke kam ihr. Bisher hatte Mira diesen Gedanken erfolgreich verdrängt. Sie wollte gar nicht darüber nachdenken, doch es ging nicht anders. Steckte hinter der Freundschaft zu Finn vielleicht doch mehr? Hatte sie womöglich Gefühle für ihn? Und was war mit Finn? Was würde er sagen, wenn sie zum Beispiel plötzlich einen festen Freund hätte? Wäre das das Ende ihrer Freundschaft?

Mira schloss die Augen. Sie versuchte sich Finn und Sam zusammen vorzustellen. Wäre sie dann neidisch? Sie sah Sam und Finn auf dem Sofa sitzen. Sam lag in seinem Armen. Ihrer besten Freundin, Sam, würde Mira das gönnen. Aber die Sam, die sie gestern erlebt hatte, war weit davon entfernt, ihre beste Freundin zu sein. Sie hatte Mira nicht mal aussprechen lassen!

Seit Wochen bist du mit Finn zusammen ... Warum Finn, Mira? ... Weißt du noch, was du zu mir gesagt hast? Du hast gesagt, dass er dich nicht interessiert!

Mira drehte sich auf den Bauch und schob ihren Kopf unter das Kopfkissen. Es stimmte. Sie war ja auch gar nicht an Finn interessiert gewesen. Sie hatte weder von ihm geschwärmt, noch hatte sie über eine Freundschaft mit ihm nachgedacht. Alles, was danach kam, hatte sich so entwickelt.

Aber hieß das jetzt, dass sie Gefühle für Finn hatte? Sie konnte sich selbst die Frage nicht beantworten. Bisher war sie sich so sicher gewesen, dass ihre Freundschaft nur platonisch war. Es war das erste Mal, dass sie daran zweifelte.

Ich hatte gehofft, dass du irgendwann mit der Wahrheit rausrückst, schossen Sams Worte ihr unwillkürlich durch den Kopf. Sie hat irgendwie Recht, dachte Mira traurig. Teilweise log sie, weil sie es so wollte.

Aber größtenteils brachten die vorliegenden Umstände sie dazu, zu lügen, fand Mira wiederum. Sie hatte nie vorgehabt, die Hausparty mit Finn zusammen zu verlassen.

Die schrecklichen Vorfälle in jener Nacht hatten dazu geführt, dass der Abend komplett anders verlaufen war, als geplant. Und Mira schämte sich. Sie schämte sich für alles, was in jener Nacht vorgefallen war. Sie wollte diese schreckliche Nacht am liebsten für immer aus ihrem Leben streichen. Doch das ging nicht. Stattdessen wurde sie auch noch ständig damit konfrontiert. Sie hatte so viel gelogen, weil sie die Ereignisse jener Nacht vertuschen wollte. Niemand sollte erfahren, was Felix ihr hatte antun wollen.

Doch je mehr sie versuchte, dem Ganzen zu entgehen, desto mehr wurde sie damit konfrontiert. Es war ein Teufelskreis: Mira log, um zu vergessen. Aber ihre Lügen verfolgten sie, sodass sie gezwungen wurde, sich doch damit auseinanderzusetzen. Und jetzt hatte sie Sam verloren.

Sie brauchte erst mal Zeit, um zu verstehen, was gestern vorgefallen war.

Ihrer Mutter wollte sie nichts von dem Streit erzählen. Sie würde sicherlich die Gründe für den Streit wissen wollen. Und da sie vieles nicht wusste, gab es für Mira nur zwei Möglichkeiten: Entweder erzählte sie komplett die Wahrheit, von Anfang an; oder aber, sie musste noch mehr lügen, um das, was sie bereits verheimlicht und erlogen hatte, aufrecht zu erhalten. Und Mira hatte dazu einfach nicht die Kraft. Sie wollte weder mit der Wahrheit rausrücken, noch etwas Neues dazuerfinden. Sie wollte und konnte nicht mehr. Sie hatte es satt! Wenn sie ihrer Mutter einfach nichts von dem Streit erzählte, log sie ja nicht wirklich. Sie ließ nur etwas weg. Mira hob langsam ihren Kopf unter dem Kopfkissen.

Da verspürte sie den Drang, irgendwo weit weg zu sein: Weg von ihrer Familie, von Sam, den Verpflichtungen in der Schule und von ihren eigenen Lügen. Weit weg von allem! Sie brauchte Urlaub von dem Chaos, und vor allem, von sich selbst!

Am nächsten Tag war Sonntag. Miras Mutter war aufgebrochen, um ihre Großmutter zu besuchen. Diese hatte gestern angerufen und sich beklagt hatte, dass sie so selten bei ihr vorbeischauten, also hatte sich Katja nach dem Frühstück auf den Weg gemacht, nachdem sie Lynn und Mira gesagt hatte, dass sie erst am Abend wiederkommen würde.

Lynn verkroch sich wie immer in ihrem Zimmer. Und Mira kam spontan die Idee, Finn zu besuchen. Denn, sie hielt es nicht mehr länger aus, den Streit mit Sam für sich zu behalten. Sie musste unbedingt mit jemandem darüber reden.

Finn öffnete ihr beim zweiten Klingeln die Tür und sie setzen sich ins Wohnzimmer. Obwohl Mira versuchte, nicht mit der Tür ins Haus zu fallen, spürte Finn sofort, dass sie etwas belastete.

Er sah sie von der Seite an. „Ist alles okay?"

„Ja ... na ja ..."

Mira wusste, nicht, wie sie das, was in ihr vorging, jemals in Worte fassen sollte.

„Was ist los, Mira?"

Sie kaute auf ihrer Unterlippe herum.

„Sam und ich haben uns gestritten", brach es schließlich aus ihr hervor.

Sie wandte sich Finn zu.

„Sam beschuldigt mich, dass ich mit dir zusammen wäre und es vor ihr verheimlicht hätte", rief sie.

Finn blickte sie etwas irritiert an. „Jetzt erzähl mal von Anfang an."

Mira holte tief Luft und berichtete Finn alles. Sie ließ keine Details aus. Finn hörte ihr aufmerksam zu. Nur an einer Stelle verzog er das Gesicht und lächelte spöttisch. Uns zwar, als sie Sams Vorwurf wiederholte, keinen Funken Ehrlichkeit in sich zu haben. Nachdem Mira zu Ende erzählt hatte, blickte sie ihn hilfesuchend an.

„Finn, Sam hat nicht ganz Unrecht. Ich habe ihr unsere Freundschaft verheimlicht. Ich war unehrlich zu ihr und zu meiner Mum. Sie hat allen Grund, mir das vorzuhalten!"

Finn betrachtete sie einen Moment nachdenklich, bevor er ihr antwortete.

„Ja, aber du hattest *deine* Gründe, warum du gelogen hast. Wir haben doch darüber geredet. Und ich hatte dir geraten, Sam nicht aus Rücksicht heraus Sachen zu verheimlichen, sondern dann, wenn du es selbst so möchtest. Solange du etwas aus den richtigen und vor allem für dich richtigen Gründen heraus tust, ist es okay. Das ist zumindest meine Meinung."

Er sah sie eindringlich an. „Ich verurteile dich nicht, Mira. Du hast ja nicht mal wirklich gelogen. Du hast ihr nur nicht erzählt, dass wir uns treffen und befreundet sind. Und du bist gar nicht dazu verpflichtet, ihr alles zu erzählen."

Mira überlegte. Eigentlich hatte sie sich Finn auch nicht anvertrauen wollen. Doch seit Jasons Hausparty hatte sich einfach alles in ihrem Leben verändert. Zunächst hatte Mira sich Finn anvertrauen müssen. Und jetzt vertraute sie ihm blind und aus freiem Willen heraus. Ohne dieses Hintergrundwissen war es klar, dass Sam nur wenig Verständnis für ihre innige, aber platonische Freundschaft hatte. Andererseits hatte sie Mira eine Beziehung mit Finn unterstellt, ohne sie wirklich danach zu fragen. Sam hatte sie bereits verurteilt, ohne sie auch nur anzuhören! Mira war enttäuscht von ihr. Aber sie konnte verstehen, dass auch Sam jegliches Vertrauen zu ihr verloren hatte. Wie lange wusste sie schon, dass sie Jasons Party damals mit Finn verlassen hatte? Hatte sie es schon die ganze Zeit gewusst? Der Gedanke war beängstigend. Warum hatte sie dann Mira nicht schon viel eher mit ihrem Verdacht konfrontiert? Was war bloß so schief gelaufen zwischen ihnen?

„Verdammt Mira!", begann Finn plötzlich. „Siehst du denn nicht, dass sie falsch ist? Ich meine, sie unterstellt dir einfach Sachen. Hat Sam dich denn einmal gefragt, ob du denn mit mir zusammen bist?" Ohne ihre Antwort abzuwarten, fuhr er fort: „Ich habe dir doch gesagt, dass es nichts bringt, Menschen von etwas überzeugen zu wollen, da sie meistens eh das glauben, was sie wollen. Es hätte nichts gebracht, ihr klarzumachen, dass zwischen uns nichts läuft. Sie hätte dir sowieso nicht geglaubt, vor allem nicht, nachdem sie davon ausgeht, dass du sie angelogen hast, weil du ihr nicht alles aus deinem Leben erzählst. Es hätte nur verzweifelt gewirkt." Er seufzte. „Ich bin ehrlich zu dir. Ich denke nicht, dass du dem Streit in irgendeiner Weise hättest entgegenwirken können. Dazu hattest du nicht mal eine Chance! Sam hat sich schon alles so zurechtgelegt, wie es ihr passte, bevor sie den Streit mit dir anfing. Nach allem, was du mir erzählt hast, passierte der

Streit nicht aus dem Moment heraus ... Vergiss es einfach! Vergiss Sam! So verhält man sich nicht als beste Freundin."

Mira schwieg. Sie dachte über Finns Worte nach. Es stimmte zwar, dass Sam sie vorschnell verurteilt hatte. Doch trug sie nicht selbst Schuld daran? Falls Sam von Anfang an gewusst hatte, dass sie Jasons Hausparty mit Finn verlassen hatte, konnte sie ihre Reaktion nachvollziehen. Sollte Mira sich vielleicht bei Sam entschuldigen? Oder war es längst zu spät dafür?

Mira plagte das schlechte Gewissen. Sams achtzehnter Geburtstag war in ein paar Tagen. Und für Mira fühlte sich es so an, als ob *sie* alles vermasselt hätte. Verdammt! Dabei hatte sie sich doch so auf die Geburtstagsparty gefreut.

„Mira", riss Finn sie aus ihren Gedanken. „Sam erzählt dir doch auch nicht alles, oder? Hat sie dir denn zum Beispiel erzählt, dass sie mich damals auf der Hausparty gesehen hat? Und dass wir uns dann unterhalten haben?"

„Nein", seufzte Mira. „Aber es ist ein Unterschied, ob man etwas Wichtiges verschweigt oder nur Nebensächliches. Vielleicht hatte Sam ja in dem Moment vergessen, dass sie dich getroffen hat? Oder sie hielt es nicht für wichtig?"

„Komisch! Sagtest du nicht, dass sie mich mag?" Finn sah sie von der Seite an. „Wenn man den Typen, für den man schwärmt, trifft und mit ihm spricht, erzählt man das doch der besten Freundin."

Mira zuckte mit den Schultern. „Schon."

Dann schwiegen sie beide. Finn saß lässig auf dem Sofa, Mira hingegen kauerte neben ihm. Sie war zwar erleichtert, dass sie mit ihm darüber gesprochen hatte. Das hatte ihr etwas mehr Klarheit verschafft. Doch sie fragte sich, wie es jetzt weitergehen würde. Würden Sam und Mira sich wieder vertragen und Freundinnen werden? Mira hoffte es sehr!

Da legte Finn plötzlich den Arm um sie und zog sie an sich. Mira war überrascht.

„Mach dich nicht so verrückt", flüsterte er ihr leise ins Ohr. „Ich bin mir sicher, dass alles wieder in Ordnung kommt."

Seine Worte waren Balsam für ihre Seele. Mira gab sich der Umarmung hin und umschlang ihn mit ihren Armen. Sie streichelte über seinen Rücken. So saßen sie da, fest umschlungen. Finn saugte ihren Duft ein. In Miras Bauch kribbelte es. Sie konnte wieder seinen Herzschlag hören. Sie schloss ihre Augen und konzentrierte sich nur auf seinen Herzschlag. Unwillkürlich lächelte sie.

Liebst du ihn?, schoss es ihr plötzlich durch den Kopf. Schlagartig gefror Miras Lächeln. Sie öffnete erschrocken die Augen. Gehörte diese innige Umarmung zu ihrer platonischen Freundschaft dazu? Oder war da doch mehr, als sie sich vormachten?

„Finn?" Mira versuchte, sich selbst schnell auf andere Gedanken zu bringen. „Wollen wir noch ein Videospiel spielen?"

Sie löste sich aus seiner Umarmung. Sie wagte es nicht, ihm in die Augen zu sehen. „Ich muss in einer halben Stunde los. Ich muss noch Hausaufgaben machen."

Finn war etwas verdutzt. Doch dann lächelte er.

„Ja, klar. Was möchtest du denn spielen?"

Falls ihm derselbe Gedanke durch den Kopf ging wie Mira, ließ er es sich nicht anmerken. Er suchte brav ein Videospiel aus. Und Mira hängte sich mit so viel Herzblut rein, dass kein Platz mehr für andere Gedanken blieb.

Der Montag brach an, der Tag, vor dem Mira sich am meisten gefürchtet hatte. Denn sie wusste, dass sie direkt in der ersten Schulstunde Sam begegnen würde. Finn, Mira und Sam hatten den gleichen Deutschkurs belegt. Wie sollte Mira sich am besten verhalten? Sam und sie saßen immer nebeneinander. Würde sich das heute ändern? Würde Sam sich von ihr wegsetzen? Mira hoffte, dass sie das nicht tat. Wenn es nach ihr ginge, würden sie weiterhin Sitznachbarn bleiben. Und Mira würde versuchen, mit ihr ins Gespräch zu kommen und sich zu versöhnen.

Mit einem flauen Gefühl im Magen fuhr Mira in die Schule. Sie achtete darauf, frühzeitig loszufahren, um ein paar Minuten vor Unterrichtsbeginn da zu sein. Irgendwie gab ihr der Gedanke, vor Sam da zu sein, ein Gefühl von Sicherheit. Ihr kam es so vor, als ob sie dadurch die Situation besser kontrollieren könnte.

Aber Miras Vorhaben platzte, sobald sie den Klassenraum betrat. Ihr Blick fiel sofort auf Sam, die jetzt neben Rebecca saß. Sobald Sam und Rebecca Mira bemerkten, schauten sie sich an und fingen an zu lachen. Innerlich verdrehte Mira nur die Augen. Sie fand sie ganze Aktion kindisch.

Mira versuchte sich nichts von ihrer Enttäuschung anzumerken zu lassen und setzte sich auf ihren gewohnten Platz. Sie sah keinen Grund, sich ebenfalls umzusetzen.

Ein wenig später betrat Finn den Klassenraum. Sein Blick ging sofort zu Sam und wanderte dann zu Mira. Mira blickte ihn hilfesuchend an und er zwinkerte ihr aufmunternd zu. Rebecca und Sam entging dieser wortlose Austausch zwischen den beiden nicht. Sie beobachteten Finn und Mira aufmerksam. Dann fingen sie an zu tuscheln. Irgendwie hoffte Mira, dass Finn sich nun neben sie setzen würde. Doch er lief an ihr vorbei, zu seinem eigenen Platz. Dies schien Sam und Rebecca noch mehr Anlass zum Tuscheln zu geben. Mira verdrehte genervt die Augen. Langsam aber sicher fand sie das Verhalten ihrer ehemaligen besten Freundin nur noch peinlich. Frau Wiemers betrat endlich den Raum. Sie waren gerade dabei, die Hausaufgaben zu besprechen, als Betty hereinstürmte. Sie entschuldigte sich so überschwänglich für ihre Verspätung, dass Frau Wiemers sie schließlich unterbrach und sie aufforderte, sich zu setzen. Ein paar Mädchen fingen an zu kichern. Völlig durch den Wind suchte Betty nach einem freien Platz. Sie entdeckte ihn neben Mira und lief mit schnellen Schritten darauf zu. Da fingen Rebecca und Sam lauthals an zu lachen. Doch Betty schien das gar nicht zu bemerken.

„Hallo“, sagte Betty zu Mira. Sie legte nacheinander ihr Deutschbuch und ihr Heft auf den Tisch. Da sie ihre Lektüre nicht dabeihatte, legte Mira ihre in die Mitte. Betty bedankte sich mehrmals bei ihr, dafür, dass sie in ihrer Lektüre mitlesen durfte.

„Schon gut.“ Mira tat das lächelnd ab. Sie war so froh, dass Betty sich neben sie gesetzt hatte.

Von nun an ignorierten sich Sam und Mira. In allen Kursen, in denen sie nebeneinandergesessen hatten, setzte Sam sich weg. Auch wenn Mira sich nichts anmerken ließ, verletzte sie Sams Verhalten sehr. Sie wollte nur, dass der blöde Streit ein Ende hatte. Doch je mehr sie sich das wünschte, desto mehr schien das Gegenteil einzutreten.

Den meisten ihrer Mitschüler schien es nicht mal aufzufallen, dass die beiden nun verfeindet waren. Oder es interessierte sie einfach nicht.

Selbst Finn ging nicht mehr darauf ein. Anfangs hatte er sich immer wieder besorgt nach Mira umgedreht. Jedes Mal, wenn sie seinen Blick einfing, hatte er ihr aufmunternd zugelächelt oder zugezwinkert.

Doch auch das ließ nach. Der Streit zwischen Sam und Mira wurde zur Normalität.

Und Mira zeigte sich nach außen hin tapfer. Wenn Sam mit ihren neuen Freundinnen auf sie zeigte und kicherte, verzog Mira keine Miene. Was hatte sie schon für eine Wahl?

Dass die beiden plötzlich nichts mehr miteinander zu tun hatten, war eine Sache. Doch viel schlimmer war, dass Sam versuchte, Mira zu ärgern und herunterziehen. Für Mira zumindest war es schier unerträglich.

Um sich aufzumuntern sprach sie jetzt mehr mit den anderen Mitschülern. Vor allem mit Betty verstand sie sich gut und die beiden wurden innerhalb kürzester Zeit Freundinnen.

Irgendwann bemerkte Mira, dass ihre Situation zweischneidig war: Einerseits genoss Mira die Freiheit ohne Sam. Denn, jetzt wo Sam weg war, merkte Mira, wie sehr sie von ihr vereinnahmt worden war. Da sie immer eine beste Freundin gehabt hatte, hatte sie sich nie wirklich nach anderen Freundschaften umgeschaut. Doch nun, wo sie viel mehr mit den anderen Mitschülern sprach, stellte sie fest, wie gut sie sich mit ihnen verstand. Das hätte sie vorher nie gedacht!

Das waren die Momente, in denen Mira sogar bereute, dass sie nicht schon viel eher nach neuen Leuten und Freundschaften Ausschau gehalten hatte. Dadurch hatte sie eine Menge verpasst.

Ihren achtzehnten Geburtstag hatte Sam ohne Mira gefeiert. Und Mira, wiederum hatte Sams Geschenk unter dem Bett hervorgeholt und wieder ausgepackt. Es war ein silbernes Freundschaftsarmband von Fossil, das Mira hatte gravieren lassen. Nun lag das Armband in ihrem Schmuckkästchen herum. Ihrer Mutter hatte Mira immer noch nichts von dem Streit mit Sam erzählt. Den Tag, an dem Sam ihren achtzehnten Geburtstag gefeiert hatte, hatte sie mit Betty verbracht. Eigentlich war ihr eher spontan die Idee gekommen, Betty zu fragen, ob sie gemeinsam ins Kino gehen wollten. Und zufällig hatte sie dafür den Tag, an dem Sams achtzehnter Geburtstag stattfand, festgesetzt. Mira merkte erst hinterher, wie sehr dieser Zufall ihr zugutekam. Hätte sie sich nicht mit Betty getroffen, hätte sie wahrscheinlich traurig zuhause herumgesessen.

Mira und Betty freundeten sich mehr und mehr an. Und mehrere Wochen nach der Geburtstagsfeier kam Sam zwischen ihnen zur Sprache.

„Ihr wart doch mal gute Freunde“, begann Betty.

Sie saßen im McDonalds und aßen genüsslich ihre Cheeseburger und Pommes, die sie mit einer kühlen Cola hinunterspülten. Es war ein Freitagabend. Die beiden Freundinnen hatten während ihrer Shoppingtour plötzlich Hunger bekommen und sich kurzentschlossen ins McDonalds gesetzt.

„Was ist denn passiert?“ Betty schnappte sich eine Pommes, tunkte sie in Ketchup und betrachtete Mira neugierig. Mira nahm einen Schluck von ihrer Cola.

„Nichts. Wir haben uns bloß gestritten.“ Sie verspürte keine Lust Betty in allen Einzelheiten von dem Streit zu erzählen.

„Worüber denn?“

Irgendwie hatte Betty nicht gerade ein Gespür dafür, wann man was ansprechen sollte, fand Mira.

„Sam war der Meinung, dass ich meine Beziehung vor ihr geheim halten würde.“

„Und, hast du?“

,,Nein! Das ist schwachsinnig.“

Beide schwiegen einen Moment. Mira hatte keine Lust, weiter über Sam zu reden.

„Sie meinte Finn damit, oder?“

Mira antwortete ihr nicht sofort. Stattdessen wischte sie sich, ihre Finger einzeln mit einer Serviette ab.

„Ja, sie meinte Finn damit. Sam war der Meinung, dass ich mit Finn in einer Beziehung bin. Und sie war dann sauer auf mich, weil sie dachte, ich würde es ihr verschweigen. Was, wie gesagt, völliger Schwachsinn ist.“

Irgendwie hatte Mira plötzlich keinen Hunger mehr. Doch Betty biss gierig von ihrem Cheeseburger ab.

„Um das mal klar zu stellen: Erstens war und bin ich nicht mit Finn zusammen. Wir sind nur gute Freunde. Und zweitens, würde ich so etwas nicht geheim halten ... denke ich.“

Es sei denn, deine beste Freundin steht auf denjenigen, mit dem du gut befreundet bist, fügte sie in Gedanken hinzu.

Betty nickte. Sie glaubte Mira. Eine Weile saßen sie sich schweigsam gegenüber. Mira trank von ihrer Cola und aß, ab und an, eine kalt gewordene Fritte. Betty hingegen verschlang genüsslich ihr Menü. Dann fiel Mira plötzlich etwas ein.

„Sag mal, wie kamst du auf Finn? Also, wieso dachtest du, dass Sam ihn meinte?"

Betty zuckte mit den Schultern. „Nur so ... Und weil er dich im Unterricht manchmal anschaut. Und ..." Plötzlich schwieg sie.

„Und was?" Mira wurde hellhörig.

„Na ja ..." Betty zögerte. „Weil das Gerücht herumging, dass du Jasons Hausparty mit ihm verlassen hast. Na ja. Die meisten denken, dass ihr dann Sex hattet. Aber das ist schon etwas länger her, das mit dem Gerücht."

Mira spürte, wie sie vor Wut rot anlief.

„Doch ich habe dem Gerücht eh nie geglaubt", sagte Betty hastig. „Also, ich meine, wenn ihr Sex hättet, würdet ihr doch auch in der Schule anders miteinander umgehen ... Viel vertrauter, verstehst du? Doch ihr hängt in der Schule nie gemeinsam ab. Selbst in den Pausen habe ich euch noch nie zusammen gesehen. Eigentlich ist es schwer zu glauben, dass ihr überhaupt befreundet seid, abgesehen von den Blicken, die er dir manchmal zuwirft."

Mira stand auf. Betty hörte endlich auf zu reden.

„Ich muss jetzt gehen", sagte Mira kurz angebunden.

„Warte!" Betty stand auch sofort auf und folgte Mira nach draußen.

„Habe ich was Falsches gesagt? Ich wollte dir ja nur klar machen, dass ich den Gerüchten eh nicht glaube. Weißt du, als gute Freunde verbringt man doch Zeit miteinander, auch in der Schule. Und, vor allem, wenn man Sex hat oder in einer Beziehung ist, kann man doch kaum die Finger voneinander lassen. Deswegen ..."

„Ist gut!", fauchte Mira sie an. Sie standen mitten auf der Straße und einige Passanten drehten sich neugierig um.

Als Mira sah, dass Betty ganz zerknirscht war, wurde sie etwas sanfter. „Hey, ich meine das nicht böse. Mir geht's einfach nicht gut. Ich will nach Hause, okay?"

Betty nickte. „Okay, aber schreib mir, wenn du daheim angekommen bist.“

„Versprochen!“ Mira umarmte ihre Freundin zum Abschied.

In dieser Nacht konnte Mira kein Auge zumachen. Ihre Gedanken überschlugen sich geradezu. Betty hatte nichtsahnend eine Lawine ausgelöst. Denn, ihre Worte ließen Mira nicht mehr los: *Als gute Freude verbringt man doch Zeit miteinander, auch in der Schule! Selbst in den Pausen habe ich euch noch nie zusammen gesehen. Eigentlich ist es, schwer zu glauben, dass ihr überhaupt befreundet seid ...*

Es stimmte! In der Schule gingen Finn und Mira tatsächlich fast schon wie Fremde miteinander um.

Abgesehen von den Blicken, die er dir manchmal zuwirft ... Mira vergrub ihren Kopf unter dem Kopfkissen. Wieso eigentlich?

In Gedanken ging sie wieder zurück zu den Anfängen: Als Finn vor ein paar Monaten neu an ihre Schule gekommen war, hätte Mira nie gedacht, dass sie mal Freunde werden würden. Zunächst hatte er sie auch nicht weiter interessiert. Das erste Mal war sie auf Finn bei dem Basketballspiel aufmerksam geworden. Danach hatte er ihr seine Hilfe für das Porträt im Kunstunterricht angeboten. Bis zu diesem Zeitpunkt waren sie, aus Miras Sicht, keine Freunde gewesen. Doch alles hatte sich auf Jasons Hausparty geändert. Finn hatte sie vor dem Monster gerettet, das sie noch lange danach in ihren Alpträumen verfolgte. Seitdem war Finn ihr Held, Retter in der Not, Vertrauter, Seelenverwandter und Freund. Er war für sie da gewesen, als die ganze Welt, und sogar ihre ehemals beste Freundin, sie verließen. Mira hatte sich immer auf ihn verlassen können. Finn hatte sie nie wirklich enttäuscht. Bis jetzt.

Mira *wollte* darüber nicht nachdenken. Doch je mehr sie versuchte, nicht darüber nachzudenken, desto schlimmer wurde es. Warum gingen sie in der Schule so anders miteinander um? Warum hatte Finn sich nicht neben sie gesetzt, als Sam sich von ihr weggesetzt hatte? Warum verbrachten Mira und Finn nie die Pausen gemeinsam? Warum? Warum? Warum? War es die Macht der Gewohnheit?

Als Mira noch mit Sam befreundet gewesen war, war das in Ordnung gewesen. Sam und sie waren, in der Schule schon ein eingespieltes Team und Mira hatte keinen Grund gesehen, dies zu ändern. Außerdem war da noch Sams Schwärmerei für Finn gewesen. Und Mira hatte Sams Gefühle nicht verletzen wollen.

Doch jetzt lag eine andere Situation vor. Miras langjährige Freundschaft war zerbrochen. Und Finn wusste darüber Bescheid. Mira hätte ihn gerade in der Schule auch gebraucht. Sie litt darunter, wie ihre Freundschaft zerbrochen war und vermisste Sam ab und zu schrecklich. Sie vermisste es, eine beste Freundin zu haben. Die Freundschaft mit Betty war nicht mal annähernd so innig wie die zu Sam gewesen war.

Finn war zwar für sie da gewesen, doch nur in ihrer Freizeit, der Zeit außerhalb der Schule. In der Schule war er nicht für sie da.

Gerade wenn Sam über sie kicherte und offensichtlich lästerte, fühlte Mira sich mies. Sie war dann sehr froh, Betty zu haben. Doch irgendwie, auch wenn sie es ihr bisher nicht bewusst gewesen war, hatte sie sich mehr Unterstützung von Finn gewünscht. Er musste nicht mal wirklich aktiv was tun. Es hätte schon gereicht, wenn er sich, zum Beispiel, neben sie gesetzt hätte, als Sam sich weggesetzt hatte. Er hatte ihr zwar immer wieder aufmunternd zugelächelt und ihr mit seinem Zwinkern, klarzumachen versucht, dass er auf ihrer Seite stand. Doch trotzdem fand Mira das ziemlich feige von ihm.

Mira konnte sich das alles nicht erklären. Obwohl sich die Situation mit Sam gelöst hatte, hatte sich der Umgang zwischen Finn und Mira nicht geändert. Verlangte sie etwa zu viel von ihm?

Mira tastete nach ihrem Handy, um nach der Uhrzeit zu sehen. Es war kurz nach drei Uhr morgens. Vorsichtig legte sie das Handy wieder auf den Nachttisch zurück. Seit zwei Wochen hatte sie es nun und sie passte darauf auf wie auf ihren Augapfel. Katja hatte ihr zuliebe das anfänglich festgesetzte Budget noch mal erhöht, um Mira das Handy zu kaufen, dass sie sich unbedingt gewünscht hatte. Und Mira wusste, dass ihre Mutter ein weiteres Mal nicht so nachsichtig sein würde.

Langsam aber sicher spürte sie, wie Kopfschmerzen einsetzten. Mira schlug mit der Faust auf ihr Kopfkissen. *Wieso?*, dachte sie gequält. Wieso kann mein beschissenes Leben nicht besser laufen?

Zuerst verlor sie ihre beste Freundin. Und jetzt verhielt sich auch noch Finn so. Finn, der für sie weit mehr war, als nur ein guter Freund. Dass ausgerechnet er sie enttäuschte, konnte Mira nicht fassen.

Jetzt stellte Mira auch fest, dass sie sich schon in den letzten Wochen unbewusst die Frage gestellt hatte, die sie sich nun traute, endlich zu Ende zu denken: *Warum gingen sie in der Freizeit ganz anders miteinander um als in der Schule?*

In der ersten Zeit, nachdem Sam weg gewesen war, war Mira sehr froh darüber gewesen, Finn zu haben. Finn und sie hatten sich noch ein paar Mal über Sam unterhalten. Sie hatte ihm gegenüber eingeräumt, dass Sams Verhalten sie verletzte. Es traf Mira sehr, dass sie sich einfach weggesetzt hatte, sich über sie lustig machte und versuchte, sie niederzumachen. Mira fand Sams Verhalten so kindisch und unnötig, dass sie sich darüber wunderte, dass sie überhaupt mal mit ihr befreundet gewesen war. Und es half Mira sehr, dass Finn für sie Partei ergriff.

„Die Leute überraschen einen immer wieder“, hatte Finn geantwortet. „Außerdem: Wenn sie wirklich eine gute Freundin gewesen wäre, würde sie sich selbst jetzt nach eurem Streit, dir gegenüber loyaler verhalten. Und du hast recht, ihr Verhalten ist kindisch.“

Dann hatte er nach ihrer Hand gegriffen.

„Lass dich von Sam nicht runtermachen. Ignoriere sie einfach, wenn sie wieder irgendwelche dummen Kommentare von sich gibt. Das zeigt nur ihren schwachen Charakter.“

Finn hatte sogar durchblicken lassen, dass er es gut fand, dass Sam und Mira nicht mehr miteinander befreundet waren.

Dann kam das Gespräch wie von selbst auf Betty. Und Finn schien sich zu freuen, dass Mira und Betty sich so gut verstanden und Freunde geworden waren.

Als es anfing zu dämmern, fasste Mira einen folgenschweren Entschluss: *Ich brauche keinen Feigling als Freund!* Diesen Gedanken wiederholte sie, wieder und wieder. Sie würde sich von niemandem abhängig machen, auch nicht von Finn. Und wenn er in der Schule nicht Manns genug war, ihr beizustehen, musste Mira ihren eigenen Weg gehen.

23. Kapitel

Miras Entschluss war plötzlich gekommen. Doch es war das, was sie wollte.

Als die Sonne schließlich aufging, wusste sie, dass sie ihre Entscheidung in die Tat umsetzen würde. Sie würde nicht zögern. Und sie würde auch nicht zurücktreten. Mira war ein eigenständiger Mensch mit eigenem Willen.

Während sie sich für die Schule fertig machte, musste sie darüber nachdenken, dass Felix versucht hatte, ihren Willen zu brechen. Doch das hat er nicht geschafft!, sagte Mira sich laut. Diese Erfahrung hatte sich nur stärker gemacht. Sie war von niemandem abhängig, auch nicht von Finn! Mira würde ihn schon spüren lassen, was es hieß, keine Farbe zu bekennen.

Ihr fiel ein, wie sie zwischendurch überlegt hatte, ob sie womöglich mehr für ihn empfand. Mira hatte sich sogar gefragt, ob sie ihn *liebte*. Wie dumm sie doch nur war! Während Finn sich nicht mal in der Schule mit ihr zeigte, dachte sie darüber nachdachte, ob sie ihn liebte!

Zum ersten Mal ignorierte Mira Finn in der Schule. Das fiel ihm am Anfang gar nicht auf. Da sie in der Schule weder nebeneinandersaßen, noch groß miteinander zu tun hatten, bemerkte Finn nichts davon.

Ein paar Mal drehte er sich im Unterricht wie gewohnt um und versuchte ihren Blick einzufangen. Doch Mira tat jedes Mal so, als ob sie ihn gar nicht bemerken würde. Dabei beobachtete sie aus den Augenwinkeln genau, wie er versuchte, ihre Aufmerksamkeit auf sich zu ziehen. Das hättest du wohl gerne, dachte sie.

Das erste Mal, als Finn begriff, dass Mira ihn ignorierte, war im Kunstunterricht. Als reihenweise Mitschüler aufstanden und zu Finns Platz liefen, um seine Zeichnung zu bewundern, blieb Mira ungerührt sitzen. Er wurde stutzig. Normalerweise lächelte sie ihm zu oder hielt ihren Daumen hoch. Und Finn hatte sich jedes Mal wie ein Kind gefreut, wenn er ihre Anerkennung bekam.

Finn sah zu ihr herüber. Doch Mira saß an ihrem Platz und schien in ihre Zeichnung vertieft zu sein. Er runzelte die Stirn. An diesem Nachmittag schickte er ihr eine Nachricht über Whatsapp, in der er fragte, wie es ihr ging und ob sie sich treffen wollten. Dann wartete er gespannt auf ihre Antwort. Eine Stunde, zwei Stunden ... Irgendwann waren fünf Stunden vergangen und sie hatte ihm immer noch nicht zurückgeschrieben. Normalerweise antwortete Mira ihm innerhalb von zwei Stunden. Jetzt holte Finn alle fünf Minuten hoffnungsvoll sein Handy hervor, nur um es dann enttäuscht wieder wegzulegen. Was hatte sie nur?

Am nächsten Tag hatten sie gemeinsam Sportunterricht. Er nahm sich fest vor, sie danach abzufangen, um sich mit ihr zu unterhalten. Nach dem Aufwärmen teilte der Sportlehrer den Kurs in zwei Gruppen ein. Es stand Fußball auf dem Programm. Zufällig wurden Finn und Mira ins selbe Team eingeteilt.

Finn freute sich darauf, Fußball zu spielen. Er warf einen schnellen Blick zu Mira hinüber, die ziemlich genervt schaute.

Mira wurde als Stürmer vor dem Tor platziert, während Finn im Mittelfeld spielte. Er war ein guter Fußballspieler, sodass ihre Teamspieler ihm oft den Ball zupassten. Finn kriegte jeden Pass, und er zielte seine Pässe selbst sehr genau.

Während des Spiels fiel ihm auf, dass Mira ihm nie den Ball zupasste. Obwohl sich mehrmals die Gelegenheit bot und er ihr winkte, ignorierte Mira ihn. Das rief beim restlichen Team Unmut hervor.

„Klärt eure Probleme nach dem Spiel!“, rief einer in ihrem Team Mira zu, die ein finsteres Gesicht zog.

Nach dem Spiel beendete der Sportlehrer den Unterricht frühzeitig. Es war sehr warm in der Halle. Die Hitze setzte allen zu.

Mira zog sich schnell um und verließ die Sporthalle. Ihr war heiß und ihr Gesicht glühte. Sie konnte es kaum erwarten, nach Hause zu kommen. Sie würde ausgiebig duschen und sich dann mit einem Eis am Stiel vor den Fernseher setzen.

Schritte hinter ihr schreckten sie aus ihren Gedanken. Es war Finn. Er hatte sich nicht mal umgezogen. Doch noch bevor er den Mund öffnen konnte, sagte Mira: „Finn, nicht jetzt, bitte. Mir ist heiß und ich will einfach nur nach Hause."

Sie drehte sich um und lief weiter.

„Mira, warte! Sag mir bitte, was los ist. Bist du sauer auf mich?"

Er lief ihr bis zu ihrem Fahrrad nach. Mira stellte ihre Tasche in ihrem Fahrradkorb ab, öffnete dann das Fahrradschloss und schwang ein Bein über den Sattel. Dann hielt sie inne. Ein schlechtes Gewissen überkam sie und für einen Moment überlegte sie, ihren Entschluss aufzugeben. Ohne ihn anzusehen, sagte Mira: „Finn, lass uns ein anderes Mal darüber reden."

Als er ihr nicht antwortete, machte sie den Fehler, ihm in die Augen zu blicken. Sein Blick war wie ein offenes Buch. Warum?, fragte er.

Finn sah sie so traurig an. Mira verspürte den starken Drang, ihn fest in ihre Arme zu schließen, so wie er es bei ihr immer getan hatte, um sie zu trösten. Oh Finn, dachte sie betroffen. Mira wusste, dass sie ihren Entschluss vergessen konnte, wenn sie noch länger warten würde. Mit letzter Kraft riss sie sich los und fuhr davon. Doch Finns bestürzter Anblick ließ sie in den nächsten Stunden nicht los.

Und dennoch verspürte Mira keine Lust, sich mit Finn auszusprechen. Sie redete sich ein, dass ihr das momentan zu anstrengend sei. Mira wollte sich lieber auf die bevorstehenden Klausuren konzentrieren. Alles, was sie davon ablenkte, wollte sie ausblenden. Außerdem war es Finn gewesen, der in der Schule immer Distanz zu ihr gehalten hatte, dachte sie. Sie musste sich also nicht schuldig fühlen. Das redete sie sich so lange ein, bis auch die letzten Gewissensbisse verschwanden.

Es wurde Freitag und Mira beschloss am Abend, zum Badmintontreffen zu gehen. Seit ihrem Streit mit Sam hatte sie sich dort nicht mehr blicken lassen. Sie wollte endlich wieder ihren Kopf etwas frei bekommen und aus Erfahrung wusste sie, dass Sport da half.

So fuhr Mira nach Schulschluss heim, wärmte sich das Mittagessen auf und ruhte sich kurz aus, bevor sie sich ihre Badmintontasche schnappte, um zur Sporthalle zu fahren.

Mira war so sehr in ihrem Element, dass sie die Sorgen der letzten Tagen komplett vergaß. Sie nahm sich vor, ab jetzt regelmäßiger an den Badmintontreffen teilzunehmen. Jedes Mal wenn sie hierher kam, merkte sie, wie gut es ihr tat. Nach dem Spiel duschte sie sich kalt ab. Das tat richtig gut bei der Hitze! Normalerweise fuhr sie erst nach Hause, um dort zu duschen. Doch es war so heiß, dass Mira es vorzog dort zu duschen.

Sie plauderte noch ein wenig mit den übrigen Mädchen in der Umkleide, bevor sie sich von ihnen verabschiedete und nach draußen lief. Vor der Sporthalle atmete sie zufrieden aus. Puh!

Mira lief zu ihrem Fahrrad und öffnete das Schloss. Sie wollte sich gerade auf den Sattel schwingen, als sie merkte, dass sie beobachtet wurde. Erschrocken hob sie den Kopf und sah Finn, der in einigen Metern Entfernung vor ihr stand und sie ansah. Mira war so perplex, dass sie mit dem Fahrrad in der Hand einfach stehenblieb. Finn nutzte die Gelegenheit und schritt auf sie zu.

„Hi“, sagte er, als er schließlich vor ihr stand.

Es war eine unangenehme Situation. Mira hätte nie damit gerechnet, Finn hier anzutreffen. Sie verkrampfte sich. Warum musste er ausgerechnet jetzt auftauchen?

„Hey."

Sie schob ihr Fahrrad an ihm vorbei, doch hielt mit ihr Schritt. Einen Moment lang gingen sie schweigend nebeneinander her. Mira wünschte sich, einfach davongefahren zu sein. Doch dafür war es jetzt zu spät. Sie wusste, dass sie Finn nicht länger ausweichen konnte.

„Was machst du hier?", fragte sie schließlich.

„Du hast mir doch erzählt, dass du freitags manchmal hierherkommst, um Badminton zu spielen. Ich dachte, ich versuche mein Glück. Ich wollte dich sehen ... und mit dir reden."

„Okay", meinte Mira gedehnt. „Worum geht es denn?"

Natürlich wusste sie ganz genau, worüber Finn mit ihr sprechen wollte. Aber er sollte das zuerst zur Sprache bringen.

Da blieb Finn abrupt stehen und blickte sie an.

„Mira, hör endlich auf damit, dich dumm zu stellen! Was ist los, verdammt nochmal?! Was habe ich dir getan?"

Verzweiflung schwang in seiner Stimme mit. Langsam hob Mira den Kopf und blickte ihm in die Augen. Er sah unendlich traurig aus. Seine Augen waren gerötet und seine Hände zitterten leicht. So hatte Mira ihn noch nie gesehen. Finn hatte in jeder noch so schlimmen Situation immer die Ruhe bewahrt. Selbst als er ihr erzählt hatte, wie seine Eltern gestorben waren, war er gefasst gewesen.

Mira schluckte. Sie hatte Mitleid mit Finn. So wie er vor ihr stand und sie anflehte ihr zu sagen, was los war, fühlte sie sich mies. Sie versuchte, die richtigen Worte zu finden.

„Ich bin sauer auf dich", begann sie langsam.

Irgendwie schämte sie sich. Denn, sie wusste, was sie ihm mit ihrem Benehmen antat. Zum Glück konnte sie sich mit beiden Händen am Fahrradlenker festhalten. Sie hätte sonst nicht gewusst, wohin mit ihnen.

„Warum denn?“ Finn streckte seinen Arm aus, um ihre Hand zu berühren. Doch dann überlegte

er es sich anders und ließ den Arm wieder fallen. Er wirkte hilflos.

„Finn ... warum hast du dich nicht neben mich gesetzt, als Sam sich weggesetzt hatte? Warum sitzen wir in der Schule nie nebeneinander? Warum verbringen wir in der Schule keine Zeit miteinander? Wieso behandelst du mich dort wie eine Fremde?“ Sie wartete seine Antwort nicht ab.

„Schämst du dich etwa für mich? Bin ich dir nicht gut genug, als dass du dich mit mir in der Schule zeigen willst? Bin ich dir etwa peinlich?“

Jetzt fing auch Mira an zu zittern. Finn sah sie völlig entgeistert an. Er schien aus allen Wolken zu fallen.

„Nein ...“ Es klang eher wie ein Krächzen. Er räusperte sich. „Du bist mir nicht peinlich. Wirklich nicht. Ich verstehe nicht, wie du darauf kommst. Und ... ich habe dich nie wie eine Fremde behandelt.“

„Oh, wirklich nicht? Dann habe ich mir das wohl nur eingebildet!“ Mira kam langsam in Fahrt. Sie hatte es satt, immer nur so zu tun, als ob alles in Ordnung sei, wenn es das nicht war. Finns Verhalten hatte sie verletzt!

„Du wusstest ganz genau, dass Sam und ich uns gestritten haben. Und du hast auch gesehen, dass sie sich von mir weggesetzt hat. Und trotzdem bist du einfach an mir vorbeigelaufen, obwohl du wusstest, wie scheiße es mir ging. Weißt du, ich hätte deine Unterstützung gerade an diesem Tag gut gebrauchen können.“

„Tut mir leid, ich wusste nicht, dass ...“

„Doch, du wusstest *ganz genau* Bescheid!“

Mira wollte nicht mit scheinheiligen Ausreden behelligt werden. Sie war, verdammt nochmal, kein kleines, dummes Mädchen. Bettys Worte hallten in ihrem Kopf wider: *Mir fällt es schwer zu glauben, dass ihr überhaupt befreundet seid. Als gute Freunde verbringt man doch Zeit miteinander. Auch in der Schule ...*

„Weißt du, für jemanden, der immer gegen Sam gehalten hat, hast du wenig Farbe gezeigt.“, fuhr Mira fort. „Ehrlich gesagt, denke ich, dass du dich sogar darüber gefreut hast, dass ich meine beste Freundin verloren habe. Du konntest Sam noch nie leiden. Unsere Freundschaft war dir immer ein Dorn im Auge.“

Die Worte sprudelten Mira einfach so heraus. Sie hatte nie darüber nachgedacht, ob Finn sich darüber freute, dass die Freundschaft zu ihrer besten Freundin auseinandergegangen war. Doch jetzt unterstellte sie es ihm einfach. Finn brach immer mehr in sich zusammen.

„Und dann, als Sam weg war“, setzte Mira fort, „warst du zu feige, um dich auf meine Seite zu stellen. Wenn wir uns mal getroffen haben, hast du mir eingebläut, dass ich sie ignorieren soll und mich von ihr nicht runterziehen lassen soll. Du wusstest, wie es mich fertig macht, aber du warst nicht für mich da! Weißt du, so oft musste ich Sams blöde Kommentare, ihr hinterhältiges Tuscheln und schadenfrohes Kichern einfach hinnehmen, weil es niemandem gab, der sich mal für mich eingesetzt hat. Und ja, das hat mich ziemlich fertig gemacht, wenn du es wissen willst. Wenn du wenigstens *einmal* in der Schule gegen Sam gehalten hättest und ihr widersprochen hättest! Aber das hast du nicht!“

Mira merkte, wie ihr die Tränen die Wangen herunterrollten. All die Enttäuschungen, die Wut und der Frust, die sie in den letzten Wochen in sich hineingefressen hatte, kochten hoch. Es gab niemanden in ihrem Leben, auf den sie sich verlassen konnte! Finn hatte sie genauso im Stich gelassen wie ihr Vater und Sam.

Mira holte tief Luft.

„Du bist ein *Feigling*, Finn. Und ich brauche keinen Feigling als Freund.“ Dann schwang sie sich auf ihr Fahrrad. ,,Mach's gut, Finn!“

Bevor Finn noch etwas erwidern konnte, wandte Mira sich schnell ab und fuhr davon. Während der ganzen Fahrt nach Hause weinte sie ununterbrochen. Die Tränen kamen wie von selbst. Mira konnte nichts dagegen tun. Auf der Straße blickten sich ein paar Leute verwundert nach ihr um, aber das war ihr egal. Sie wollte nur so schnell wie möglich nach Hause. Die zehn Minuten Heimfahrt kamen ihr wie eine Ewigkeit vor.

Zu Hause angekommen setzte Mira sich zuerst an den Küchentisch. Sie hatte nicht die Kraft, die Treppen zu ihrem Zimmer hinaufzusteigen. Ihre Mutter war nicht da.

Mira verbarg ihr Gesicht in ihren Händen und schluchzte laut. Endlich war sie ungestört und konnte alles herauslassen. Schritte ertönten hinter ihr. Für einen Moment war sie so verdutzt, dass sie aufhörte zu weinen. Lynn stand im Türrahmen und blickte sie verwundert an.

„Hey, ist alles in Ordnung?“, fragte sie.

Mira antwortete ihr nicht. Sie war vollkommen erschöpft. Sie hatte alles so satt!

Da schien Lynn zum ersten Mal zu begreifen, dass Mira wirklich in Schwierigkeiten steckte und es ihr ganz und gar nicht gut ging. Sie kam zu ihr rüber und setzte sich neben sie.

„Mira, was ist los?“

Mira war zu müde, um sich Lügen auszudenken. Sie wollte einfach nur ihr Herz ausschütten.

So berichtete sie Lynn in wenigen Sätzen, was zwischen ihr und Finn vorgefallen war. Sie erzählte ihrer Schwester, bis auf die Ereignisse auf Jasons Hausparty, fast alles. Mira achtete dabei die ganze Zeit darauf, zu betonen, dass die Freundschaft zwischen Finn und ihr nur platonisch war.

„Ich habe ihm klar gemacht, dass ich keinen Feigling als Freund brauche.“, schloss sie schließlich. Nachdem sie zu Ende erzählt hatte, war Mira erleichtert. Endlich konnte sie alle Vorfälle der letzten paar Wochen mit jemand anderem teilen. Lynn brauchte einen Moment um das zu verdauen, was Mira ihr gerade erzählt hatte.

„Hast du Mum gesagt, dass du dich mit Sam gestritten hast und ihr keine Freunde mehr seid?“, fragte sie schließlich.

Mira verneinte. „Bitte sag Mum nichts!“, bat sie.

Lynn versprach es ihr. „Scheiß auf ihn!“, sagte sie auf einmal. Mira wusste zuerst nicht, wen Lynn meinte. Dann dämmerte ihr, dass Finn gemeint war.

„Er hat dich nicht als Freundin verdient, wenn er feige ist. Und du hast recht: Du brauchst keinen falschen, feigen Freund!“

Mira nickte. Sie war in diesem Moment so froh Lynn zu haben. Und sie fühlte sich in ihrer Entscheidung, Finn aus dem Weg zu gehen, bestätigt. Ihre Schwester sah das genauso.

Die beiden umarmten sich am Küchentisch. Schließlich stand Mira auf, um auf ihr Zimmer zu gehen. Sie schnappte sich ihre Sporttasche, die noch im Flur herumstand und stieg langsam die Treppen hoch.

Lynn blieb noch in der Küche. Sie schmierte sich gerade Nutella auf ihr Toast, als es plötzlich an der Haustür klingelte. Komisch. Wer konnte das sein? Mum nicht, die hatte einen Schlüssel. Genervt hielt sie inne, wischte sich dann die Finger an einem Küchentuch ab und lief zur Haustür. Vor der Tür stand ein groß gewachsener Junge. Er trug verschlissene Jeans, ein weißes T-Shirt und hatte blonde Haare. Lynn hatte ihn noch nie zuvor gesehen.

„Kann ich dir weiterhelfen?“, fragte sie.

„Hm ... ja ...“ Er schien völlig durch den Wind zu sein. „Ist ... ist Mira da?“ Er schaute betreten zu Boden. Lynn ahnte langsam, wer vor ihr stand.

„Und wer will das wissen?“

„Oh, entschuldige ...“ Er schlug sich mit der flachen Hand gegen die Stirn. „Ich heiße Finn. Kannst du Mira bitte herholen?“

„Oh, von dir habe ich schon einiges gehört!“

Lynn drehte sich um, um sich zu vergewissern, dass Mira nicht da war. Doch zum Glück war Mira in ihrem Zimmer und hatte nichts von dem unerwarteten Besuch mitbekommen. Trotzdem dämpfte Lynn ihre Stimme ein wenig, als sie weitersprach.

„Du lässt sie besser in Ruhe. Meinst du nicht, du hast ihr schon genug wehgetan?“ Sie funkelte ihn böse an.

„Ich ... wollte mich doch nur bei ihr entschuldigen. Ich werde es wieder gutmachen.“

„Das brauchst du nicht. Wenn du sie zur Abwechslung einfach in Ruhe lassen würdest, wäre schon alles in Ordnung.“

Dann wurde Lynn etwas energischer. ,,Verschwinde! Verschwinde aus Miras Leben. Sie hat etwas besseres verdient, als einen feigen Freund!“

Finn entglitten alle Gesichtszüge, während Lynn die Haustür vor seiner Nase zuknallte.

Der würde sich nicht so schnell wieder in Miras Nähe trauen! Dann ging Lynn in die Küche, um ihr Nutella- Toast zu essen.

24. Kapitel

Mira geht am Strand entlang. Der Strand kommt ihr bekannt vor. Sie ist in ihren Träumen schon ein paar Mal hier lang gelaufen. Mira ist barfuß und der weiche Sand vermischt sich mit dem Meerwasser zu Matsch und quillt zwischen ihren Zehen hervor. Sie lächelt. Mira trägt ein leichtes helles Sommerkleid, das vom Wind hin und her geweht wird. Ihre dunklen Haare flattern.

Sie bleibt stehen und schließt die Augen. Mira will diesen glücklichen Moment festhalten. Es spielt keine Rolle, was danach geschieht. Alles was zählt, ist, dass Mira hier am Strand steht und sie glücklich ist. Sie atmet die salzige Meerluft tief ein. Ihr Lächeln wird breiter. Sie fühlt sich in diesem Moment so frei, als ob die Welt ihr gehören würde.

Zwei Hände legen sich auf ihre Schultern. Erschrocken öffnet Mira die Augen und dreht sich um. Es ist Finn! Sie ist so perplex, dass es ihr die Sprache verschlägt. Dann betrachtet sie ihn eingehend, um sich zu vergewissern, dass sie ihn sich nicht nur einbildet. Doch es ist keine Einbildung. Er steht vor ihr! Finn trägt ein weißes T-Shirt und kurze Hosen und seine blonden Haare wehen leicht im Wind. Er lächelt Mira an.

„Hi!"

„Hey!", erwidert Mira, immer noch verwundert. „Was machst du hier?"

„Dasselbe wie du: am Strand spazieren gehen." Er hält ihr seine Hand hin. „Wollen wir zusammen weitergehen?"

Mira zögert. „Und du verlässt mich nicht wieder?", fragt sie leise.

„Nein, versprochen!"

„Okay." Mira gibt ihm die Hand und sie laufen gemeinsam den Strand entlang. Mira sieht aufs Meer hinaus. So weit das Auge reicht, nur Meer. Das Wasser glitzert hell in der Sonne. Obwohl Mira geblendet wird, kann sie die Augen nicht abwenden. Für einen Moment vergisst sie sogar, dass Finn neben ihr läuft.

„Ein schöner Anblick, hm?“, reißt er sie aus ihren Gedanken.

Mira nickt. Dann, mit einem Mal, überkommt sie die Melancholie. Mira bleibt abrupt stehen. Meer, Sonne, Wind und weicher Sand können das, was geschehen ist, auch nicht wieder rückgängig machen. Für einen Moment hatte Mira alles vergessen. Doch dieser Moment ist vorbei. Finn ist tot! Und selbst der schönste Strand kann nichts daran ändern. Also, wozu das Ganze? Warum ging sie hier mit Finn spazieren? Warum taten sie beide so, als sei nichts geschehen?

„Was ist los?“ Finn runzelt die Stirn.

„Du bist doch tot, Finn.“

Sie stehen einander gegenüber. Mira schaut zu Boden. Sie kann Finn nicht ansehen.

„Jetzt bin ich aber hier bei dir, Mira.“

Das ist nur ein schwacher Trost. Miras Augen werden feucht. Verdammt! Dabei war sie gerade noch so glücklich. Warum, Finn?, denkt sie. Sein Tod hat sie bis in ihre Seele erschüttert. Es ist, als ob etwas Dunkles jetzt immer über ihr ist, ein Loch, das all ihre Lebensfreude aufsaugt. Es ist immer da. Es ist ein Teil von Mira. Sie beginnt zu schluchzen. Es gibt keinen Weg. Sie müsste das dunkle Loch akzeptieren, wenn sie weiterleben wollte. Niemand kann sie davon befreien.

Finn legt seine Arme um Mira, und drückt sie an sich.

„Mira, sei nicht traurig.“

„Wie kann ich *nicht* traurig sein? Du ... du hast mich einfach verlassen!“

„Es wird alles wieder gut, glaub mir.“

„Das sagst du immer! Aber das wird es nicht. Ich werde immer traurig sein. Immer.“

Dann geht ihr Schluchzen in Weinen über. Mira entgleitet seinen Armen und sinkt auf die Knie.

„Es tut mir leid! Ich ... ich wollte dich nicht als Feigling beschimpfen! Es tut mir alles so schrecklich leid. Der ganze Streit war nur meine Schuld.“ Ihre Stimme bricht. Mira wiegt sich vor und zurück. Dabei umklammert sie ihre Oberarme mit den Händen.

„Bitte verzeih mir."

Sie lässt sich vor seinen Füßen komplett zu Boden sinken.

Der Tod! Nur der Tod kann sie jetzt noch vom Leben befreien. Er würde sie von all dem Schmerz und Leid befreien. Zum ersten Mal spürt Mira, dass sie nicht mehr weiterleben will. Das Leben ist zu grausam, als dass sie es noch einmal versuchen will. Wenn sie stirbt, kann sie endlich bei Finn sein. Sie wäre endlich wieder frei. Und sie würde der Hölle entkommen, die sich Leben nennt. Bitte, denkt Mira. Bitte, lass mich sterben. Ich will nicht mehr leben!

Da kniet Finn sich neben ihr nieder. Er umfasst ihren Kopf liebevoll mit seinen Händen und zieht ihn auf seinen Schoß. Dann streichelt er über ihren Kopf und wiegt sie wie ein Kind leicht hin und her.

Sie sind alleine am Strand. Außen ihnen ist weit und breit niemand. Mira beruhigt sich langsam etwas. Finn lässt vorsichtig ihren Kopf los und sie lehnen sich aneinander, den Blick aufs Meer gerichtet. Finn legt den Arm um Mira.

„Bitte gib dir nicht die Schuld, Mira." Dann sieht er sie von der Seite an. Miras Tränen sind vom Wind getrocknet. Sie hält den Blick stur geradeaus auf das glitzernde Wasser gerichtet. Sie fühlt sich zu schuldig, um ihn anzusehen.

„Ich bin nicht sauer auf dich. Wirklich nicht! Und das war ich auch nie. Ich war höchstens enttäuscht. Aber das ist okay. Schließlich hattest du nicht ganz unrecht." Sein Blick wird eindringlicher. „Ich habe dir längst vergeben. Du musst wissen, dass Tote nicht nachtragend sind. Tote wollen ihren Frieden und was bringt es uns, wenn wir voller Zorn und Hass sind?"

Jetzt dreht Mira langsam den Kopf und sieht ihn an. Ihr Sommerkleid ist vom Meerwasser durchnässt. Doch das macht ihr nichts.

„Wie kann es sein, dass du tot bist, aber dennoch hier sitzt und mit mir sprichst?"

Finn antwortet ihr nicht sofort.

„Du warst verzweifelt, sehr sogar. Du wolltest mich sehen. Zuerst wollte ich mich dir gar nicht zeigen. Es ist nicht gut, wenn Tote die Lebenden aufsuchen. Ihr Lebenden müsst euer Leben weiterleben. Wenn ihr an den Verstorbenen festhaltet, könnt ihr euer Leben nicht so weiterleben, wie es sein soll. Doch du, Mira ...“

Er sieht sie traurig an. „Du wolltest und konntest mich nicht loslassen. Du konntest dein Leben nicht weiterleben, weil es für dich keinen Abschluss gab. Deshalb bin ich hier. Ich möchte dir helfen, ins Leben zurückzufinden. Du hast ein gutes Leben verdient. Aber dafür musst du mich loslassen. Bitte.“

Wieder Mira bricht in Tränen aus.

„Ich möchte dich aber nicht loslassen! Eher sterbe ich. Ich hasse mein Leben. ich habe kein schönes Leben. Ich habe keinen Spaß mehr daran, Badminton zu spielen, meine Noten haben sich verschlechtert, meine Mutter hat nie Zeit für mich und Lynn, mit der ich sowieso nicht klarkomme, und überhaupt interessiert es niemanden, wie es mir geht. Wenn ich so drüber nachdenke, warst du der Einzige, der sich wirklich für mich interessiert hat und der für mich da war. Aber du hast dich ja aus dem Leben selbst befreit.“ Als Mira klar wird, was sie gerade gesagt hat, errötet sie leicht.

„Tut mir leid ...“

„Schon gut.“

„Ich habe es ja versucht, glaub mir. Ich habe versucht, mein Leben wieder auf die Reihe zu bekommen. Ich *will* ja auch ein gutes Leben haben. Aber egal, wie sehr ich mich bemühe und wie sehr ich es versuche, nie bekomme ich das, was ich wollte oder mir gewünscht habe. Es ist frustrierend! Ich habe das alles so satt. Bitte nimm mich mit, zu dir. Ich will nur bei dir sein.“

„Nein, Mira!“ Finn blickt sie ernst an. „Nein, ich helfe dir nicht dabei, zu uns Toten zu kommen. Ich bin hier, um dir mit deinem Leben zu helfen. Hör endlich auf! Hör auf, den Tod als einzige Lösung für alles anzusehen.“ Er wird lauter. „Mach nicht denselben Fehler, den ich gemacht habe. Ich bereue es! Jeden einzelnen Tag bereue ich meine Entscheidung.“

Finn blickt Mira ernst in die Augen.

„Mein Leben war auch nicht unproblematisch. Du weißt ja, dass ich keine Familie hatte. Ich weiß nicht, wie es sich anfühlt, ein warmes, liebevolles Zuhause zu haben. Aber dennoch hatte ich ein Leben. Ich hätte viel daraus machen können. Doch das habe ich nicht. Der Tod ist endgültig, Mira. Solltest du dich einmal für den Tod entscheiden und es durchziehen, wirst du deine Entscheidung nie wieder rückgängig machen können. Du hast nur dieses eine Leben. Überleg' dir gut, was du damit machen willst. Willst du es einfach so wegschmeißen? Der Tod ist dir sicher. Am Ende deines Lebens wirst du, so oder so, sterben. Also warum solltest du die Zeit bis dahin nicht nutzen, um etwas aus deinem Leben zu machen?“

„Hörst du mir denn gar nicht zu?“ Mira sieht in anklagend an. „Ich sagte doch, ich hab es versucht. Aber es klappt nicht! Zu viele Dinge laufen einfach schief. Ich weiß ehrlich gesagt nicht, ob mein Leben je wieder in Ordnung kommt.“

„Warum sollte es nicht wieder in Ordnung kommen? Das liegt doch in deiner Hand.“ Finn zwinkert ihr aufmunternd zu. „Lass dich nicht vom Leben beherrschen, sondern nimm die Dinge selbst in die Hand. Erinnerst du dich, was ich gesagt habe, als es dir so schlecht ging, weil die Freundschaft zwischen Sam und dir kaputtgegangen war?“

Mira nickt. „Du sagtest, ich solle mich nicht von ihr abhängig machen.“

„Genau. Aber das meinte ich nicht nur auf Sam bezogen. Du solltest dich allgemein, *von nichts und niemandem abhängig* machen. Leute kommen und gehen. Und Dinge passieren nun mal. Das ist so und daran wirst du auch nichts ändern können. Also lass dich von so was nicht runterreißen und richte vor allem dein Leben nicht danach. Denn, wenn du das tust, wirst du *immer* leiden. Willst du das denn?“

„Nein!“ Mira schüttelt den Kopf. „Aber was soll ich denn tun? Seit du weg bist, fühle ich mich so verdammt einsam. Jeden Tag wünsche ich mir, dass du bei mir wärst.“

„Konzentriere dich auf dich, Mira. Konzentriere dich auf das, was *du* willst.“ Finn sieht sie immer noch an. „Schließ deine Augen.“

„Was?“ Mira runzelt verwirrt die Stirn.

„Schließ die Augen. Das wird besser funktionieren, glaub mir.“

„Und du gehst nicht weg, während ich die Augen schließe?“, fragt Mira ängstlich.

„Nein, ich werde die ganze Zeit hier sein, versprochen!“

„Okay.“ Mira schließt ihre Augen.

Zuerst kommt sie sich komisch vor. Sie sitzt mit geschlossenen Augen am Strand mit einem Toten. Doch nach und nach entspannt sie sich. Sie lauscht aufmerksam auf die Geräusche um sich herum. Das Meerwasser schwappt über den Strand. Ein salziger Geschmack liegt auf ihrer Zunge. Und der Wind weht leise. Das Glitzern des Wassers ist so hell, dass es Mira sogar mit geschlossenen Augen blendet.

„Mira“, sagt Finn neben ihr leise. „Hörst du mich?“ Sie nickt.

„Gut. Ich möchte, dass du darüber nachdenkst, was du immer schon mal machen wolltest. Es muss etwas sein, dass nur mit dir zu tun hat. Was wolltest du immer mal werden oder tun?“

Mira überlegt kurz. „Ich wollte ein gutes Abitur schaffen. Und danach wollte ich ein freiwilliges, soziales Jahr machen.“

„Wo wolltest du dein FSJ machen?“

„An der Elfenbeinküste. Ich hatte mich auch schon nach Organisationen erkundigt, mit denen ich es mir vorstellen könnte.“

„Das klingt doch super!“

„Na ja … aber das mit dem guten Abitur kann ich wohl vergessen. Ich habe sämtliche Klausuren verhauen. Und mein Zeugnis dieses Halbjahr …“

„Stopp! Es geht nicht darum, wie es ist, sondern darum, was du willst. Ich will nur hören, was du dir wünschst. Und ganz nebenbei, die eigentlichen Abiprüfungen stehen dir noch bevor. Du hast also sehr wohl noch die Chance ein gutes Abitur zu schaffen." Nach einer kurzen Pause fährt Finn fort: „Und was willst du danach tun? Nach deinem FSJ?"

Da muss Mira gar nicht lange überlegen. „Ich will Jura studieren. Das wollte ich schon immer. Schon als Kind habe ich mir vorgestellt, wie es ist, Richterin zu sein."

„Du willst also Richterin werden? Ich finde, das passt gut zu dir. Du hast einen starken Gerechtigkeitssinn. Ich bin mir sicher, dass du eine faire Richterin wirst."

„Danke!" Ein Lächeln erscheint auf Miras Lippen.

„War das alles, oder gab es noch mehr Dinge, die du immer mal machen wolltest?"

„Na ja ... natürlich will ich irgendwann mal heiraten und Kinder haben. Aber davor wollte ich die Welt bereisen. Es ist so spannend, neue Kulturen und Leute kennenzulernen. Ich will so gerne mal nach China, Australien und in die USA. Da war ich noch nie."

„Den Horizont zu erweitern ist immer gut", meint Finn. Nach einer Weile sagt er: „Siehst du Mira, du hast sehr wohl eigene Ziele und Wünsche. Warum konzentrierst du dich nicht darauf? Du hast immer noch die Möglichkeit, ein gutes Abitur zu schaffen. Ich kenne dich. Du bist sehr ehrgeizig. Danach wirst du dein FSJ machen und viele Abenteuer erleben. Später machst du dein Jura-Studium und wirst eine tolle Richterin. Und ich bin sicher, dass du nebenbei noch die Welt bereisen wirst. Du wirst nach China, Australien und in die USA fliegen und viele, tolle Erfahrungen sammeln. Und all diese Erfahrungen werden dich als Mensch verändern. Du wirst lernen aus dir herauszuwachsen und auf Menschen zuzugehen. Und du wirst dich vom Leben nicht mehr so schnell umhauen lassen. Stell dir mal vor, wie das wäre!"

Mira versucht sich das bildlich vorzustellen. „Das wäre natürlich super! Wenn mein Leben denn auch so verlaufen würde …"

„Du hast die Möglichkeit, dein Leben in diese Richtung zu lenken. Ich habe mir diese Möglichkeit selber genommen. Und dafür hasse ich mich, jeden Tag aufs Neue. Mira, wenn du wüsstest, wie viele Tote dich darum beneiden, dass du noch am Leben bist! Sie reden alle davon, was sie gerne in ihren Leben alles anders gemacht hätten und ärgern sich, dass sie die Chancen, die sich ihnen im Leben geboten haben, nicht genutzt haben. Es geht *nicht* um die Dinge, die nicht geklappt haben. *Es geht um die ungenutzten Chancen und Möglichkeiten!* Es geht darum, Dinge auszuprobieren. Verdammt Mira, sei doch nicht so blind. Du hast dein ganzes Leben noch vor dir. Und du hast so viele Ziele und Wünsche. Du willst reisen, neue Kulturen kennenlernen, studieren, heiraten und Kinder kriegen. Bitte schmeiß das nicht alles weg! Das wäre der größte Fehler deines Lebens! Das Leben ist viel mehr als du glaubst. Nur weil es jetzt gerade nicht so gut läuft, heißt das nicht, dass es immer so sein wird. Versteh das bitte!"

Mira öffnet langsam die Augen und sieht Finn an. Er ist traurig.

„Und am Ende deines Lebens werden wir uns wieder genau hier treffen und über all das sprechen, was du geschafft hast, Mira. Wir werden über dein wunderschönes, erfülltes Leben reden. Und du wirst zurückblicken können und stolz sein, auf die Person, die du geworden bist. Du wirst mir von all deinen Reisen und Abenteuern erzählen, wie es ist, eine gute Richterin zu sein und von deinen Kindern. Glaub mir!" Finn sah sie flehentlich an. „Du musst es mit dem Leben nochmal versuchen, bitte! Tu das für mich und vor allem für dich! Glaub endlich an dich! Denn ich tue es schon längst. Ich glaube daran, dass du es schaffen wirst, sonst würde ich nicht mit dir hier sitzen."

Unwillkürlich kommen Mira die Tränen. „Und was ist mit dir?"

„Was soll schon mit mir sein? Ich habe all meine Chancen weggeworfen. Ich war dumm. Daher versuche ich dir doch die Augen zu öffnen, um dich davon abzuhalten, den gleichen Fehler zu machen. Ich habe deinen Wunsch, aus dem Leben auszusteigen, gespürt. Du warst verdammt verzweifelt und hast überlegt, ob es nicht besser wäre zu sterben. Ich hoffe, ich konnte dich umstimmen, Mira."

„Ich wünsche mir so sehr, dass du auch an meinem Leben teilnehmen könntest. Dann würden wir gemeinsam um die Welt reisen und all die Abenteuer zusammen erleben. Seit du nicht mehr da bist, fühlt es sich so an, als ob etwas in meinem Leben fehlen würde. Da ist ein großes, schwarzes Loch, das mich von innen aussaugt."

Finn schaut Mira in die Augen. Sein Blick ist eine Mischung aus Trauer und Liebe. So hat er sie noch nie angesehen.

„Mit dir reisen werde ich wohl nicht mehr können. Aber ich werde dir von oben immer zuschauen. In deinem Herzen bin ich immer bei dir, das verspreche ich. Wir Toten sind gar nicht so tot, wie die Lebenden glauben. Denn, wir schauen den Lebenden gerne zu. Und manchmal, wenn ihr sehr verzweifelt seid, nehmen wir Kontakt mit euch auf. Sei es durch einen Windhauch, eine Taube, die an eurem Fenster sitzt, im Traum oder sonst wie. Aber wir sind da."

Finn greift nach Miras Händen und schließt sie fest in seine. Da spürt sie zum ersten Mal, wie kalt seine Hände sind.

„Da ist kein schwarzes Loch, Mira. Das bildest du dir nur ein, weil du das glauben möchtest. Du hast Angst, das spüre ich. Ständig denkst du, was ist, wenn ich das nicht schaffe? Und es ist *deine Angst*, die dich davon abhält, dein Leben zu genießen und so zu leben, wie du es verdienst."

„Ja, ich habe Angst", schluchzt Mira. „Da ist eine Sache, die ich unbedingt wissen muss. Bitte hau nicht wieder ab, wenn ich dich das frage. Bitte! Ich muss es wissen, wirklich!"

„Ich werde nicht abhauen, Mira."

Unwillkürlich drückt sie krampfhaft seine Hände. Sie will sichergehen, dass er nicht plötzlich verschwindet.

„Hast du … hast du dich … wegen mir umgebracht? W… weil wir diesen … Streit hatten?"

Mira wagt es nicht, Finn anzusehen. Da greift er sanft unter ihr Kinn, hebt es an und zwingt sie, ihm in die Augen zu sehen.

„Sag so was nie wieder", meint er ruhig. „Hörst du? Nie wieder!" Dann holt er tief Luft. „Nein, du bist nicht schuld, Mira. Und ich will, dass du aufhörst, so was überhaupt zu denken."

Plötzlich ändert sich seine Körperhaltung. Finn wirkt verletzlich.

„Mira, du bist das Beste, das mir je passiert ist! Du warst und bist eine gute Freundin. In deiner Anwesenheit bin ich immer so glücklich."

Er drückt sie an sich. Erschrocken stellt Mira fest, wie kalt sein Körper ist. Es ist, als ob Finn immer schwächer werden würde. Er hält sie auf Armlänge von sich, um sie anzusehen.

„Ich will nur das Beste für dich … Ich liebe dich, Mira!"

Er sieht ihr tief in die Augen. Für eine Sekunde weiten sich Miras Augen vor Schreck. Doch dann zwingt ein unwiderstehliches Lächeln ihre Mundwinkel nach oben.

„Ich liebe dich auch, Finn!"

Sie schlingt ihre Arme fest um seinen Hals und ihre Lippen nähern sich an. Aber gerade als sich ihre Lippen treffen, schlägt Mira die Augen auf.

Sie hat nur geträumt! Verwirrt sieht Mira sich um. Sie liegt in ihrem Zimmer im Bett. Ihr Wecker zeigt sieben Uhr morgens an.

Ich liebe dich auch, Finn!, denkt sie. *Ich liebe dich!*

25. Kapitel

Der Samstag brach an. Der Tag nach dem Streit mit Finn. Mira nahm sich fest vor, sich nur auf ihre bevorstehenden Klausuren zu konzentrieren und alles andere auszublenden. Nächste Woche standen zwei Prüfungen an, in Mathematik und Geschichte und sie wollte das Wochenende nutzen, um darauf zu lernen.

Also saß sie an ihrem Schreibtisch, das aufgeschlagene Mathematikbuch vor sich. Es ging um Kurvendiskussionen. Mira hatte Schwierigkeiten zu begreifen, wie man herausfand, ob die gefundene Nullstelle nun ein Hoch-, Tief- oder Sattelpunkt war. Mehrmals las sie sich die betreffenden Seiten in ihrem Buch durch. Doch so sehr sie sich auch bemühte, ihre Gedanken schweiften immer wieder ab. Kaum etwas von dem, was sie las, blieb hängen. Wenn sie ehrlich war, hatte sie auch gar keine Lust zu lernen, aber sie musste. Irgendwann warf Mira das Mathebuch frustriert in die Ecke. Wie sollte sie in diesem Zustand jemals die Klausur packen?

Auch für die Geschichtsklausur lief das Lernen nicht besser. Mira musste jede Menge Jahreszahlen, Ereignisse und Zusammenhänge auswendig lernen und herleiten. Doch ihre Gedanken waren unkontrollierbar wie ein Wildfeuer. Da fasste Mira sich mit beiden Händen an den Kopf. Das durfte doch einfach nicht wahr sein!

Genau in diesem Moment vibrierte ihr Handy. Es war Betty, die Mira fragte, ob sie am Abend zusammen mit ihr auf eine Party gehen wollte.

Danke, aber ich muss lernen. Habe nächste Woche zwei Klausuren, textete Mira zurück und fügte ein passendes Emoji ein. Doch Betty blieb hartnäckig und bettelte unnachgiebig. Mira überlegte. Seit drei Stunden versuchte sie jetzt schon den Stoff aus Geschichte und Mathe zu begreifen. Aber ihre

Gedanken wanderten immer wieder zu dem Gespräch mit Finn. Wenn sie ehrlich war, hatte sie in den letzten drei Stunden, in denen sie am Schreibtisch gesessen hatte, nichts gelernt. Sie konnte sich ja noch nicht mal merken, wann die französische Revolution ihren Lauf genommen hatte, obwohl sie sich die Jahreszahl bestimmt zehnmal durchgelesen hatte! Es war die reine Zeitverschwendung! Mira hätte in den drei Stunden auch gut Eis essen gehen können. Dann wäre sie jetzt genauso schlau.

Vielleicht würde ihr eine Abwechslung ganz guttun und sie auf andere Gedanken bringen. Denn so, wie es momentan lief, hatte es wenig Sinn mit dem Lernen. Schließlich sagte sie zu. Die beiden vereinbarten, sich um elf Uhr vor dem derzeit angesagtesten Club der Stadt zu treffen.

Ich bleibe aber nicht lange, nahm sich Mira fest vor. Sie wollte morgen weiterlernen.

Obwohl sie pünktlich um elf vor dem Club eintrafen, dauerte es eine geschlagene Stunde, bis sie reinkamen, ihre Jacken abgegeben hatten und sich schließlich an der Theke einfanden. Der Club war eine Mischung aus Disco und Bar. Obwohl er erst neu eröffnet worden war, kam er sehr gut an und war immer voll.

Betty war nicht alleine. Sie hatte zwei Kumpels mitgebracht, die sie Mira als Jonathan und Ben vorstellte. Die beiden Jungs waren schon volljährig. Sie hatten gemeinsam mit Betty bereits vorgetrunken. Nur Mira hatte noch nüchtern. Sie kam sich ein wenig fehl am Platz vor. Alle um sie herum waren schon angetrunken und heiter. Sie war wie ein Fremdkörper.

Betty, Mira und die beiden Jungs saßen in einer Ecke direkt neben der Theke. Ben und Jonathan boten an, für alle Getränke holen zu gehen. Als sie weg waren, stieß Betty Mira in die Seite.

„Hey. Ist alles okay?“ Sie wartete ihre Antwort gar nicht ab. „Versuch, Spaß zu haben. Morgen kannst du weiterlernen.“

Dann zwinkerte sie Mira vielsagend zu. „Und? Welcher von den beiden?“

Mira schaute sie irritiert an. „Was?“

Betty nickte mit dem Kopf in Richtung Theke, wo Ben und Jonathan gerade Getränke bestellten. „Na, welcher der beiden Jungs gefällt dir?“

„Äh ... keine Ahnung. Hab noch nicht drüber nachgedacht.“

„Also ich denke, dass Ben zu dir passen würde.“ Sie kicherte.

Mira sah sie nur schweigend an. Sie machte sich eher Sorgen um die bevorstehenden Klausuren. Es war schon kurz nach Mitternacht. Mira hatte sich eigentlich fest vorgenommen, um eins wieder zu Hause zu sein. Sie wollte morgen ausgeschlafen sein, um weiterzulernen. Daraus wird wohl nichts, dachte sie verstimmt. Sie hatte das Gefühl, dass ihr alles entglitt.

Sie warf Betty noch einen Blick zu. Mensch, hatte die sich zurechtgemacht! Betty trug ein helles Cocktailkleid. Ihre Taille wurde durch einen schmalen Gürtel betont. Mit den hohen Schuhen, den Armreifen und den rot angemalten Lippen wirkte sie viel erwachsener und zog viele Blicke auf sich. Mira hingegen trug Jeans und ein dunkles Glitzertop. Außerdem war sie nicht geschminkt. Neben Betty wirkte es fast so, als ob sie sich gehen lassen würde.

Im Grunde war Mira das egal. Sie war ohnehin nur mitgegangen, um sich auf andere Gedanken zu bringen.

Die Jungs tauchten mit den Getränken auf. Zuerst gab es eine Runde Shots für alle. Sie stießen gemeinsam auf einen schönen Abend an, bevor sie die Shots hinunterstürzten. Miras Kehle brannte.

Die Jungs hatten Betty und Mira je eine Falsche Becks mitgebracht, während sie selbst Jack Daniels tranken.

Sie fingen an, über dies und jenes zu plaudern. Gerade als Mira sich langsam entspannte, rückten Betty und Jonathan zusammen. Dann legte Betty ihren Kopf auf seine Schulter und schmiegte sich an ihn. Mira war zunächst etwas verlegen. Sie wollte Betty und Jonathan weder aus dem Gespräch ausschließen, noch stören. Als die beiden einander schließlich in den Armen lagen, wurde Mira klar, dass sie sich jetzt nur noch mit Ben unterhalten konnte.

Zuerst saßen Ben und Mira nur schweigsam nebeneinander, weil sie beide nicht so recht wussten, was sie sagen sollten. Mira trank vor lauter Langeweile ihren Becks aus, während Ben sich rasend für sein Handy zu interessieren schien.

„Hast du eigentlich einen Freund?“, wandte Ben sich plötzlich an sie. Er hatte sein Handy weggelegt.

„Nein.“

Mira hielt ihre leere Flasche in der Hand. Der Alkohol zeigte langsam seine Wirkung. Gepaart mit dem dunklen Raum und den flackernden Lichtern der Tanzfläche, löste das Verwirrtheit in ihr aus. Sie brauchte deutlich länger Zeit um sich zu sammeln. Mittlerweile war es ihr auch egal, wann sie nach Hause kam. Das Hier und Jetzt hatte sie so sehr im Griff, dass alles, was danach kam, unbedeutend war.

„Und du? Hast du eine Freundin?“, fragte Mira zurück.

Eigentlich interessierte es sie nicht wirklich. Aber sie wusste nicht, worüber sie sich sonst mit Ben unterhalten sollte.

„Auch nicht.“ Dann wurde er etwas konkreter. „Also ich habe mich erst kürzlich von meiner Freundin getrennt.“

„Oh, das tut mir leid!“, murmelte Mira.

Unwillkürlich musste sie an Finn denken. Um sich abzulenken, ließ sie ihren Blick durch den Club wandern und erstarrte. Das durfte doch nicht wahr sein! Sie musste sich geirrt haben! Doch dann, als das flackernde, bunte Licht erneut auf das ihr so bekannte Gesicht fiel, war sie sich ganz sicher. Es war Sam! Sie stand ein paar Meter abseits der Tanzfläche und starrte zu Mira hinüber. Na toll!, dachte Mira und wandte den Blick ab.

„Ist alles okay?“, fragte Ben. Er streifte leicht über ihren Arm. Mira bekam eine Gänsehaut.

„Ja ... alles gut.“ Sie wechselte schnell das Thema. „Wieso habt ihr euch getrennt?“

„Einen wirklichen Grund gab es nicht. Irgendwie haben wir uns auseinandergelebt. Die Beziehung hat keinen Sinn mehr gemacht.“

Er sah sie mit einem Lächeln ab, als ob er ihr versichern wolle, dass es ihm jetzt gut ging. Mira lächelte zurück. Ben war ihr sympathisch. Und er hatte ein sehr offenes Lächeln.

Plötzlich legte Ben den Arm um sie. Miras Blick wanderte zu Betty rüber. Sie und Jonathan waren gerade dabei sich zu küssen. Und wie! Bei ihrem Anblick musste Mira schmunzeln.

„Willst du?“ Ben hielt ihr seine Flasche Jack Daniels hin.

Sie nahm die Flasche entgegen und trank einen Schluck. Dann zuckte sie mit den Schultern.

„Hm ... kann man mal trinken.“ Sie gab ihm die Flasche zurück.

„Heißt das, du magst kein Jack Daniels?“, erwiderte Ben grinsend.

Statt einer Antwort hob Mira entschuldigend die Schultern. Sie leckte sich die Lippen. Da beugte Ben sich nach vorne und Mira spürte plötzlich seine weichen Lippen auf ihren. Überrascht löste sie sich von dem Kuss und sah ihn an. Ihr Blick wanderte von seinem rechten Auge zum Linken und wieder zurück. Sein Gesicht war so nah an ihrem, dass sie seinen Atem auf ihrer Haut spürte. Verdammt, riecht er gut!, schoss es ihr durch den Kopf. Doch der Moment endete je, als Ben der Mut verließ. Da war es Mira, die sich schnell nach vorne beugte und ihre Lippen auf seine presste. Für den

Bruchteil einer Sekunde weiteten sich Bens Augen. Dann küsste er sie zurück.

Sie waren so sehr damit beschäftigt, sich ausgiebig zu küssen, dass sie gar nicht mitbekamen, wie Betty und Jonathan verwundert zu ihnen herüber sahen. Betty freute sich für ihre Freundin und lächelte.

Mira nahm Bens Unterlippe zwischen ihre und zog daran. Dann wechselte sie zu seiner Oberlippe. Irgendwann löste sie sich von dem Kuss, um nach Luft zu schnappen. Betty zwinkerte ihr vielsagend zu. Doch Mira senkte den Blick. Sie war etwas beschämt, bei den Gedanken daran, dass Jonathan und Betty ihnen zugesehen hatten. Sie fühlte sich ertappt.

Betty erhob sich.

„Ich muss mal!“, verkündete sie. Sie wandte sich an Mira. „Kommst du mit?“

„Ja.“

Als sie aufstand, erhob sich auch Ben.

„Ich gehe dann mal Getränke holen“, sagte er.

Dann gab er Mira einen flüchtigen Kuss auf die Lippen, bevor er Richtung Theke verschwand. Betty grinste ihre Freundin breit an. Dann gingen sie Hand in Hand zur Damentoilette. Betty hatte ihre Handtasche über der Schulter geschlungen, während Mira ihre in der Hand hielt.

„Und, wie küsst er so?“, fragte Betty, ganz nebenbei.

Mira musste unwillkürlich lachen. Sie war selbst erstaunt über das, was sie gerade getan hatte. „Hm ... ganz gut.“

„Das ist doch super! Ich wusste, dass ihr gut zusammenpasst.“

Sie betraten die Damentoilette, die aus einem Vorraum und drei sehr schmalen Kabinen bestand. Da zwei von ihnen besetzt waren, ließ Betty Mira den Vortritt.

„Geh du ruhig zuerst.“

Mira betrat die einzig freie Kabine und schloss hinter sich ab. Als sie fertig war, trat sie in den Vorraum, wo sich ein großer Spiegel, zwei Waschbecken und ein Handtrockner befanden. Betty war nicht mehr da. Stattdessen erblickte Mira mit Schrecken Sam. Nachdem sie ihren ersten Schreck überwunden hatte, beschloss Mira, Sam einfach zu ignorieren. Sie ging zu einem der Waschbecken, stellte ihre Handtasche auf der Ablage ab, pumpte etwas Seife in ihre Hand und wusch ihre Hände dann mit kaltem Wasser ab.

„Ich dachte, du hast einen Freund?“, begann Sam unvermittelt.

An der Art, wie sie sprach, war es offensichtlich, dass sie auf Streit aus war. Mira ignorierte sie.

„Finn reicht dir wohl nicht mehr, was? Jetzt knutschst du auch noch mit anderen Typen rum. Du bist armselig, Mira. So was von armsel...“

„Halt die Klappe!“, unterbrach Mira sie barsch.

Das war zu viel! Sie würde sich von Sam nicht beschimpfen lassen.

„Wenn hier jemand armselig ist, dann bist du es!“

Sie drehte sich zu ihr um, um ihr die Meinung ins Gesicht zu sagen. Da trat Betty aus einer der Kabinen.

„Was ist denn hier los?“, fragte sie.

„Das fragst du besser mal sie!“ Mira deutete mit dem Finger auf Sam.

„Kannst du sie nicht mal in Ruhe lassen?“, fuhr Betty sie an.

Sam fuhr mit der Zunge über ihre Lippen.

„Seit wann bist du der Bodyguard dieser *Schlampe* da?“ Ihre Stimme triefte vor Verachtung.

Das war zu viel! Mira hob ihre Hand, um ihr eine Backpfeife zu verpassen. Doch Betty schritt schnell dazwischen, packte Miras Hand und hielt sie fest.

„Hey, das ist sie nicht wert!“, rief Betty. Sie drängte Mira mit aller Kraft aus der Damentoilette. Als die beiden schließlich vor der Toilette standen, zitterte Mira vor Wut.

„Du hättest mich nicht aufhalten sollen!“

„Morgen wirst du mir dafür danken“, erwiderte Betty.

Schweigend riss Mira sich los und lief zurück in den Club. Sie brauchte einen Moment, bis sie Ben und Jonathan wiederfand. Die beiden saßen nach wie vor in der Ecke neben der Theke. Neue, volle Gläser standen vor ihnen.

Die beiden beendeten ihr Gespräch, als Mira an den Tisch trat.

„Hey“, sagte Ben und rückte etwas zur Seite, damit Mira sich neben ihn setzte. Doch Mira war sich bewusst, dass der Abend für sie gelaufen war. Sie würde sich nicht nochmal neben Ben setzen, so tun, als ob nichts passiert wäre und weiter mit ihm knutschen. Innerlich bebte sie. Am liebsten wäre sie wieder zurückgelaufen und hätte Sam ein Paar verpasst. Nur mit Mühe konnte sie ihre Wut unterdrücken.

„Ist alles in Ordnung? Wo ist Betty?“ Ben runzelte die Stirn.

„Ich denke, ich gehe jetzt besser“, sagte Mira kurz angebunden. Sie fuhr sich etwas verpeilt durch ihre dunklen Haare.

„Könnt ihr Betty ausrichten, dass ich gegangen bin? Ich ... ich denke, ich werde nach Hause laufen.“

Ben und Jonathan wechselten einen Blick. Es war ihnen anzusehen, dass Miras Verhalten sie verwunderte.

,,Ähm ... klar richten wir ihr das aus. Aber bist du sicher, dass du schon gehen willst? Warte doch wenigstens, bis Betty wiederkommt.“

Mira schüttelte energisch den Kopf.

„Nein. Ich gehe jetzt. Es ist besser so.“

„Okay ...“ Ben erhob sich von seinem Platz, um Mira zum Abschied zu umarmen.

„Dann, komm gut nach Hause.“

In sein Gesicht stand die Enttäuschung geschrieben. Mira ließ sich von Ben und Jonathan umarmen und stürzte dann Hals über Kopf aus dem Club.

Die beiden Jungs blieben verwundert zurück.

„Was ist denn mit der los?!“, fragte Jonathan, als Mira draußen war. Ben hob mit hochgezogenen Augenbrauen die Schultern. Kurz darauf stieß Betty zu ihnen.

„Wo ist denn Mira?“, fragte sie sofort.

„Sie ist schon nach Hause gegangen“, meinte Jonathan. „Warum auch immer. Wir wissen es nicht.“ Er erzählte ihr, wie Mira plötzlich aufgetaucht war, ihnen mitgeteilt hatte, dass sie nach Hause laufen wolle und dann einfach gegangen war.

Betty schwieg nachdenklich. Sie machte sich Sorgen um Mira. Den Jungs erzählte sie nichts von dem Streit zwischen Mira und und ihrer ehemals besten Freundin Sam. Sie beschloss, das erst mal für sich zu behalten.

Die Arme, dachte Betty. Sie griff nach ihrem Handy, um Mira eine Nachricht über Whatsapp zu schreiben.

Hey Süße, ist alles in Ordnung? Bitte melde dich, wenn du daheim angekommen bist. Mach mir Sorgen!

Dann legte sie das Handy weg und wandte sich Ben und Jonathan zu.

Mira war auf dem Weg nach Hause. Den ganzen Heimweg über hatte sie ein mulmiges Gefühl. Was ist das nur?, fragte sie sich verwundert. Die dunkle Ahnung, dass etwas Schreckliches geschehen würde, erfasste sie. Doch Mira wusste nicht, was es war und woher dieses Gefühl kam. Schließlich schob sie es auf die Müdigkeit. Es war immerhin ein langer Tag für sie gewesen. Doch tief in ihrem Inneren wusste sie, dass es nicht an der Müdigkeit lag. Da war noch etwas anderes. Wenn sie doch nur wüsste, was!

Endlich! Nach einer halben Stunde stand Mira vor ihrem Haus, müde und erleichtert darüber, dass der Abend überstanden war, als es ihr wie Schuppen von den Augen fiel. Ihre Schlüssel! Mira hatte ihre Handtasche in der Toilette liegen gelassen! Darin waren ihre Schlüssel, ihr Handy und ihr Portemonnaie. Verdammt!, dachte Mira. Dann wurde sie panisch. Was, zur Hölle, sollte sie jetzt nur tun?

Das fehlende Puzzleteil

„Hey, das ist sie nicht wert!“, rief Betty.

Sie stellte sich zwischen Sam und Mira und drängte ihre Freundin mit aller Kraft aus der Damentoilette. Als sich die Tür hinter den beiden schloss, fiel Sams Blick auf Miras Handtasche, die noch auf der Waschbeckenablage lag. Ohne groß zu überlegen, langte Sam zu und nahm die Handtasche an sich. Dann ging sie in die einzig freie Toilettenkabine und schloss sich ein.

Sam ließ den Klodeckel hinunterplumpsen und setzte sich dann darauf. Ihre Hände zitterten vor Aufregung, als sie Miras Handtasche durchwühlte. Sie fand ihre Schlüssel, Taschentücher, Lipgloss, eine Packung Kaugummis und ihr Handy. Miras Handy! Aufgeregt griff Sam danach. Für einen Moment befürchtete sie, dass das Handy durch ein Passwort oder Mustererkennung geschützt war. Doch als sie den Knopf an der Seite drückte, leuchtete das Display auf und siehe da! Sie musste das Handy nicht entsperren, um es benutzen zu können. Wow! Sam war fassungslos. Wer schützte denn nicht sein Handy? Sie schob es auf Miras Dummheit und ein schmutziges Lächeln erschien auf ihren Lippen. Du lernst wohl nie dazu!, dachte sie.

Es war nun schon das zweite Mal, dass sie Miras Handy gestohlen hatte. Das erste Mal hatte sie es auf Jasons Hausparty getan. Während Sam auf dem Klodeckel saß, stiegen plötzlich die ganzen Erinnerungen an jener Nacht in ihr hoch:

Sie hatte gemeinsam mit Mira Jasons Party betreten. Nachdem sie sich zwei Flaschen Bier - eine für Mira und eine für sich selbst - besorgt hatte, hatte sie vergeblich nach ihr gesucht. Jemand riet ihr dann, mal am Swimmingpool zu suchen. Als Sam unten im Keller ankam, sah sie Mira sofort. Sie plantschte fröhlich im Wasser herum und flirtete mit Felix.

Und er hatte offensichtlich jede Menge Freude daran, sie unter dem Vorwand mit ihr zu spaßen zu begrapschen. Und Mira fand das auch noch toll!

Sam stand abseits, im Schatten, und beobachtete sie eine Weile. Mira ließ sich von Felix hochheben und er wiederum ließ keine Gelegenheit aus, sie an sich zu drücken. Als sie Mira so beobachtete, platzte ihr der Kragen! Während sie nach ihrer Freundin suchte, flirtete diese hemmungslos im Pool.

Sam wusste, dass Mira es auch ohne sie leicht haben würde. Mira war immer begehrt, bei allen! Dahingegen hatte Sam deutlich größere Schwierigkeiten, gut anzukommen und Leute für sich zu gewinnen. Sie hatte dauernd das Gefühl, dass Mira ihr immer einen Schritt voraus war. In allem!

Schon seit sie Kinder waren, hatte Sam das Gefühl gehabt, dass Mira mehr Glück in ihrem Leben hatte. Sie hatte seit der Grundschule immer bessere Noten in der Schule gehabt als Sam, sie war sportlicher und hübscher als Sam und zog immer bewundernde Blicke auf sich. Sie hätte die Liste endlos fortsetzen können: Mira war einfach in allem viel besser und begehrter als sie selbst! Wie oft hatte Sams Mutter schon zu ihr gesagt: „Nimm dir mal ein Beispiel an Mira“? Sie war diejenige, die immer zu Mira hochschaute, schon seit ihrer Kindheit! Sams Augen brannten.

Genau in diesem Moment fiel ihr Blick auf Miras neues, weißes Kleid. Daneben lagen ihre hohen, weißen Schuhe und ihre Clutch. Ohne zu überlegen trat sie zu Miras Sachen. Mit einer Hand langte sie nach der Clutch und dem weißen Kleid und ließ es sofort in ihrer eigenen, großen Handtasche verschwinden. Dann drehte sie sich panisch um. Hatte jemand etwas bemerkt? Doch Felix, Mira und die anderen vier waren ganz mit sich selbst beschäftigt. Da streckte Sam ein letztes Mal möglichst unauffällig ihren Arm aus und schnappte sich Miras hohe Schuhe. Auch diese steckte sie sofort in ihre

Handtasche und schloss den Reißverschluss. Dann vergewisserte sie sich, dass niemand ihr zugesehen hatte, bevor sie den Keller verließ.

Sam wusste nicht genau, warum sie Miras Sachen gestohlen hatte. Vor allem wusste sie nicht, was es ihr bringen sollte. Dennoch bereute sie es auch dann nicht, als sie sich unter ihre Klassenkameraden mischte. Es fühlte sich richtig gut an! Zwar war Sams Handtasche ungewöhnlich schwer, doch das ließ sie sich nicht anmerken.

Als sich irgendwann die Gelegenheit bot, sich einer Gruppe anzuschließen, um in der Innenstadt weiterzufeiern, nahm sie das Angebot geschmeichelt an.

Bevor Sam jedoch mit den anderen aufbrach, tauchte auf einmal Finn auf der Party auf. Zunächst freute sie sich, ihn zu sehen. Doch je länger sie sich mit Finn unterhielt, desto offensichtlicher wurde es, dass er nur Interesse an Mira hatte. Er fragte die ganze Zeit nach ihr. Da verschlechterte sich Sams Laune, sodass sie froh war, endlich mit den anderen aufzubrechen.

Das weiße Kleid, die hohen Schuhe und Miras Clutch lagen immer noch in Sams Zimmer. Sie hatte sie unter ihrem Bett versteckt.

Diesmal wird es anders!, dachte Sam. Denn dieses Mal würde sie die Chance, die ihr so plötzlich zugefallen war, nutzen, um Mira eins auswischen. Sie öffnete Whatsapp und las flüchtig ein paar ihrer Chats durch. Am interessantesten war für sie natürlich der Chatverlauf zwischen Mira und Finn. Was lief da zwischen ihnen? Waren sie noch zusammen? Und warum küsste Mira plötzlich andere Jungs?

Finn sollte Bescheid wissen!, schoss es Sam durch den Kopf. Er sollte wissen, dass Mira nicht so unschuldig und lieb war, wie sie immer tat! Sie war gerade dabei, einen Plan auszuhecken, wie sie am besten vorgehen sollte, als es an der Kabinentür hämmerte.

„Hey! Dauert es noch lange? Wir müssen auch mal!"

Sie erschrak. Dann ließ sie Miras Handy in ihre Tasche verschwinden, betätigte die Spülung und trat aus der Toilettenkabine. Vor der Damentoilette hatte sich eine Schlange gebildet. Sam murmelte eine Entschuldigung und stolperte nach draußen.

Dann würde sie ihren Plan eben woanders ausführen. Sie war entschlossener denn je, Mira wehzutun. Das hat sie verdient, dachte Sam grimmig auf dem Weg zurück zum Club.

Wieder schossen ihr Erinnerungen durch den Kopf. Jahrelang war sie diejenige gewesen, die hatte zusehen dürfen, wie Mira alles zufiel und wie sie von allen bewundert wurde. Doch damit war jetzt Schluss!

Sam ging zu Rebecca und Sia, die neben der Theke standen. Einen Moment lang überlegte sie, den beiden zu erzählen, dass Miras Handy in ihrer Handtasche lag. Rebecca und Sia konnten Mira auch nicht leiden. Sie könnten dann zu dritt einen Plan aushecken, ihrer ehemals besten Freundin eins auszuwischen. Doch dann entschied Sam sich dagegen. Es war ein Problem zwischen ihr und Mira, eine persönliche Angelegenheit. Sie würde das Ganze selbst klären. Sia war ohnehin nur eine Mitläuferin, dachte Sam verächtlich. Doch Rebecca war anders: Sie hatte ihren eigenen Willen, den sie eisern durchsetzte. Rebecca ließ sich von niemandem beeinflussen oder einschüchtern und Sam bewunderte sie dafür.

Während sie so mit ihren zwei Freundinnen und einem Drink in der Hand neben der Theke stand, kam ihr plötzlich eine Idee. Sam wusste nun, was sie tun würde, um Mira eins auszuwischen! Sie beschloss, nicht zu warten und ihren Einfall auf der Stelle umzusetzen.

„Ich bin mal kurz weg“, murmelte sie und wandte sich zum Gehen.

Mit schnellen Schritten lief sie zum Ausgang, wo sie dem Türsteher ihren Stempel zeigte. Er winkte ab.

„Wenn du wieder reinkommen willst, musst du den Stempel vorzeigen“, erklärte er gelangweilt.

„Oh, okay.“

Sam war so aufgeregt, dass ihr Herz laut klopfte. Sie trat nach draußen. Dort atmete sie zwei Mal tief ein und aus. Es war verdammt stickig im Club!

Ein paar Raucher, die den gleichen Stempel trugen, standen zusammen und zogen gierig an ihren Zigaretten. Sam stellte sich in eine Ecke und begann, ihren Plan in die Tat umzusetzen.

Zuerst holte sie ihr eigenes und Miras Handy aus ihrer Handtasche. Dann öffnete sie ihre Fotogalerie-App. Zum Glück war Sam vorhin aufmerksam genug gewesen, Fotos davon zu machen, wie Mira und der Typ, den sie noch nie in ihrem Leben gesehen hatte, sich küssten. Ihr war die Idee ganz plötzlich gekommen und sie hatte daraufhin, sofort ihr Handy gezückt und mehrere Fotos gemacht.

Jetzt ging sie jedes einzelne Bild aufmerksam durch, um das beste herauszupicken. Sam stellte fest, dass die meisten Bilder so dunkel waren, dass kaum etwas zu erkennen war. Scheiße!, dachte sie. Sie war schon kurz davor aufzugeben, als sie es auf einmal entdeckte. Da! Ein Foto, auf dem gut zu erkennen war, wie Mira und der Typ sich küssten. Die hellen, bunten Discolichter waren genau in dem Moment, in dem das Foto aufgenommen worden war, auf die Gesichter der beiden gefallen. Was für ein Glück!, dachte Sam erleichtert. Sie lächelte. Ihre Finger fingen an, vor Aufregung zu zittern, als sie das Foto Mira sandte. Brrrrr! Miras Handy vibrierte. Sam legte ihr eigenes Handy weg und nahm sich Miras vor. Sie öffnete ihr Whatsapp und durchsuchte die Chatverläufe. Da! Da war der Chatverlauf zwischen Mira und Finn. Sam las sich die letzte Nachricht durch. Finn hatte sich erkundigt, wie es ihr ging und

Mira gefragt, wann sie sich wieder treffen wollten. Doch Mira hatte ihm nicht geantwortet. Hm?, überlegte Sam. Was war zwischen den beiden wohl vorgefallen? Hatten sie etwa Streit? Dann zuckte sie mit den Schultern. Wie auch immer! Eigentlich passte das Ganze gut zu ihrem Vorhaben.

Sam klickte auf die Bürozeichen-Klammer. Dann tippte sie auf *Galerie*. Da war das verhängnisvolle Bild! *Der Beweis, dass Mira kein unschuldiger Engel war.*

Eigentlich hatte sie nur geplant, das Foto an Finn zu verschicken. Finn sollte wütend werden und die Freundschaft (oder Beziehung?) zu Mira beenden. Doch was, wenn er es nicht tat? Sam beschloss, noch etwas weiterzugehen. Finn sollte Mira *hassen*. Sie fing an zu tippen. Es war, als ob ihre Finger sich von alleine bewegten:

Wie du siehst, habe ich jetzt einen neuen Freund und wir sind zusammen glücklich. Unsere Wege trennen sich ab heute. Wir beide können nicht mehr länger Freunde sein. Akzeptiere das einfach und lass mich gehen, damit ich glücklich werden kann. Lebewohl, Finn! Mira.

Sam las sich die Nachricht durch und fragte sich, ob das nach Mira klang. Doch sie war überzeugt, dass Finn keinen Verdacht schöpfen würde. Sie zögerte noch einen Moment lang. Dann sandte sie das Foto mit der Textnachricht ab.

26. Kapitel

Es ist der letzte Schultag vor den großen Sommerferien. Heute haben sie ihre Zeugnisse erhalten. Mira war heute, zu Sams Verwunderung, gar nicht in der Schule. Sam ist mit ihrem Zeugnis ausnahmsweise ganz zufrieden. Im Vergleich zum ersten Halbjahr haben sich ihre Noten verbessert. Sie blickt ihrem Abitur nächstes Jahr jetzt wieder hoffnungsvoll entgegen.

Da heute nur die Zeugnisse ausgeteilt wurden und kein Unterricht stattfand, hatten alle früh Schule aus. So kommt Sam um halb zwölf Uhr mittags zu Hause an. Sie findet das Haus wie gewohnt leer vor. Ihre Mutter ist bei der Arbeit. Sie läuft in ihr Zimmer, wo sie zuerst das Zeugnis in ihrer Mappe abheftet. Ein weiteres Schuljahr gemeistert! Das vorletzte. Nächstes Jahr um diese Zeit wird Sam keine Schülerin mehr sein. Ihr wird schlagartig bewusst, dass das ihre letzten Sommerferien sind.

Dann setzt sich Sam auf ihr Bett. Eigentlich könnte sie jetzt glücklich sein. Sie hat ein gutes Zeugnis bekommen, neue Freundinnen gefunden und jetzt hat sie endlich Zeit, den Sommer richtig zu genießen. Doch Sam weiß, was sie getan hat. Jeden Tag sieht sie die Folgen ihrer Taten. Mira, denkt sie etwas melancholisch. Früher sind sie nach jeder Zeugnisausgabe losgegangen, um gemeinsam shoppen zu gehen. Damit belohnten sie sich dafür, ein weiteres Schuljahr gemeistert zu haben. Danach gingen sie immer in das Stadtparkcafé, um dort Milchshakes zu schlürfen.

Es ist das erste Mal, dass Sam nach der Zeugnisübergabe nichts mit Mira unternimmt. Sie vermisst Mira plötzlich. Unwillkürlich werden ihre Augen feucht. Was hat sie nur getan?! Der jahrelange, rasende Neid auf Mira hat ihre Sicht versperrt. Sam war von ihrer Eifersucht so vereinnahmt, dass sie blind war für alles. Sam schlägt die Hände vors Gesicht. Sie bereut es. Sie bereut alles! Sie dachte, sie würde ihrer Eifersucht Luft verschaffen, indem sie Mira eins auswischte. Sie wollte doch nur, dass die Freundschaft zwischen Finn und Mira auseinanderbrach. Das war alles! Wie hätte sie denn voraussehen sollen, dass er Selbstmord begeht und sie nur noch ein Schatten ihrer selbst wird? Mira tut ihr verdammt leid. Die ganze Situation tut ihr leid. Sam fängt an zu weinen. Sie dachte, sie würde Genugtuung verspüren, wenn Mira verletzt wird. Doch sie hat sich getäuscht. Stattdessen quält sie ihr schlechtes Gewissen. Alles, woran sie denken kann, ist, wie sehr ihr alles leidtut. Sie wünschte, sie könnte in die Zeit zurückreisen und anders handeln. Wäre Finn dann noch am Leben? Verdammt! Sam wollte nicht, dass das Blut eines Menschen an ihren Händen klebt. Sie wollte nicht schuldig werden. Und sie wünscht sich, das Leben würde ihr eine zweite Chance geben, um ihre Taten wieder gutzumachen. Doch gleichzeitig zweifelt Sam daran, ob sie eine zweite Chance verdient hat.

Sie kniet sich auf den Boden und tastet nach dem weißen Karton unter ihrem Bett. Er ist nur etwas größer als ein Schuhkarton, doch alles, was zwischen ihr, Mira und Finn vorgefallen ist, steckt darin. Es ist ein Geheimnis, von dem niemand erfahren darf. Sam wird den weißen Karton vernichten. Ein für alle Mal! Doch zuvor wird sie ihn ein letztes Mal öffnen.

Langsam hebt Sam den Deckel ab und legt ihn beiseite. Ein weißes Kleid, ein Paar weiße Schuhe, eine Clutch und zwei Handys kommen zum Vorschein. Mittlerweile sind bei beiden Handys die SIM-Karten gesperrt. Mira hat sie wohl sperren lassen. Aber sie war nicht schnell genug. Sam hat die Whatsapp-Nachricht mit Miras Handy noch verschickt, bevor die SIM-Karte gesperrt wurde.

Sam hatte großes Glück, dass Finns Handy nie gefunden wurde. Sie wagt nicht daran zu denken, was geschehen wäre, wenn jeder gesehen hätte, wie die letzte Nachricht an ihn lautete.

Kurz nachdem sie die Nachricht mit Miras Handy verschickt hatte, vibrierte es. Finn hatte geantwortet. Sam kannte seine letzte Nachricht an Mira in- und auswendig. Bis an ihr Lebensende würden seine letzten Worte ihr im Gedächtnis bleiben.

Sam hatte das zwar schon immer vermutet, doch seine Nachricht gab ihr die Gewissheit: Finn liebte Mira!

Sie schließt die Augen und murmelt seine letzte Nachricht stumm vor sich hin:

Mira, du bist meine Welt. Doch für mich bedeutet Liebe, auch loslassen können. Wenn du möchtest, dass unsere Wege sich trennen, dann komme ich dem nach. Dein Finn.

27. Kapitel

Es ist kurz vor Weihnachten. Für dieses Jahr werden weiße Weihnachten vorausgesagt. Mira kann es kaum erwarten. Sie liebt Schnee und sie liebt Weihnachten. Ihre Geschenke liegen seit Wochen schön verpackt unter dem Tannenbaum in ihrem Wohnzimmer. Alle sind in Weihnachtsstimmung. Überall sind bunte Lichterketten, geschmückte Bäume, Adventskränze und jede Menge Deko. Im Radio und in den Kaufhäusern laufen täglich Weihnachtslieder. Es ist unmöglich, sich nicht von der heiteren und magischen Stimmung, die überall herrscht, anstecken zu lassen.

Heute ist der letzte Schultag vor den Weihnachtsferien. Es ist bereits Schulschluss und Mira sitzt im Bus. Sie ist auf dem Weg zu dem Friedhof, wo Finn begraben liegt. In ihrer Tasche liegt die Miniaturstatue eines Engel. Den wird Mira auf Finns Grab stellen.

Sie schlägt den Kragen ihres Mantels hoch. Selbst im Bus ist es kalt. Alle Fenster sind beschlagen und winzige, sternförmige Eisblumen wachsen an den Scheiben. Mira lehnt sich in ihrem Sitz zurück und schaut aus dem Fenster. Durch die beschlagene Scheibe kann sie die Straße nur schwer erkennen. Sie war seit Finns Beerdigung nicht mehr auf dem Friedhof. Lange hat sie mit sich gerungen, aber jetzt ist sie auf dem Weg hierher. Mira muss es versuchen. Egal wie schmerzhaft es ist, sie darf nicht davor weglaufen, Finn an seinem Grab zu besuchen. In der Therapie hat Mira gelernt, dass sie sich ihrer Angst stellen muss, um sie zu überwinden. Nur so kann sie voranschreiten. Und heute wird sie einen Schritt in die richtige Richtung tun. Sie wird Finn besuchen. Egal wie schmerzhaft manche Erinnerungen, die dann hochkommen werden, auch sein mögen. Danach wird es besser sein. Das weiß Mira.

Sie schiebt ihre kalten Finger in die Manteltaschen. Es ist nicht mehr weit. Nur noch zwei Stationen, dann muss sie aussteigen.

Es gibt noch etwas, dass Mira in der Therapie gelernt hat: Verarbeitung ist ein Prozess, der Geduld erfordert. Sie darf ihn nicht erzwingen. Nur mit der Zeit werden die Wunden, die ihre Seele erlitten hat, nach und nach heilen. Vielleicht werden manche Wunden nie ganz verschwinden. Aber sie werden zumindest so weit heilen, dass nur noch Narben zurückbleiben. *Narben auf der Seele.* Eine Narbe auf ihrer Seele kennt Mira bereits. Dass ihr Vater die Familie verließ, als sie und ihre Schwester noch ganz klein waren, wird immer, wie ein Kratzer auf dem Spiegel ihrer Seele, zurückbleiben. Mira hat und wird wohl nie erfahren, wie es sich anfühlt Daddys Girl zu sein. Doch sie hat auch gelernt, dass es ihr nicht peinlich sein muss. Indem sie sich die Wahrheit und vor allem ihre wahren Gefühle eingesteht, wird sie stärker werden und aus sich herauswachsen. Es gibt keinen anderen Weg, frei zu werden. Natürlich hätte Mira sich gewünscht, dass so einiges in ihrem Leben anders verlaufen wäre. Doch sie hat über manche Dinge keine Kontrolle. Und die Entscheidung ihres Vaters, die Familie zu verlassen, gehört auch dazu. Mira hat gelernt, dass sie aufhören muss, sich selbst für alles die Schuld zuzuschreiben. Stattdessen nimmt sie die Dinge so, wie sie nun mal kommen und versucht, das Beste daraus zu machen.

Endlich hält der Bus und Mira steigt aus. Frostige Kälte schlägt ihr entgegen. Sofort schiebt Mira ihre Hände tief in die Manteltaschen und zieht ihren handgestrickten Wollschal über den Mund. Dann läuft sie wie von selbst eine Spur schneller, um sich aufzuwärmen.

Nach etwa zehn Minuten erreicht sie den Friedhof. Ihr ist zwar nicht mehr kalt, doch ihre Nase und ihre Wangen sind von der Kälte gerötet.

Dann lässt Mira ihren Blick über die Gräberreihen gleiten. Es scheint eine Ewigkeit her zu sein, seit sie diesen Ort das letzte Mal betreten hat. So viel ist vorgefallen.

Sie läuft durch die Grabreihen. Wo liegt Finn nochmal begraben? Irgendwie sieht alles gleich aus.

Während Mira sich durch das Labyrinth aus Gräbern schlängelt, liest jeden einzelnen Namen auf den Grabsteinen: *Familie Engelbrecht, Löhmer, Moosmann, hier ruht unsere geliebte Tochter Jutta, Ehepaar van Brecht* ... Eine gefühlte Ewigkeit läuft Mira zwischen den Gräbern hindurch. Allmählich wird ihr wieder kalt.

Dann, endlich, fällt ihr Blick auf Finns Grab: *Finn Lammert* ist in den schwarzen Grabstein gemeißelt. Darunter sind sein Geburtstag und der Tag seines Todes eingraviert. Das Ganze ist mit einem weißen Kreuz verziert.

Mira starrt sein Grab einen Moment lang an. Es ist ein merkwürdiges Gefühl. Langsam läuft sie zu seinem Grab hin und kniet vor ihm nieder. Gerade noch war sie voller Tatendrang und wollte Finn so vieles erzählen. Doch jetzt, wo sie tatsächlich hier ist, scheint sie auf einmal alles, was sie sich von der Seele reden wollte, vergessen zu haben. Es hat ihr die Sprache verschlagen. Ganz abgesehen davon, dass sie sich merkwürdig vorkommen würde, wenn sie plötzlich anfangen würde, zu einem Toten zu reden.

Mira hebt den Blick und sieht sich noch einmal auf dem Friedhof um. Doch sie ist alleine hier, an diesem kalten Ort. Finn sollte nicht hier sein!, schießt es ihr durch den Kopf. Sie starrt wieder auf sein Grab. Obwohl es schon Monate her ist, fällt es ihr immer noch schwer, zu verstehen, dass Finn hier begraben liegt. Vor ihrem geistigen Auge kann Mira ihn deutlich sehen: Seine blonden Haare, die ihm locker ins Gesicht fallen, seine blaugrünen Augen, sein Lächeln, sein Blick und die Art, wie er sie angesehen hat ... Finn erwacht vor ihrem geistigen Auge zum Leben. Er ist ihr so nahe und doch so fern.

Da löst sich die erste Träne von Miras Augen. Und dann ist es, als ob die Wörter wie von selbst aus ihrem Mund sprudeln. Wörter, die aus der Tiefe ihrer Seele hervorkommen.

„Hallo Finn. Ich bin's, Mira."

Mit dem Handrücken wischt sie sich die Träne weg. Dann wird sie mutiger und spricht etwas lauter.

„Wie geht es dir? Ich hoffe, dass, wo auch immer du jetzt sein magst, es dir gut geht."

Sie verstummt kurz, um sich ihre nächsten Worte zurechtzulegen. Als sie schließlich weiterspricht, zittert ihre Stimme vor Emotionen.

„Finn … Ich wollte mich für den blöden Streit entschuldigen. Es tut mir leid! Ich wollte das alles nicht. Und vor allem wollte ich nicht, dass wir *so* auseinandergehen."

Während sie spricht, laufen ihr die Tränen übers Gesicht.

„Ich hatte so viele Schuldgefühle. Ständig hatte ich Angst, dass du dich umgebracht hast, weil wir uns gestritten haben! Ich habe mich für deinen Tod mitverantwortlich gefühlt, verdammt nochmal! Weißt du, wie viele Nächte ich deswegen schlaflos wach lag? Das ist das Schlimmste, was man jemandem antun kann, wirklich."

Dann bricht alles aus ihr heraus und sie fängt an, laut zu schluchzen. Sie kann nicht anders. Sie muss alles loswerden, alles, was sie die letzten Wochen und Monate beschäftigt hat und sie nicht zur Ruhe kommen ließ.

„Wieso, Finn? Wieso? *Warum hast du dich umgebracht?* Gab es keinen anderen Weg? Wieso hast du mit niemandem darüber gesprochen, was dich so gequält hat, dass du unbedingt sterben wolltest?

Du hast nicht mal ein Abschiedsbrief hinterlassen. Hast du auch mal an uns gedacht? Daran, was du uns antust?"

Mira versucht sich zu beruhigen, doch es fällt ihr schwer. Sie schließt die Augen und atmet tief ein und aus. Dabei wollte sie Finn doch keine Vorwürfe machen.

„Wenn ich könnte, würde ich die Zeit zurückdrehen. Dorthin zurück, wo wir uns gestritten haben. Und dann würden wir, anstatt zu streiten, die gemeinsame Zeit genießen. Tausendmal bin ich in meinen Gedanken unser letztes Treffen durchgegangen. Weißt du, ich habe mich oft gefragt, ob es vielleicht anders gekommen wäre, wenn wir uns nicht an jenem Freitag vor der Sporthalle getroffen und gestritten hätten? Was wäre, wenn ich an diesem Tag nicht zum Badminton gegangen wäre? Wärst du dann jetzt noch am Leben? Oder hattest du das Ganze schon länger geplant und niemand sollte davon wissen?“

Mira hält einen Moment inne, bevor sie weiterspricht.

„Ich will nur, dass du weißt, wie leid mir alles tut. Und es tut mir auch leid, dass ich dich Feigling genannt habe. Du bist kein Feigling. Ich weiß nicht, warum es in der Schule zwischen uns so anders war, als bei dir zu Hause. Aber das ist jetzt auch egal. Du bist ein Held. Mein Held! Du warst es, der mich damals vor Felix gerettet hat. Und auch danach warst du ein Gentleman. Und ich werde dich immer als Held in Erinnerung behalten, Finn.“

Wieder legt Mira eine kurze Pause ein.

„Wenn du wüsstest, wie viel ich dafür geben würde, dich wieder bei mir zu haben. Ich vermisse dich jeden einzelnen Tag. Ich vermisse es, dich zu sehen, mit dir zu reden, Videospiele zu spielen, zu lachen und dich einfach an meiner Seite zu haben. Wir alle vermissen dich sehr! Für mich ist einfach nichts mehr so, wie es war. Durch dich habe ich gelernt, wie kurz das Leben sein kann. Zu jeder Zeit kann alles vorbei sein. Alles, was man glaubt, zu haben, ist vergänglich. Mir ist bewusst geworden, dass ich anfangen muss, alles wertzuschätzen und dankbar zu sein. Wirklich alles! Nichts ist selbstverständlich. Weißt du, wir Menschen sind ständig dabei zu meckern und zu klagen, weil uns irgendetwas nicht in den Kram passt. Wenn wir alle stattdessen davon ablassen würden und anfangen würden, uns auf die positiven Dinge im Leben zu konzentrieren, dann wäre das Leben viel schöner. Ich weiß, es klingt vielleicht komisch, aber ich habe erst nach deinem Tod angefangen, wirklich über diese Dinge nachzudenken.“

Mira braucht einen Moment, um sich zu sammeln, bevor sie zu Finns Grab weiterspricht.

„Weiß du, du hattest in vielen Punkten Recht. Erinnerst du dich noch? Das allererste Mal, als wir uns unten am Fluss getroffen hatten. Ich hatte Streit gehabt mit meiner Mutter und meiner Schwester, und du hast du mir dann geraten, dass ich mir die positiven Dinge vor Augen führen soll. Und ja, ich bin dankbar, eine Schwester zu haben. Denn, sie hat erkannt wie schlecht es mir ging, als ich es selbst nicht erkannt habe. Lynn hat im richtigen Moment gemerkt, dass ich Hilfe brauche. Auch wenn sie mich oft enttäuscht hat, bin ich dennoch froh, sie zu haben. Und das habe ich auch dir zu verdanken, Finn. Also danke!"

Mira muss plötzlich lächeln.

„Weißt du, Finn, du hast mein ganzes Leben umgekrempelt. Du hast durch deinen Tod so viel in mir bewirkt. Und vielleicht war das ja auch so vorherbestimmt. Vielleicht war unsere ganze Begegnung Schicksal. Vielleicht solltest du nur für kurze Zeit in mein Leben treten, um mir die Augen für immer zu öffnen."

Liebevoll streicht Mira mit einer Hand über die dunkle Erde auf Finns Grab. Dann greift sie in ihre Tasche und holt den Engel hervor. Sie stellt die Miniaturstatue auf seinem Grab ab. Mira betrachtet sie einen Moment lang, bevor sie sich schließlich aufrichtet. Sofort spürt sie schneidende Schmerzen in ihren Beinen. Sie hat zu lange kniend vor dem Grab verharrt. Außerdem merkt sie jetzt, wie kalt ihr ist.

Sie muss los. Zu Hause wartet ihre Mutter auf sie. Ihr ist bewusst, dass jetzt die Zeit des Verabschiedens gekommen ist. Der schlimmste Teil, vor dem Mira sich am meisten gefürchtet hat.

„Finn, ich wünschte, ich könnte noch länger hierbleiben. Es gibt noch so viel zu sagen und zu erzählen. Aber ich muss langsam gehen. Es wird bald dunkel und zu Hause wartet meine Mum auf mich. Wenn ich zu spät komme, tickt sie aus. Vor allem, nach dem, was passiert ist ... Aber ich verspreche dir, dass ich dich ab jetzt öfters besuchen komme. Ich werde hier an deinem Grab sitzen, dir Blumen, Kerzen und Engel bringen und dir aus meinem Leben erzählen. Dann kannst du auch daran teilnehmen. Versprochen!“

Mira zittert. So kalt ist ihr mittlerweile.

„Ich hoffe, du kannst mich hören. Ich wünsche mir sehr, dass ich dich irgendwann wiedersehe. Vielleicht gibt es ja ein Leben nach dem Tod. Und vielleicht sehen wir uns im Jenseits wieder. So, wie du es mir im Traum versprochen hast. Dann werden wir uns eines Tages, an diesem Strand aus meinem Traum wiedersehen und ich werde dir erzählen, was ich alles in meinem Leben erreicht habe. Wir werden beide dasitzen und über mein glückliches und erfülltes Leben sprechen.“

Da hebt Mira den Kopf und schaut zum Himmel hinauf. Es ist dicht bewölkt und bald wird es ganz dunkel sein.

„Finn.“ Mira wendet ihrem Blick wieder seinem Grab zu. Sie flüstert fast, als sie weiterspricht. „Wenn du mich verstehen kannst, dann gib mir bitte ein Zeichen. Nur ein kleines Zeichen, damit ich sicher sein kann, dass du mich hörst. Bitte.“

Mira wartet. Sie weiß ja nicht mal, wonach sie Ausschau halten soll. Der Friedhof ist ganz verlassen. Es ist bitterkalt und still. Totenstill. *Irgendein Zeichen, bitte Finn*, denkt Mira verzweifelt. Sie will in Frieden gehen. Wenn sie diesen Friedhof verlässt, will sie all die Gewissensbisse und Schuldgefühle, die sie davon abgehalten haben, ihr Leben weiterzuleben, hinter sich lassen und nach vorne blicken. Mira will am Ende ihres Lebens auf ein glückliches und erfülltes Leben zurückblicken können. Und sie weiß, dass auch Finn sich das für sie wünscht.

Es wird ein langer Weg sein. Das ist ihr bewusst. Doch Mira hat einen Schritt in die richtige Richtung gemacht.

Trotz der Kälte wartet sie. Sie hofft auf irgendetwas. Etwas, das ihr versichert, dass sie Finns Segen für ihr Vorhaben hat. Etwas, dass nicht nur in ihrem Traum stattfindet. Bitte

Finn! Doch es passiert nichts. Auf einmal kommt Mira sich dumm vor. Sie steht da, in der bitteren Kälte, auf einem Friedhof an einem Grab, redet zu einem Toten und hofft darauf, dass der Tote sie erhört und ihr auch noch ein Zeichen gibt. *Das ist doch schwachsinnig!*, denkt sie. *Du spinnst, Mira!*

Schließlich dreht sie sich enttäuscht um. Sie kann nicht mehr länger warten. Es ist bitterkalt, sie zittert, ihre Füße fühlen sich an wie zwei Eisklötze und ihre Hände sind ganz taub, obwohl sie sie in die Manteltaschen gesteckt hat. Mit gesenkten Kopf geht sie auf den Friedhofsausgang zu. Und da passiert es! Plötzlich reißt die Wolkendecke auf. Helles Licht überflutet den Friedhof. Mira bleibt fasziniert stehen. Es ist das Schönste, das sie je gesehen hat. Ein Lichtbündel fällt durch die dicke Wolkendecke, so hell und atemberaubend, als ob es gar nicht von dieser Welt wäre. Mira saugt das Bild in sich auf. Sie kann kaum glauben, dass es wirklich ist.

Als sie sich schließlich umdreht, um nach Hause zu laufen, erscheint ein glückliches Lächeln auf ihren Lippen. Mira ist bereit für ihr neues Leben.

CPSIA information can be obtained
at www.ICGtesting.com
Printed in the USA
BVHW081034270519
549345BV00029B/2835/P

9 783740 754129